El Caballero de Harmental

El Caballero de Harmental

Alejandro Dumas

PLAZA
EDITORIAL

Título: El Caballero de Harmental
Autor: Alejandro Dumas
Editorial: Plaza Editorial, Inc.
email: plazaeditorial@email.com
© Plaza Editorial, Inc, 2013

ISBN-13: 978-1490920030
ISBN-10: 149092003X

www.plazaeditorial.com
Made in USA, 2013

ÍNDICE

CAPÍTULO I 7

CAPÍTULO II.............,,,,,,,,......................................21

CAPÍTULO III 33

CAPÍTULO IV 46

CAPÍTULO V 50

CAPÍTULO VI 58

CAPÍTULO VII... 68

CAPÍTULO VIII 75

CAPÍTULO IX 90

CAPÍTULO X 104

CAPÍTULO XI 117

CAPÍTULO XII...123

CAPÍTULO XIII 134

CAPÍTULO XIV 138

CAPÍTULO XV...147

CAPÍTULO XVI 153

CAPÍTULO XVII...158

CAPÍTULO XVIII 165

CAPÍTULO XIX 174

CAPÍTULO XX 181

CAPÍTULO XXI 193

CAPÍTULO XXII... 204

CAPÍTULO XXIII 215

CAPÍTULO XXIV 226

CAPÍTULO XXV 239

CAPÍTULO XXVI 243

CAPÍTULO XXVII...247

CAPÍTULO XXVIII 253

CAPÍTULO XXIX 259

CAPÍTULO XXX 266

POST-SCRIPTUM 271

CAPÍTULO I

El capitán Roquefinnette

Cierto día de Cuaresma, el 22 de marzo del año de gracia de 1718, un joven caballero de arrogante apariencia, de unos veintiséis o veintiocho años de edad, se encontraba hacia las ocho de la mañana en el extremo del Pont Neuf que desemboca en el muelle de L'École, montado en un bonito caballo español.

Después de media hora de espera, durante la que estuvo interrogando con la mirada el reloj de la Samaritaine, sus ojos se posaron con satisfacción en un individuo que venía de la plaza Dauphine.

Era éste un mocetón de un metro ochenta de estatura, vestido mitad burgués, mitad militar. Iba armado con una larga espada puesta en su vaina y tocado con un sombrero que en otro tiempo debió de llevar el adorno de una pluma y de un galón, y que sin duda, en recuerdo de su pasada belleza, su dueño llevaba inclinado sobre la oreja izquierda. Había en su figura, en su andar, en su porte, en todo su aspecto, tal aire de insolente indiferencia, que al verle el caballero no pudo contener una sonrisa, mientras murmuraba entre dientes:

—¡He aquí lo que busco!

El joven arrogante se dirigió al desconocido, quien viendo que el otro se le aproximaba, se detuvo frente a la Samaritaine, adelantó su pie derecho y llevó sus manos, una a la espada y la otra al bigote.

Como el hombre había previsto, el joven señor frenó su caballo frente a él, y saludándole dijo:

—Creo adivinar en vuestro aire y en vuestra presencia que sois gentilhombre, ¿me equivoco?

—¡Demonios, no! Estoy convencido de que mi aire y mi aspecto hablan por mí, y si queréis darme el tratamiento que me corresponde, llamadme capitán.

—Encantado de que seáis hombre de armas, señor; tengo la certeza de que sois incapaz de dejar en un apuro a un caballero.

El capitán preguntó:

—¿Con quién tengo el honor de hablar, y qué puedo hacer por vos?

—Soy el barón René de Valef.

—Creo haber conocido una familia con ese nombre en las guerras de Flandes.

—Es la mía, señor, mi familia procede de Lieja. Debéis saber —continuó el barón de Valef— que el caballero Raoul de Harmental, uno de mis íntimos amigos, yendo en mi compañía ha tenido esta noche una disputa que debe solventarse esta mañana mediante un duelo. Nuestros adversarios son tres, y nosotros solamente dos. Como el asunto no podía retrasarse, debido a que debo partir para España dentro de dos horas, he venido al Pont Neuf con la intención de abordar al primer gentilhombre que pasase. Habéis sido vos, y a vos me he dirigido.

—Y ¡por Dios! que habéis hecho bien. He aquí mi mano, barón, ¡yo soy vuestro hombre! Y ¿a qué hora es el duelo?

—Esta mañana, a las nueve.

—¿En qué lugar?

—En la puerta Maillot.

—¡Diablos! ¡No hay tiempo que perder! Pero vos vais a caballo y yo no dispongo de él. ¿Qué vamos a hacer?

—Eso puede arreglarse, capitán.

—¿Cómo?

—Si me hacéis el honor de montar a mi grupa...

—Gustosamente, señor barón.

—Os debo prevenir —añadió el joven jinete con una ligera sonrisa— que mi caballo es un poco nervioso.

—¡Oh!, ya lo he notado —dijo el capitán—. O mucho me equivoco o ha nacido en las montañas de Granada o de Sierra Morena. En cierta ocasión monté uno parecido en Almansa y lo hacía doblegarse como un corderillo sólo con la presión de mis rodillas.

El barón había dicho la verdad: su caballo no estaba acostumbrado a una carga tan pesada; primero trató de desembarazarse de ella, pero el animal notó bien pronto que la empresa era superior a sus fuerzas, así que, después de hacer dos o tres movimientos extraños, se decidió a ser obediente, descendió al trote largo por el muelle de L'École —que en esa época no era más que un desembarcadero—, atravesó siempre al mismo paso el muelle del Louvre y el de las Tullerías, franqueó la puerta de la Conference, y dejando a su izquierda el camino de Versalles, enfiló la gran avenida de los Champs Élysées, que hoy conduce al Arc de Triomphe.

—¿Puedo preguntaros, señor, cuál es la razón por la que vamos a batirnos? Es sólo para saber la conducta que debo seguir con mi adversario, y si vale la pena que lo mate.

—Desde luego, podéis preguntarlo, y ahí van los hechos tal como han pasado: estábamos cenando ayer en casa de la Fillon...

—¡Pardiez! Fui yo quien en 1705 la lanzó por el camino del éxito, antes de mis campañas en Italia.

—¡Bien! —observó el barón riendo—. ¡Podéis estar orgulloso, capitán, de haber educado a una alumna que os hace honor! En resumen: cenábamos con Harmental en la intimidad, y estábamos hablando de nuestras cosas, cuando oímos que un alegre grupo entraba en el reservado de al lado. Nos callamos y, sin querer, oímos la conversación de nuestros vecinos. ¡Y fijaos lo que es la casualidad! Hablaban de la única cosa que nunca debíamos haber escuchado.

—¿De la querida del caballero, quizás?

—Vos lo habéis dicho. Yo me levanté para llevarme a Raoul, pero en lugar de seguirme, me puso la mano en el hombro e hizo que me sentara de nuevo.

—Así pues —decía una voz—, ¿Felipe acosa a la pequeña d'Averne?

—Desde hace ya ocho días —puntualizó alguien.

—En efecto —prosiguió el primero que hablaba—: ella se resiste ya sea porque quiere de verdad al pobre Harmental o porque sabe que al regente no le gustan las presas fáciles. Pero por fin esta mañana ha accedido a recibir a Su Alteza, a cambio de una cesta repleta de flores y de pedrería.

—¡Ah! ¡Ah! —exclamó el capitán—, comienzo a comprender. ¿El caballero ha sido engañado?

—Exactamente, y en lugar de reírse, como hubiéramos hecho vos y yo, Harmental se puso tan pálido que creí que iba a desmayarse. Después, acercándose a la pared y golpeándola con su puño para pedir silencio, dijo:

—Señores, siento contradeciros, pero el que ha osado decir que madame d'Averne tiene concertada una cita con el regente, miente.

—He sido yo, señor, el que ha dicho tal cosa, y la mantengo —respondió la primera voz—; me llamo Lafare, capitán de los guardias.

—Y yo Fargy —dijo la segunda voz.

—Yo soy Ravanne —declaró una tercera.

—Perfectamente, señores —respondió Harmental—. Mañana, de nueve a nueve y media, estaré en la puerta Maillot. —Y se sentó nuevamente frente a mí.

El capitán dejó oír una especie de exclamación que quería decir: «Esto no tiene importancia». Entretanto, estaban llegando a la puerta Maillot, donde un joven caballero que parecía estar esperando puso su caballo a galope y se acercó rápidamente. Era el caballero de Harmental.

—Querido caballero —dijo el barón de Valef cambiando con él un fuerte apretón de manos—, permitidme que a falta de un viejo amigo, os presente uno nuevo. Ni Surgis ni Gacé estaban en casa, pero he encontrado a este señor en el Pont Neuf, le he expuesto mi problema, y se ha ofrecido de buen grado a ayudaros.

—Entonces es doble el agradecimiento que os debo, mi querido Valef —respondió el caballero—, y a vos, señor, os ofrezco mis excusas por lo que se os avecina y por haberos conocido en circunstancias tan desfavorables, pero un día u otro me daréis ocasión de corresponder y os ruego que, llegado el caso, dispongáis de mí como yo lo hago ahora de vos.

—¡Bien dicho, caballero! —respondió el capitán saltando a tierra—, mostráis tan exquisitos modales que gustosamente iría con vos al fin del mundo.

—¿Quién es este tipo? —preguntó en voz baja Harmental.

—¡A fe mía que lo ignoro! —le contestó Valef—, ya lo descubriremos cuando haya pasado el apuro.

—¡Bien! —prosiguió el capitán, entusiasmado ante la idea del ejercicio que preveía—. ¿Dónde están nuestros lechuguinos? Estoy en forma esta mañana.

—Cuando he llegado —respondió Harmental— no habían aparecido aún, pero supongo que no tardarán: son casi las nueve y media.

—Vamos entonces en su busca —dijo Valef, mientras descabalgaba y arrojaba las bridas en manos del criado de Harmental.

Este, echando pie a tierra, se dirigió hacia la entrada del bosque, seguido por sus dos compañeros.

—¿Desean algo los señores? —preguntó el dueño de la posada cercana, que estaba en la puerta de su local al acecho de los posibles clientes.

—Sí, señor Durand —respondió Harmental—. ¡Un almuerzo para tres! Vamos a dar una vuelta, y en un momento volvemos a estar aquí.

Y dejó caer tres luises en la mano del posadero.

El capitán vio relucir una tras otra las tres monedas de oro, y acercándose al mesonero, le previno:

—¡Cuidado, amigo...! Ya sabes que conozco el valor de las cosas. Procura que los vinos sean finos y variados y el almuerzo copioso, ¡o te rompo los huesos! ¿Entendido?

—Estad tranquilo, capitán —respondió Durand—, jamás me atrevería a engañar a un cliente como vos.

—Está bien, hace doce horas que no he comido, tenlo bien presente.

El posadero se inclinó. El capitán, después de hacerle un último gesto de recomendación, mitad amistoso, mitad amenazador, forzó el paso y alcanzó al caballero y al barón, que se habían parado a esperarle.

En un recodo de la primera alameda aguardaban los tres adversarios: eran, como ya sabemos, el marqués de Lafare, el conde de Fargy y el caballero de Ravanne.

Lafare, el más conocido de los tres gracias a sus versos y a la brillante carrera militar que llevaba, era hombre de unos treinta y seis a treinta y ocho años, de semblante abierto y franco, siempre dispuesto a enfrentarse a todo, sin rencor ni odio, mimado por el bello sexo, y muy estimado por el regente, que le había nombrado capitán de sus guardias. Diez años llevaba Lafare en la intimidad de Felipe de Orléans; algunas veces fue su rival en lides amorosas, pero siempre le sirvió fielmente. El príncipe siempre se refería a él como el *bon enfant*[1]. Sin embargo, desde hacía algún tiempo, la popularidad de Lafare había decaído un poco entre las mujeres de la corte y las muchachas de la ópera. Corría el rumor de que había tenido la ridícula idea de «sentar cabeza» y de buscar un buen acomodo.

El conde Fargy, al que habitualmente llamaban «el bello Fargy», era conocido por ser uno de los hombres más guapos de su época. Tenía una de esas naturalezas elegantes y fuertes a la vez, flexibles y vivaces, que el vulgo considera privilegio exclusivo de los héroes de novela. Si a eso añadimos el ingenio, la lealtad y el valor de un

_____

1   Fr. niño bueno, bondadoso. (N. Del E.).

hombre de mundo, os haréis una idea de la gran consideración que dispensaba a Fargy la sociedad de aquella época.

El caballero de Ravanne, por su parte, nos ha dejado unas memorias de sus años jóvenes en las que relata acontecimientos tan peregrinos que, a pesar de su autenticidad, muchos han pensado que eran apócrifas. Por entonces era un muchacho imberbe, rico y de buena familia, que se disponía a entrar en la vida con todo el ímpetu, la imprudencia y la avidez de la juventud.

Tan pronto como Lafare, Fargy y Ravanne vieron aparecer a sus contrincantes por el extremo de la alameda, marcharon a su vez hacia ellos. Cuando les separaban únicamente diez pasos, los contrincantes se llevaron la mano a los sombreros, se saludaron y dieron algunos pasos entre sonrisas, como si se tratase de buenos amigos contentos de volverse a encontrar.

—Señores —dijo el caballero de Harmental—, creo que sería mejor buscar un lugar apartado donde podamos solventar sin molestias el asunto que nos ocupa...

—Apenas a cien pasos de aquí tengo lo que necesitamos —observó Ravanne—, es una verdadera cartuja.

—Entonces, sigamos al muchacho —dijo el capitán—; la inocencia nos conduce al puerto de salvación.

—Si vos no tenéis compromiso con nadie, gran señor —apostilló el joven Ravanne en tono guasón—, reclamo el derecho de preferencia. Después de que nos hayamos cortado el cuello, espero que me concederéis vuestra amistad.

Los dos hombres se saludaron de nuevo.

—¡Vamos, vamos... Ravanne! —dijo Fargy—, ya que os habéis encargado de ser nuestro guía, enseñadnos el camino.

Ravanne se lanzó hacia el interior del bosque como un joven cervatillo. Los demás le siguieron. Los caballos y el coche de alquiler permanecieron en el camino.

Al cabo de diez minutos de marcha, durante los cuales los seis hombres guardaron el más absoluto silencio, se encontraron en medio de un claro rodeado por una cortina de árboles.

—¡Bien, caballeros! —dijo Ravanne mirando con satisfacción a su alrededor—. ¿Qué decís del lugar?

—No teníais más que haber dicho que era aquí donde queríais venir, y yo os habría conducido con los ojos cerrados.

—Perfectamente... —respondió Ravanne—, procuraremos que cuando salgáis, vuestros ojos se encuentren como habéis dicho.

—Señor Lafare —dijo Harmental, dejando caer su sombrero sobre la hierba—, sabed que es con vos con quien me tengo que entender.

—Sí, señor —respondió el capitán de los guardias—, pero antes quiero que sepáis que nada puede ser tan honorable para mí y causarme tanta pena como un duelo con vos, sobre todo por un motivo tan nimio.

Harmental sonrió, empuñando la espada.

—Parece, mi querido barón —observó Fargy—, que estáis a punto de partir para España.

—Debía de haber salido esta noche pasada, mi querido conde —respondió Valef—, pero me ha bastado el placer de entrevistarme con vos esta mañana para decidirme a demorar mi partida.

—¡Diablos! Eso me deja desolado —contestó Fargy desenvainando su acero—, porque si tengo la desgracia de impedir vuestro viaje...

—No os disculpéis. Habrá sido por razones de amistad, mi querido conde. Así que haced lo que podáis, estoy a vuestras órdenes.

—Vamos, vamos, señor —dijo Ravanne al capitán, que doblaba cuidadosamente su casaca, colocándola junto a su sombrero—; ved que os espero.

—No nos impacientemos, mi bello joven —le replicó el antiguo soldado, continuando sus preparativos con la flema guasona que le era natural—. Una de las cualidades más necesarias para un hombre de armas es la sangre fría. He sido como vos a vuestra edad, pero a la tercera o cuarta estocada que recibí, comprendí que había errado el camino y ahora voy por el verdadero. ¡Cuando gustéis! —añadió, sacando por fin su espada.

—¡Cáspita, señor! —observó Ravanne mirando de soslayo el arma de su oponente—. Tenéis un hermoso estoque...

—No os preocupéis. Pensad que estáis tomando una lección con vuestro profesor de esgrima, y tirad a fondo.

La recomendación era inútil; Ravanne estaba exasperado por la tranquilidad de su adversario, y ya se precipitaba sobre el capitán con tal furia que las espadas se encontraron cruzadas hasta el puño. El capitán dio un paso atrás.

—¡Ah! ¡ah!... Veo que retrocedéis, mi gran señor —exclamó Ravanne.

—Retroceder no es huir, mi pequeño caballero —respondió el capitán—; este es un axioma del arte de la esgrima sobre el que os invito a meditar. Por otra parte, no me molesta estudiar vuestra habilidad. Fijaos bien —continuó, mientras respondía con una contra[2] a la estocada a fondo del adversario—, si en vez de fintar[3] me hubiese lanzado, os habría ensartado como a un pajarito.

Ravanne estaba furioso, pues efectivamente había sentido en su costado la punta de la espada de su contrincante. La certeza de que le debía la vida aumentaba su cólera, y sus ataques se multiplicaron más rápidos que antes.

—Vamos... joven, vamos... ¡Atacad al pecho! ¡Mil diablos!¿ Otra al rostro? ¡Me obligaréis a desarmaros! Vos lo habéis querido... Andad y coged vuestra espada, y cuando volváis, hacedlo a la pata coja[4], eso os calmará.

Y de un violento revés, envió el acero de Ravanne a veinte pasos.

2   En esgrima, movimiento circular muy rápido de la espada. (N. Del E.).

3   Amago de golpe destinado a confundir al adversario. (N. Del E.).

4   Expresión coloquial: llevar una pierna encogida mientras se salta con el otro pie. (N. Del E.).

Esta vez Ravanne aprendió la lección; fue lentamente a recoger su espada y volvió despacio hacia el capitán. El joven estaba tan pálido como su blanca casaca de satén, en la que aparecía una ligera mancha de sangre.

—Tenéis razón, señor... Soy todavía un niño, pero espero que mi encuentro con vos me haya ayudado a hacerme hombre. Algunos pases más, por favor, para que no pueda decirse que todos los triunfos han sido para vos. —Y se volvió a poner en guardia.

El capitán tenía razón, sólo le faltaba al joven caballero un poco de tranquilidad para ser un perfecto diestro. La cosa terminó como estaba prevista: el capitán desarmó por segunda vez a Ravanne, pero en esta ocasión fue él mismo a recoger la espada, y con una cortesía de la que al primer golpe de vista parecía incapaz, dijo al joven caballero, devolviéndole el arma:

—Señor, sois un joven valiente, pero debéis creer a un viejo corredor de tabernas que hizo la guerra en Flandes antes de que vos nacieseis, la campaña de Italia cuando dormíais en la cuna, y la de España mientras estabais ocupado aprendiendo el «abecé»...; cambiad de maestro, dejad a Berthelot, que os ha enseñado ya todo lo que sabe, y tomad a Bois-Robert. ¡Que el diablo me lleve si en seis meses no sois capaz de enseñarme incluso a mí!

—Gracias por la lección, señor —dijo Ravanne tendiendo la mano al capitán, mientras dos lágrimas bajaban por sus mejillas—, estad seguro de que nunca la olvidaré. —Y envainó la espada.

Ambos volvieron los ojos hacia los compañeros para ver cómo iban las cosas. El combate había acabado. Lafare estaba sentado en la hierba con la espalda apoyada en un árbol; había recibido una estocada que le atravesaba el pecho, pero la lesión debía ser menos grave de lo que parecía de momento porque, aunque la conmoción era violenta, el herido no se había desvanecido. Harmental, de rodillas ante él, empapaba de sangre su pañuelo.

Fargy y Valef se habían alcanzado uno al otro; Fargy tenía el muslo atravesado, y Valef el brazo. Los dos se prodigaban excusas y se prometían ser los mejores amigos del mundo a partir de aquel día.

—Mirad, joven —dijo el capitán a Ravanne señalándole el cuadro que presentaba el campo de batalla—, ved eso y meditad: ¡ahí tenéis la sangre de tres valientes caballeros derramada probablemente por culpa de una cualquiera!

—¡A fe mía, tenéis razón, capitán! —contestó Ravanne ya calmado.

En aquel instante Lafare abrió los ojos y reconoció a Harmental, que le estaba prestando socorro.

—Caballero —dijo con voz apagada—, os voy a dar un consejo de amigo: enviadme una especie de cirujano que encontraréis en el coche, y que he traído por si acaso; después, volved a París lo más rápidamente posible, haceos ver esta noche en el baile de la ópera, y si os preguntan por mí, decid que desde hace ocho días no me habéis visto. Si tuvierais algún choque con la gente del condestable, hacédmelo saber en seguida y lo arreglaremos de manera que la cosa no trascienda.

—Gracias, señor marqués; os dejo porque sé que quedáis en manos más hábiles que las mías para estos menesteres.

—¡Buen viaje, mi querido Valef! —gritaba Fargy—. A vuestra vuelta no olvidéis que tenéis un amigo en el 14 de la plaza Louis le Grand.

—Y vos, querido Fargy, si tenéis algo que encargarme para Madrid, no tenéis más que decírmelo.

Los dos amigos se dieron un fuerte apretón de manos, como si no hubiera pasado nada.

—Adiós, jovencito, adiós —despidió el capitán a Ravanne—. No olvidéis el consejo que os he dado: sobre todo, tranquilidad; dad un paso atrás cuando se deba, parad a tiempo, y llegaréis a ser uno de los más finos aceros del reino de Francia.

Ravanne se limitó a saludarle y se acercó a Lafare, que parecía el más grave de los heridos.

Por lo que respecta a Harmental, Valef y el capitán, volvieron a la alameda, donde encontraron el coche de alquiler y al cirujano.

Harmental hizo saber a éste que el marqués de Lafare y el conde Fargy tenían necesidad de sus servicios; después, volviéndose, dijo a su reciente amigo:

—Capitán, creo que no es prudente que nos detengamos para tomar el almuerzo que teníamos encargado; tenéis todo mi agradecimiento por la ayuda que me habéis prestado y como, según creo, estáis a pie, en recuerdo mío os ruego que aceptéis uno de mis dos caballos: son buenos animales.

—¡A fe mía! Caballero, ofrecéis las cosas con tal gracia que no sabría rehusar. Si me necesitáis alguna vez, recordad que estoy enteramente a vuestro servicio.

—En ese caso, señor, ¿dónde podré encontraros? —preguntó sonriendo Harmental.

—No tengo domicilio fijo, caballero, pero siempre podéis obtener noticias mías en casa de la Fillon; preguntad por la Normanda, y ella os dará informes del capitán Roquefinnette.

Después de esto, cada uno tomó su camino y se alejó a galope tendido.

El barón de Valef entró por la barrera de Passy y se dirigió derecho al Arsenal. Recogió los encargos de la duquesa del Maine, a cuya casa pertenecía, y partió el mismo día para España.

El capitán Roquefinnette dio dos o tres vueltas por el bosque de Boulogne, al paso, al trote y al galope, para apreciar las cualidades de su montura, y volvió muy satisfecho a la posada del señor Durand, donde se comió, él solo, el almuerzo encargado para los tres.

El mismo día condujo su caballo al mercado de ganado, y lo vendió por setenta luises.

El caballero de Harmental regresó a París por la alameda de la Muette. Al llegar a su casa, en la calle de Richelieu, encontró dos cartas que le esperaban.

Los trazos de la escritura de una de ellas le eran tan conocidos que todo su cuerpo se estremeció al verlos; abrió la misiva, y el temblor de sus manos denunció la importancia que le concedía. Harmental leyó:

«Mi querido caballero:

»Nadie es dueño de su corazón, como vos lo sabéis; una de las miserias de nuestra naturaleza consiste en que no podemos querer durante mucho tiempo a la misma persona ni la misma cosa. Por mi parte, pretendo por lo menos tener sobre las demás mujeres el mérito de no engañar al que ha sido mi amante. Así que no volváis más a la hora de costumbre.

»Adiós, mi querido caballero, no guardéis un mal recuerdo de mí, y permitid que piense igual dentro de diez años que ahora: que sois uno de los gentileshombres más galantes de Francia.

Sophie d'Averne»

—¡Mil diablos! —exclamó Harmental—. ¡Si hubiese matado a ese pobre de Lafare no habría podido consolarme en toda mi vida!

Después de aquel estallido que le desahogó un poco, el caballero vio en el suelo la segunda carta, que había olvidado por completo. La recogió con cuidado, la abrió sin prisa, miró la escritura, buscó en vano la firma, que no figuraba, y el misterio del anónimo hizo que leyera la misiva con cierta curiosidad:

«Caballero:

»Si tenéis un espíritu romántico y en el corazón la mitad del valor que vuestros amigos reconocen, se os ofrece una empresa digna de vos, y que si aceptáis emprender os permitirá vengaros del hombre que más odiáis en el mundo, al tiempo que os puede llevar al más brillante fin que jamás hayáis podido so-

ñar. *Un genio benéfico, en el que es preciso que confiéis por entero, os esperará esta noche de doce a dos de la madrugada en el baile de la ópera. Si vais sin máscara, el desconocido saldrá a vuestro encuentro; si fuerais enmascarado reconoceríais a vuestro duende protector por una cinta violeta que llevará en el hombro izquierdo. La contraseña es: ¡Ábrete Sésamo! Pronunciadla sin miedo y esperad...»*

—¡Enhorabuena! —exclamó Harmental—. Y si el genio de la cinta violeta mantiene la mitad de lo que promete, ¡por Dios que ha encontrado a su hombre!

CAPÍTULO II

El caballero de Harmental

El caballero Raoul de Harmental era el único vástago de una de las mejores familias del Nivernais. Su apellido había sonado poco en la historia, aunque no carecía de lustre, que la familia había ganado por sí misma, o a través de innumerables enlaces matrimoniales. Así, el padre del caballero, el señor Gaston de Harmental —que había llegado a París en 1682 con la ilusión de adquirir el derecho de compartir la carroza real—, presentó las pruebas de una nobleza que se remontaba a antes de 1399, operación heráldica que hubiera puesto en apuros a más de un duque y de un par. Por otro lado, su tío materno, el señor de Torigny, había recibido el espaldarazo de caballero del Espíritu Santo en el año 1694.

Raoul de Harmental no era ni pobre ni rico; su padre le había dejado al morir una propiedad en los alrededores de Nevers, que le proporcionaba de veinticinco a treinta mil libras de renta, pero el caballero tenía el corazón ambicioso y hacia 1711, cuando llegó a su mayoría de edad, había dejado su provincia para trasladarse a París.

Su primera visita fue para el conde de Torigny, con el que contaba para que le ayudase a abrirse camino. Éste recomendó a su sobrino al caballero de Villarceaux, quien no pudiendo rehusar nada a su amigo el conde, introdujo al joven en casa de madame de Maintenon.

Madame de Maintenon tenía una cualidad: la de seguir siendo amiga de sus antiguos amantes. Gracias a los dulces recuerdos que la ligaban al viejo conde acogió amablemente al caballero de Harmental.

y algunos días después decía al mariscal de Villars, que había venido a hacerle el amor, algunas palabras en favor de su joven protegido. El mariscal admitió al caballero Harmental en su regimiento.

El caballero, viendo abierta aquella puerta, pensó que podía abrigar las más risueñas esperanzas.

Luis XIV había llegado a la última época de su reinado, la de los contratiempos; Tallard y Marsin habían sido derrotados en Hochstett, Villeroy en Ramillies, y el mismo Villars, héroe de Friedlingen, acababa de perder la famosa batalla de Malplaquet contra Marlborough y el príncipe Eugene. Europa, oprimida durante tantos años por la dura mano de Colbert y de Louvois, se alzaba contra Francia. La situación era desesperada. Francia no podía mantener la guerra por más tiempo, pero no estaba en condiciones de firmar la paz. En vano ofrecía abandonar España y replegarse a sus fronteras; el adversario exigía del rey que dejase libre paso a través de Francia a los ejércitos que acudirían a España para expulsar a su nieto del trono de Carlos II; además, le pedían que entregase Cambrai, Metz, La Rochelle y Bayona. Todo esto, a menos que prefiriese destronar por sí mismo a Felipe V en el plazo de un año.

Villars marchó derecho hacia el enemigo que acampaba en Denain y que, seguro de la inminente agonía de Francia, no abrigaría ningún temor.

Los aliados habían establecido entre Denain y Marchiennes una línea fortificada que, con anticipado orgullo, Albemarle y Eugene denominaban «la gran avenida de París». Villars decidió tomar Denain por sorpresa, derrotar primero a Albemarle y a continuación al príncipe Eugene.

Una noche, el ejército francés se movió en dirección a la ciudad. El mariscal dio súbitamente la orden de avanzar hacia la izquierda; los ingenieros tendieron tres puentes sobre el río Escaut. Villars franqueó el río sin encontrar oposición, se internó en las marismas, se apoderó de un kilómetro de fortificaciones, alcanzó Denain, penetró en la villa, y al llegar a la plaza, encontró a su protegido el caballero de Harmental, quien le entregó la espada de Albemarle, al que acababa de hacer prisionero.

En aquel momento se anuncia la llegada de Eugene. Villars retrocede y alcanza el puente por el que el Saboyano tiene que pasar, se atrinchera y espera. Allí es donde se va a dar la verdadera batalla; la toma de Denain no había sido más que una escaramuza. Eugene ha de ver cómo sus mejores tropas se estrellan por siete veces contra el fuego de la artillería y contra las bayonetas que defienden la entrada del puente. Por fin, con el uniforme atravesado por las balas y sangrando por dos heridas, el vencedor de Hochstett y de Malplaquet se retira llorando de rabia. En seis horas todo ha cambiado de color. Francia se ha salvado, y Luis XIV sigue siendo el rey.

Harmental se había conducido como el hombre que de un solo golpe desea ver coronadas todas sus aspiraciones. Villars, viéndole ensangrentado y cubierto de polvo, hace que se acerque, y en el mismo campo de batalla escribe, apoyándose en un tambor, un mensaje para el rey en el que da cuenta del resultado de la jornada.

—¿Estáis herido? —pregunta a Raoul.

—Sí, señor mariscal, pero es tan leve que no merece la pena hablar de ello.

—¿Os sentís con fuerzas para cabalgar sesenta leguas a galope tendido y sin descansar?

—Me siento capaz de todo para servir al rey y a vos, señor mariscal.

—Entonces, partid de inmediato, deteneos en las habitaciones de madame de Maintenon; contadle de mi parte lo que acabáis de ver, y anunciadle que un correo llevará el comunicado oficial. Si ella quiere conduciros ante el rey, dejadla hacer.

Harmental comprendió la importancia de la misión que se le confiaba; doce horas después, estaba en Versalles.

Villars había adivinado lo que iba a ocurrir. A las primeras palabras del caballero, madame Maintenon le tomó de la mano y le condujo hasta el rey, que estaba en su cámara trabajando con Voisin.

—Señor —dijo Harmental—, demos gracias a Dios, ya que Vuestra Majestad no ignora que por nosotros mismos seríamos incapaces de conseguir la menor cosa y que es Él quien nos dispensa todas sus gracias.

—¿Qué ocurre, caballero? ¡Hablad! —exclamó muy impaciente Luis XIV.

—Majestad, la ciudad de Denain ha sido tomada, el conde de Albemarle ha caído prisionero, el príncipe Eugene ha emprendido la fuga, y el mariscal de Villars pone su victoria a los pies de Vuestra Majestad.

A pesar del dominio que mostraba sobre sí mismo, Luis XIV palideció; sintió que las piernas le temblaban, y se apoyó en la mesa para no caer desplomado en su sillón.

—Y ahora, caballero —articuló al fin—, contádmelo todo.

Harmental relató la maravillosa batalla que, como por obra de un milagro, acababa de salvar a la monarquía. Cuando hubo terminado, el rey le dijo:

—¿Y de vos no me contáis nada? Sin embargo, a juzgar por la sangre y el barro que cubren vuestras ropas, no habéis estado precisamente en la retaguardia.

—Majestad, he hecho lo que he podido —respondió Harmental inclinándose—; si hay algo que decir sobre mí, lo dejo, con el permiso de Vuestra Majestad, al cuidado del mariscal Villars.

—Está bien, joven, y si él por casualidad os olvidase, nosotros nos acordaríamos. Debéis de estar fatigado, id a descansar; estoy orgulloso de vos.

Harmental se retiró feliz y no dudó en aprovechar el permiso real, pues en efecto, hacía veinticuatro horas que no había comido, ni dormido, ni bebido.

Cuando despertó recibió un sobre del Ministerio de la Guerra. Era su nombramiento de coronel.

Dos meses después fue firmada la paz, España perdió en ella la mitad de sus dominios, pero Francia permaneció intacta. Pasados tres años, Luis XIV moría.

Dos partidos opuestos, bien diferenciados, y sobre todo irreconciliables, se enfrentaban en el momento de su muerte; el de los bastardos, encarnado en el duque del Maine, y el de los príncipes legítimos, representado por el duque de Orléans.

Si el duque del Maine hubiese tenido la constancia, la voluntad y el coraje de su mujer, Louise Benedicte de Condé, quizás, apoyado como estaba por el testamento real, habría triunfado, pero hubiera tenido que responder abiertamente a los ataques, y el duque del Maine —débil de carácter y de espíritu, peligroso sólo a fuerza de ser cobarde—, no servía más que para las intrigas. En un día, y casi sin esfuerzo, sus enemigos lo arrojaron de la cumbre donde lo había colocado el amor ciego del viejo rey, dejándole sólo la superintendencia de la educación real, el mando de la artillería y la primacía sobre los duques y los pares.

La decisión que acababa de tomar el Parlamento hería de muerte a la antigua corte y a todas las fuerzas coligadas con ella. El padre Letellier fue desterrado, madame de Maintenon se refugió en Saint-Cyr, y el duque del Maine se retiró a la bonita villa de Sceaux para continuar su traducción de Lucrecio.

El caballero de Harmental había asistido como espectador interesado, es cierto, pero pasivo, a todas esas intrigas. Su ausencia del Palacio Real —foco de atracción de todos aquellos que pretendían conquistar algún puesto en la esfera política—, fue interpretada como oposición, y una mañana, de la misma forma que había recibido el despacho que le daba el mando de un regimiento, recibió la orden que se lo quitaba.

Harmental tenía la ambición propia de la juventud; la única carrera que en aquella época se abría a un gentilhombre era la de las armas. Corrió a casa del señor de Villars. El mariscal le recibió con la frialdad del hombre que desea olvidar el pasado y que quisiera que los demás olvidasen su propio y cercano pretérito. En vista de lo cual, Harmental se retiró con discreción.

Por otra parte, el espíritu de la época no era propicio a los accesos de melancolía. En el siglo XVIII se iba directamente a los placeres, a la gloria o a la fortuna, y todo el mundo podía conseguir una parte de aquellos bienes con tal de que se fuese guapo, valiente o intrigante.

Por aquellos años, la despreocupación y la alegría estaban de moda. Después del largo y triste invierno que fue la vejez de Luis XIV, brotaba de repente la primavera feliz y alegre de una joven realeza. El placer, ausente y desterrado durante más de treinta años, había vuelto; era buscado por todas partes con fruición, con el corazón y los brazos abiertos de par en par. El caballero de Harmental anduvo triste justo durante ocho días; después se había vuelto a mezclar con la gente, se dejó arrastrar por el torbellino, y éste le arrojó a los pies de una bella mujer.

Durante tres meses fue el hombre más feliz del mundo; olvidó Saint-Cyr, las Tullerías y el Palacio Real; sabía que cuando se es amado se vive bien; el caballero no pensaba que ni la vida ni el amor son eternos.

Pudo darse cuenta de ello el día en que, cenando con su amigo el barón de Valef, la conversación de Lafare le había despertado bruscamente. Los enamorados tienen por lo general un mal despertar y Harmental, que creía amar de veras, pensaba que nada podría ocupar en su corazón el lugar de aquel amor. El nuevo disgusto reavivó el otro: la pérdida de su amante le recordaba la de su regimiento.

En su situación, bastó la llegada de la misteriosa carta, tan inesperada, para distraerle de su dolor.

Harmental decidió no recrearse en su tristeza: aquella noche iría al baile de la ópera.

Hemos olvidado señalar que la segunda carta, la que le prometía tantas maravillas, estaba también escrita por una mano femenina. Por aquellos días los bailes de la ópera estaban en pleno apogeo. Eran creación del caballero de Bouillon, el inventor del entarimado que ponía el patio de butacas a nivel del escenario, y el regente, admirador de toda buena invención, para recompensarle le había concedido una pensión de seis mil libras.

La bella sala que el cardenal de Richelieu había inaugurado con el estreno de su *Mirame*, y donde Moliére había estrenado sus principales obras, era aquella noche el centro de reunión de todo lo que la corte tenía de noble, de rico y de elegante. Harmental, movido por una susceptibilidad muy natural en su situación, se había esmerado más de lo que acostumbraba en su tocado. Cuando llegó, la sala estaba de bote en bote. Se felicitó por su idea de no llevar antifaz; estaba seguro de no correr ningún peligro, tal era la confianza que en la mutua lealtad tenían los nobles de la época: así, Harmental, después de haber atravesado con su espada a uno de los favoritos del regente, no dudaba en acudir a la corte en busca de una aventura.

La primera persona con quien se tropezó fue el joven duque de Richelieu, que por su nombre, sus aventuras, su elegancia, y quizás por sus indiscreciones, comenzaba a ponerse de moda.

Estaba de conversación con el marqués de Canillac, una buena pieza de la camarilla del regente. Richelieu estaba contando cierta historia con grandes aspavientos.

—¡Diablos!, mi querido caballero, venís muy a punto; estoy contando a Canillac una buena aventura.

Harmental frunció el entrecejo; sin darse cuenta, Richelieu resultaba de lo más inoportuno. En aquel momento pasó el caballero Ravanne, persiguiendo a una máscara.

—¡Ravanne! —gritó Richelieu—, ¡Ravanne!

Ravanne se perdió entre la muchedumbre, después de haber cambiado con su adversario de la mañana un amistoso saludo.

—¡Y bien!, ¿la historia? —preguntó Canillac.

—A ello vamos. Imaginadme hace tres o cuatro meses, cuando salí de la Bastilla donde me habían metido a resultas de mi duelo con Gacé... Llevaba, a lo sumo, tres o cuatro días disfrutando de mi recobrada libertad cuando Rafé me mandó una encantadora nota de madame de Parabére, en la que ésta me invitaba a pasar la tarde en su casa. Me presenté a la hora prevista. ¿Adivináis a quién encontré, sentado a su lado, en un sofá?... A su Alteza Real misma.

—¿Y el señor de Parabére? —preguntó el caballero de Harmental, deseando llegar al final de la historia.

—¿El señor de Parabére?, ¡quién puede dudarlo!... Todo ocurrió como estaba previsto: se quedó dormido mientras hablaba conmigo, y despertó en la habitación de su mujer. La marquesa ha dado a luz hoy al mediodía.

—¿Y a quién se parece el niño? —preguntó Canillac.

—Ni a uno ni a otro... ¡A Nocé! —respondió Richelieu soltando la carcajada—. ¿No es una buena historia, marqués?

—Caballero —dijo en ese momento una voz dulce y femenina al oído de Harmental, mientras una pequeña mano se apoyaba en su brazo—, en cuanto hayáis terminado con el señor de Richelieu, os reclamo.

—Perdonad, señor duque; ved que me llaman.

—Os dejo ir, pero con una condición.

—¿Cuál es?

—Que contéis mi historia a este encantador murciélago.

—Temo no disponer de tiempo —respondió Harmental. Dirigió sobre la máscara que le acababa de abordar una rápida mirada, y pudo distinguir sobre su hombro izquierdo la cinta violeta que debía servir de contraseña.

La desconocida era de mediana estatura y, a juzgar por la elasticidad y flexibilidad de sus movimientos, debía de ser joven. En cuanto a su talle y figura, no se podía juzgar: había adoptado el traje más propio para disimular sus gracias o sus defectos; iba vestida de murciélago, disfraz muy de moda en aquella época, y tanto más cómodo cuanto que era de una sencillez perfecta; se componía únicamente de dos amplias enaguas negras, y con él se tenía la seguridad de engañar a cualquiera, pues a través de aquella falda larga y poco elegante era imposible reconocer a quien lo llevaba, aunque se pusiera en ello todo el empeño.

—Caballero —dijo la máscara sin intentar disimular su voz—, sabed que os estoy doblemente agradecida por haber venido; sobre todo, teniendo en cuenta el estado de ánimo en que os encontráis.

—Bella máscara —replicó Harmental—, ¿no decía vuestra carta que erais un genio benéfico? Pues si realmente tenéis poderes sobrenaturales, el pasado, el presente y el futuro deben seros conocidos.

—Ponedme a prueba; eso os dará una idea de mi poder.

—¡Oh! .¡Dios mío! Me limitaré a una cosa de lo más sencilla: si conocéis el pasado, el presente y el futuro, no os será difícil decirme la buenaventura.

—Nada más fácil; dadme vuestra mano.

Harmental hizo lo que se le pedía.

—Caballero —comenzó la desconocida después de un breve instante de observación—, leo claramente en la dirección del abductor y por la colocación de las fibras longitudinales de la aponeurosis palmaria, cinco palabras en las cuales está encerrada toda la historia de vuestra vida: *Valor, ambición, decepción, amor* y *traición*. Ellas me dicen que solamente por vuestro valor habéis obtenido el grado de coronel que teníais en el Ejército de Flandes; que este grado había despertado en vos la ambición; que esa ambición ha sufrido una decepción, y que habéis creído poder consolaros con el amor; pero como el amor, igual que la fortuna, están sujetos a la traición, habéis sido en efecto traicionado.

—No está mal —dijo el caballero—. Un poco vago, como todos los horóscopos, pero hay en ello un gran fondo de verdad. Pasemos a los tiempos presentes, mi linda máscara.

—¡El presente!... Caballero, hablemos bajo, pues ¡huele terriblemente a Bastilla!

El caballero se estremeció a su pesar, pues creía que nadie, a excepción de los propios actores, podía conocer la aventura de su duelo matinal.

—En este preciso momento —continuó la desconocida—, hay dos valientes nobles reposando en sus camas, mientras nosotros nos dedicamos alegremente a charlar en este baile.

—Confieso que vuestra ciencia del pasado y del presente me anima a desear conocer el porvenir.

—Siempre hay dos futuros —dijo la máscara—: el de los corazones débiles, y el de los fuertes. Vuestro porvenir depende de vos.

—Pero es necesario conocer de antemano uno y otro para poder escoger el mejor.

—¡Pues bien! Hay un camino que os conduce a las cercanías de Nevers, a un rincón de esa provincia. Éste os lleva al banco de mayordomo de la iglesia parroquial. En ese camino estáis.

—¿Y el otro?

—¿El otro? —prosiguió la desconocida, apoyando su brazo en el del joven y fijando los ojos en su rostro a través del antifaz—. El otro os lanzará al torbellino y a la luz; hará de vos uno de los actores de la escena que se representa en el mundo.

—Y en ese segundo camino, ¿qué se arriesga?

—Probablemente la vida.

El caballero hizo un gesto de desprecio, y preguntó: —¿Y si gano?

—¿Qué os parece el grado de maestre de campo, el título de Grande de España, y el cordón del Espíritu Santo? Todo eso sin contar con el bastón de mariscal en perspectiva.

—Creo que vale la pena arriesgarse, bella máscara, y si me dais una prueba de que podéis obtener lo prometido, estoy de vuestra parte.

—Esa prueba sólo podrá dárosla otra persona; si queréis tenerla, caballero, es necesario que me sigáis.

—Entonces, ¿veré a esa persona?...

—Cara a cara, como Moisés vio al Señor.

—¿A qué esperamos, entonces?...

—Caballero, es necesario que os vende los ojos; dejaos conducir donde fuere que se os lleve; después, cuando lleguemos a las puertas del templo, haréis el juramento solemne de no revelar a nadie las palabras o los rostros que allá veáis.

—Estoy dispuesto a jurarlo por la laguna. Estigia —respondió Harmental riendo.

—Sólo vuestra conciencia será juez; únicamente se os pedirá vuestra palabra como fianza; tratándose de un caballero, esto basta.

—Estoy dispuesto —dijo Harmental.

—Si me lo permitís, iremos en coche. Al fin y al cabo soy mujer y tengo miedo a la oscuridad.

—En ese caso, dejadme llamar a mi carruaje.

—No, por favor; iremos en el mío —replicó la máscara. Después de estas palabras, el murciélago condujo al caballero hacia la calle de Saint-Honoré. Un coche sin escudo de armas, enganchado a dos caballos castaños, esperaba en la esquina de la callejuela de Pierre-Lescot. El cochero estaba en su asiento, envuelto en una gran capa que le tapaba toda la parte inferior de la cara; un gran tricornio le cubría la frente y los ojos. Un postillón sostenía con una mano la puerta abierta, y con la otra sujetaba un pañuelo con el que se cubría el rostro.

—Subid —dijo la máscara al caballero.

Harmental dudó un instante; todo aquel misterio le inspiraba cierto sentimiento de desconfianza. Mas, bien pronto, pensando que daba el brazo a una mujer y que tenía una espada en el cinto, se decidió a subir al coche. El postillón dio dos vueltas a un resorte, que giró dos veces como si fuera una llave, dejando herméticamente cerrada la portezuela.

—¡Y bien!, ¿partimos? —preguntó el caballero al ver que el coche permanecía inmóvil.

—Falta todavía una pequeña precaución —respondió la máscara sacando de su bolsillo un pañuelo de seda.

—¡Ah!, es verdad —comentó Harmental—, lo había olvidado.

—Y levantó la cabeza.

—Caballero, ¿me dais vuestra palabra de honor de no quitaros esta venda antes de que os dé permiso para ello?

—Os la doy.

—A donde vos sabéis, señor conde —dijo entonces la desconocida dirigiéndose al cochero.

Y el vehículo partió al galope.

CAPÍTULO III

El Arsenal

Igual de intensa que había sido la conversación en el baile, fue el absoluto silencio durante el camino. La aventura, que al principio se presentara bajo la apariencia de un asunto amoroso, había revestido bien pronto un aspecto mucho más serio y derivaba visiblemente hacia la intriga política.

En la vida de cada hombre hay un instante en el que se decide su porvenir. Este momento, por importante que sea, rara vez está preparado por el cálculo o dirigido por la voluntad; es casi siempre asunto del azar. El individuo, obligado a obedecer a una fuerza superior, creyendo seguir su libre albedrío, es en realidad esclavo de las circunstancias o de la fatalidad de los acontecimientos.

Harmental nunca se había detenido a pensar en el bien o en el mal que madame de Maintenon había hecho a Francia, ni había discutido el derecho o el poder que tenía Luis XIV para legitimar a sus hijos naturales. Pero le extrañaba que nada de lo que se podía esperar hubiese ocurrido: España, tan interesada en ver al frente del gobierno de Francia a un poder aliado, ni siquiera había protestado al ver caer en desgracia a sus posibles amigos: el señor del Maine, el de Toulouse, el mariscal de Villeroy, Villars, Uxelles... Por otra parte, no surgía en ningún lugar un núcleo de disconformes, una voluntad poderosa que polarizase los sentimientos de oposición; por todas partes, sólo loca alegría. Las promesas que se le acababan de hacer, por muy exageradas que pareciesen, el futuro que se le prometía, por improbable que fuese, habían exaltado su imaginación.

Sumido como iba en tales pensamientos, a pesar de que el coche rodaba desde hacía ya casi media hora, el tiempo no se le hizo largo al caballero. Finalmente, oyó el resonar a hueco de las ruedas, como cuando se pasa por debajo de una bóveda; sintió chirriar una verja que se abría para dejarles paso, y que fue cerrada tras ellos; casi inmediatamente la carroza se detuvo, después de haber descrito un círculo.

—Caballero —observó la guía—, si teméis seguir adelante, todavía estáis a tiempo; pero si, por el contrario, no habéis cambiado de opinión, venid conmigo.

Por toda respuesta Harmental le tendió la mano.

—Hemos llegado —dijo la desconocida—. ¿Recordáis bien las condiciones, caballero? Sois libre de aceptar o no un papel en la obra que se va a representar; pero, en el caso de que rehuséis, ¿prometéis por vuestro honor no decir ni una sola palabra de lo que aquí vais a ver u oír?

—¡Lo juro por mi honor! —respondió el caballero.

—Entonces, sentaos; esperad en la habitación, y no levantéis vuestra venda hasta que oigáis dar las dos.

Una puerta se abrió y volvió a cerrarse. Casi inmediatamente sonaron dos campanadas; al caballero se arrancó el antifaz.

Se encontraba solo en el más maravilloso tocador que hubiese podido imaginar.

En aquel momento se abrió una puerta disimulada tras unos tapices, y Harmental vio aparecer a una mujer. De pequeña estatura, de esbelto y fino talle; vestía una vaporosa bata de pequín gris perla. Un pequeño antifaz negro del cual pendía un encaje del mismo color, cubría sus facciones.

Harmental se inclinó; por el aire de majestad al moverse, por todo el porte de aquella mujer, comprendió que se trataba de una dama de gran alcurnia y que el «murciélago» no era más que una enviada.

—Señora —murmuró Harmental—, ¿sois vos acaso la poderosa hada a quien pertenece este bello palacio?

—¡Ay de mí, caballero! —respondió la dama enmascarada, con voz dulce y sin embargo enérgica—, no soy una hada poderosa sino una pobre princesa perseguida por un malvado brujo, que me ha robado mi corona y que oprime cruelmente mi reino. Una mujer desvalida que busca por todas partes al valiente caballero que la libere... Lo que de vos ha llegado a mis oídos me ha animado a pensar en vuestra persona.

—Señora, decid una sola palabra y arriesgaré mi vida con alegría. ¿Quién es ese brujo al que hay que combatir? ¿Quién es ese gigante al que hay que partir en dos? Desde este momento disponéis de mi persona, aunque esto pueda significar mi perdición.

—En cualquier caso, caballero, al perderos llevaríais muy buena compañía —observó la dama desconocida, mientras soltaba las cintas de su máscara y descubría el rostro—, puesto que con vos se perderían el hijo de Luis XIV y la nieta del gran Condé.

—¡La duquesa del Maine! —exclamó Harmental hincando la rodilla en tierra—. Señora, os lo suplico: tomad ahora en serio lo que antes os ofrecí en broma: mi brazo, mi espada y mi vida.

—Veo, caballero, que el barón de Valef no me ha engañado cuando me habló de vos: sois tal y como me había dicho. Venid conmigo; os presentaré a mis amigos.

La duquesa del Maine le indicó el camino; en otro salón aguardaban cuatro personas: el cardenal de Polignac, el marqués de Pompadour, el señor de Malezieux y el abate Brigaud.

El cardenal de Polignac pasaba por ser el amante de la duquesa del Maine. Era un guapo prelado de cuarenta a cuarenta y cinco años, siempre vestido con perfecto esmero, muy culto, pero devorado por la ambición, en lucha siempre con la debilidad de su carácter.

El señor de Pompadour era hombre de unos cincuenta años, que de niño había sido compañero del Gran Delfín, el hijo de Luis XIV.

El señor de Malezieux tenía de sesenta a sesenta y cinco años. Canciller de Dombes y señor de Chátenay, debía su doble título a haber sido preceptor del duque del Maine. Poeta, músico y autor de numerosas comedias, algunas veces las representaba él mismo con mucho talento de actor.

El abate Brigaud era hijo de un negociante de Lyon. Su padre, que tenía intereses comerciales en la Corte de España, fue el que realizó los primeros sondeos que llevaron al matrimonio del joven Luis XIV con la infanta María Teresa de Austria. El joven Brigaud tuvo un oficio en la casa del Delfín, donde conoció al marqués de Pompadour, que, como hemos dicho, ocupó un puesto de confianza cerca del príncipe heredero. A la edad de tomar estado[5], Brigaud ingresó en la orden de los Padres del Oratorio y de allí salió ordenado. El marqués de Pompadour buscaba un hombre de ingenio y de intriga que pudiese ser secretario de la duquesa, y Brigaud obtuvo el puesto.

De estos cuatro hombres, Harmental sólo conocía personalmente al marqués de Pompadour.

—Caballeros —dijo la marquesa—, aquí tenéis al bravo campeón del que nos ha hablado el barón de Valef, y que ha traído vuestra querida Delaunay; a vos os lo digo, señor de Malezieux.

—Querido Harmental —le saludó Pompadour al tiempo que le tendía la mano—; ya éramos casi parientes; ahora somos hermanos.

—Sed bienvenido, señor —saludó el cardenal de Polignac.

El abate Brigaud levantó la cabeza, y fijó en Harmental sus ojillos brillantes como los de un lince.

—Señores —dijo Harmental después de responder con una inclinación de cabeza a cada uno—, soy nuevo entre ustedes y no conozco nada de lo que se trama; pero mi adhesión a la causa que nos une data de años: os ruego que me concedáis la confianza que tan generosamente ha reclamado para mí Su Alteza Serenísima.

---

5 Cambiar de estado, por ejemplo, de laico a eclesiástico, de soltero a casado, de civil a militar, etc. (N. del E.).

—En verdad, tenemos un proyecto secreto —explicó el cardenal—; pero nada tenemos que reprocharnos, ya que sólo tratamos de buscar el modo de remediar las desgracias del Estado, de defender los ver daderos intereses de Francia y de hacer cumplir la última voluntad del rey Luis XIV.

—Caballero —observó la duquesa volviéndose hacia Harmental—, no hagáis caso a las bellas palabras de Su Eminencia. Se trata simplemente de una hermosa conspiración contra el regente, en la que andan metidos el rey de España, el cardenal Alberoni, el duque del Maine, todos los aquí presentes, ¡y a la que algún día se unirán los dos tercios de Francia! Esta es la verdad, y no hay por qué disimular. ¿Estáis conforme, cardenal? ¿Está claro, caballeros?

En aquel momento se escuchó el ruido de un coche que entraba en el patio y que se paraba delante del portón. Sin duda la persona esperada era muy importante porque se hizo un gran silencio.

—Por aquí —dijo alguien en el corredor. Harmental reconoció la voz del murciélago.

—Entrad, entrad, príncipe —dijo la duquesa—; os esperábamos.

Ante la invitación, penetró en la sala un hombre alto, delgado, grave y digno, con la piel tostada por el sol, envuelto en una capa, y que con una sola mirada abarcó a todos los que se hallaban en la estancia. El caballero reconoció al embajador del rey de España: el príncipe de Cellamare.

—Pues bien, príncipe, ¿qué me contáis de nuevo? —preguntó la duquesa.

—Cuento, señora —respondió el príncipe al tiempo que le besaba la mano respetuosamente y arrojaba la capa sobre el sillón—, que Vuestra Alteza Serenísima debiera cambiar de cochero: le vaticino una desgracia si guarda a su servicio al que me ha traído hasta aquí; se comportó como si hubiera sido pagado por el regente y su misión fuera romper el cuello a Vuestra Alteza y a sus amigos.

Todos rieron, en particular el propio cochero, que también había penetrado en la sala.

—¿Oís lo que de vos dice el príncipe, mi querido Laval?

—Sí, sí, lo oigo.

—¡Cómo!, ¿erais vos, mi querido conde? —dijo Cellamare tendiéndole la mano.

—Yo mismo, príncipe; la duquesa me ha tomado a su servicio para esta noche; ha pensado que así era más seguro.

—Y la señora duquesa ha hecho bien —observó Polignac—; nunca son demasiadas las precauciones.

—¡Vive Dios! Eminencia... —exclamó Laval—. Quisiera saber si seríais de la misma opinión después de haber pasado la mitad de la noche en el asiento del pescante, primero para ir a buscar al señor de Harmental al baile de la ópera y luego para recoger al príncipe en el hotel Colbert.

—¡Cómo! —exclamó Harmental—, ¿erais vos, señor conde, el que habéis tenido la gentileza...?

—Sí, he sido yo, joven —respondió Laval—. Aunque se os debía: habría ido al fin del mundo para traeros aquí; no todos los días se encuentra un valiente como vos.

—De momento —prosiguió la duquesa—, hablemos de España. Príncipe: me ha dicho Pompadour que habéis recibido noticias de Alberoni.

—Sí, Alteza.

—¿Qué noticias son esas?

—Buenas y malas a la vez. Su Majestad Felipe V pasa por uno de sus momentos de melancolía y no llega a decidirse a nada. No cree que el regente logre el tratado con la cuádruple alianza.

—¡No cree! —exclamó la duquesa—; ¡y en ocho días Dubois lo tendrá en el bolsillo!

—Lo sé, Alteza —respondió fríamente Cellamare—; pero Su Majestad Católica lo ignora.

—Así que... ¿Su Majestad nos abandona a nuestras propias fuerzas?

—Así es..., poco más o menos.

—Lo que yo saco en claro es que debemos comprometer al rey —observó Laval—; una vez lo hayamos logrado, no tendrá más remedio que seguir a nuestro lado.

—Según los poderes que se me han dado, lo único que puedo deciros es que la ciudadela de Toledo y la fortaleza de Zaragoza están a vuestro servicio. Ved el modo de que el regente entre en cualquiera de las dos, y Sus Majestades Católicas cerrarán tan bien las puertas, que no volverá a salir. Respondo de ello.

—Eso es imposible —observó el cardenal de Polignac.

—¡Imposible!, ¿por qué? —exclamó Harmental—. Nada más fácil; sobre todo, si tenemos en cuenta la vida que lleva el regente. ¿Qué necesitamos? Ocho o diez hombres decididos, un coche y postas hasta Bayona.

—¡Cómo!, caballero... —exclamó la duquesa—. ¿Os arriesgaríais?... Señores, habéis oído lo que acaba de decir Harmental. ¿Qué podemos hacer en su ayuda?

—Todo lo que necesite —respondieron al unísono Laval y Pompadour.

—Las arcas de Sus Majestades Católicas están a su disposición —añadió Cellamare.

—Gracias, señores —contestó Harmental—. Ocupaos únicamente de procurarme un pasaporte para España, como si fuese el encargado de conducir un prisionero de gran importancia.

—Yo me encargo de eso —se ofreció el abate Brigaud—; tengo en casa del señor Argenson una hoja preparada, que sólo hay que rellenar.

—Pero —dijo Laval— necesitaremos un lugarteniente para esta empresa, un hombre en el que se pueda confiar, ¿contamos con alguno?

—Creo que sí —respondió Harmental—. Solamente necesitaré que cada mañana se me avise de lo que el regente va a hacer por la tarde. El príncipe de Cellamare, siendo embajador, debe disponer de una policía secreta...

—Sí —dijo el príncipe con un gesto de timidez—, tengo algunas personas que me dan cuenta...

—Y vos, ¿dónde os alojáis? —preguntó el cardenal.

—En mi casa, señor —respondió Harmental—: calle de Richelieu número 74.

—¿Cuánto tiempo hace que vivís allí?

—Tres años.

—Entonces sois demasiado conocido; será necesario que cambiéis de barrio.

—Yo me encargo de eso —dijo Brigaud—; alquilaré un alojamiento como si estuviera destinado a un joven provinciano, recomendado mío, que viene a ocupar algún destino en un ministerio.

—¡Bien!, queda convenido; hoy mismo anunciaré en mi casa que dejo París para un viaje de tres meses.

—Pompadour, ¿os queréis encargar de conducir al señor de Harmental? —preguntó la duquesa.

—Encantado, señora. Hace mucho tiempo que no nos veíamos y tenemos mil cosas que contarnos.

—¿No podría antes despedirme de mi espiritual murciélago? —consultó Harmental.

—¡Delaunay! —llamó la duquesa, mientras acompañaba hasta la puerta al príncipe de Cellamare y al conde de Laval—. ¡Delaunay!, el caballero de Harmental dice que sois la más encantadora hechicera que ha visto en su vida.

—Y bien, caballero, ¿qué me decís ahora? —preguntó, con una sonrisa en los labios, al dejarse ver, aquella que después había de dejar unas encantadoras Memorias bajo el nombre de Madame de Staël—. ¿Creéis que eran verdad mis profecías?

—Creo en ellas, porque creo en la esperanza —respondió el caballero—. Pero, decidme, ¿cómo pudisteis enteraros de mi pasado, y sobre todo, de mi presente?

—¿Acaso uno de vuestros camaradas de la aventura del bosque no os abandonó precipitadamente porque se tenía que despedir de sus amigos...?

—¡Valef! ¡Claro!... —exclamó Harmental—. Ahora comprendo...

Harmental y Pompadour, habiendo solicitado licencia de la duquesa del Maine, se retiraron al instante, seguidos por el abate Brigaud, que se unió a ellos para no tener que volver a pie.

—Mi querida Sophie —exclamó alegremente la duquesa—, ya podemos apagar la linterna, ¡por fin hemos encontrado un hombre![6]

Cuando Harmental despertó, creyó que todo había sido un sueño. Los acontecimientos de las últimas treinta y seis horas habían sucedido con tal rapidez que se sentía como si un torbellino lo hubiese transportado a no se sabe dónde.

Los que vivimos en una época en que todos nos dedicamos a conspirar, sabemos cómo ocurren las cosas en semejantes casos: uno se mece en sus esperanzas, se duerme en las nubes, y se despierta una mañana, vencedor o vencido, llevado en triunfo por el pueblo o triturado entre los engranajes de esa pesada máquina llamada gobierno.

Esto le sucedía a Harmental. Los tiempos que le tocaba vivir aún tenían por horizontes la Liga y la Fronda. Bien es verdad que durante toda una generación, Luis XIV había llenado la escena con su omnipotente voluntad; pero Luis ya no existía, y sus nietos creían que en el mismo teatro y con idénticos perso-

---

6   La duquesa del Maine hace alusión a la leyenda de Diógenes.

najes podía volverse a montar una nueva contienda civil, igual que habían hecho sus antecesores.

Después de algunos instantes de reflexión, Harmental consiguió volver al estado de ánimo de la víspera, y se felicitó por haberse comprometido en un asunto que le permitía codearse con personajes importantes, como los Montmorency y los Polignac. Además, el colocarse tan joven bajo la bandera de una mujer tenía algo de novelesco; sobre todo si ella era la nieta del gran Condé.

De modo que decidió ponerse en acción y hacer todo lo posible para convertir en realidad los compromisos que había asumido.

En aquellos agitados tiempos, el regente guardaba la llave del edificio europeo, y Francia comenzaba a conquistar, si no por las armas al menos por la diplomacia, la influencia internacional que desgraciadamente luego no supo conservar. En los dieciocho meses que el duque de Orléans llevaba con las riendas del gobierno en sus manos, la nación francesa había conquistado una posición de tranquila fuerza, que antes jamás había logrado, ni siquiera bajo Luis XIV. Con tal fin, el regente procuraba sacar el máximo provecho de la división de fuerzas que había provocado la usurpación del trono inglés por Guillermo de Orange y el acceso de Felipe V al trono de España.

El regente comenzó por tender la mano a Jorge I, y acordó el tratado de la triple alianza, que el 4 de febrero de 1717 firmaron en La Haya, Dubois en nombre de Francia, el general Cadogan por Inglaterra, y Heinsius en nombre de Holanda. Este tratado constituía un gran paso, pero no definitivo, para la pacificación de Europa.

Desde entonces, el regente sólo tenía un pensamiento: conseguir mediante negociaciones amistosas que Carlos VI de Austria reconociera a Felipe V como rey de España y obligar a este último, por la fuerza, en caso necesario, a abandonar sus pretensiones sobre las provincias transferidas al emperador.

Para esto se encontraba Dubois en Londres: intentando conseguir la firma del tratado de la cuádruple alianza. Ahora bien, ese tratado, al reunir en un solo bando los intereses de Francia, de Inglaterra, de Holanda y del Imperio, neutralizaría cualquier pretensión de otro Estado que no fuese aprobada por las cuatro potencias. Esto era lo que más temía en el mundo Felipe V, o mejor dicho, el cardenal Alberoni.

El caso del cardenal era uno de esos ejemplos de fortuna inaudita, que brotan en torno de los tronos, y que las gentes no logran explicarse.

Alberoni había nacido en la choza de un jardinero. De niño fue campanero; ya adolescente, cambió su blusa de tela por el alzacuello de eclesiástico. Era de humor muy vivo y divertido. El duque de Parma le oyó reír una mañana con tantas ganas, que el pobre duque, que no se reía nunca, quiso saber qué era lo que divertía al muchacho y le hizo llamar. Alberoni le contó no se sabe qué aventura graciosa; la risa se contagió a Su Alteza, y viendo lo bien que le había sentado aquel hilarante desahogo, lo tomó a su servicio. Poco a poco el duque fue dándose cuenta de que su bufón tenía ingenio, y comprendió que aquel ingenio podría ser útil en los negocios. Decidió que Alberoni, incapaz de ofenderse por nada, era el hombre que se necesitaba como intermediario cerca de los franceses, puesto que el obispo de Parma había fracasado por culpa de su amor propio.

El señor de Vendôme llevaba su desahogo al punto de recibir al obispo sentado en el retrete; no iba a tener más miramientos con el modesto Alberoni; pero éste, en vez de ofenderse como el prelado, contestó a la grosería de Vendôme con tan graciosas galanterías y desvergonzadas alabanzas, que el negocio que le traía concluyó inmediatamente; Alberoni pudo volver al lado del duque con las cosas arregladas según los deseos de éste.

El duque lo empleó en un segundo asunto. Esta vez, el señor de Vendôme iba a sentarse a la mesa. Alberoni, en lugar de hablarle de negocios, le pidió permiso para obsequiarle con dos platos confeccionados por él; bajó a la cocina y volvió con una sopa al queso en una mano, y un plato de macarrones en la otra. El señor de Vendôme encontró la sopa tan buena, que invitó a Alberoni a sentarse a la mesa con él. A los postres el abate sondeó el asunto que le traía, y aprovechando la buena disposición en que se encontraba el duque, consiguió de él todo lo que quería.

Alberoni se guardó muy bien de dar la receta al cocinero. Vendôme le tomó a su servicio, comenzó a dejarle intervenir en los asuntos más secretos, y acabó por hacerle su secretario.

Por esa época fue cuando el señor de Vendôme pasó a España. Alberoni se puso en contacto con la princesa de los Ursinos. A la muerte de María de Saboya, la princesa había decidido sustituir a la difunta reina por alguna muchacha inexperta a través de la cual poder seguir dominando al rey. Alberoni le propuso la hija de su antiguo señor; el matrimonio fue decidido, y la joven princesa dejó Italia para trasladarse á España.

El primer acto de autoridad de la nueva reina fue hacer arrestar a la princesa de los Ursinos.

Después de su primera entrevista con Isabel de Farnesio, el rey de España anunció a Alberoni su nombramiento como primer ministro. Desde aquel día, gracias a la joven reina que se lo debía todo, el antiguo campanero ejerció una influencia cada vez mayor sobre Felipe V.

Los planes de los conjurados se ajustaban perfectamente a los de Alberoni: si Harmental llegaba a raptar al duque de Orléans, el cardenal haría que se reconociera al duque del Maine como regente, conseguiría que Francia se separase de la cuádruple alianza, enviaría al caballero de Saint-Georges con una flota a las costas de Inglaterra; empujaría a Prusia, Suecia y Rusia (con las que España tenía un tratado de alianza) a una disputa con Holanda, etcétera. Y si Luis XV llegaba a morir, Felipe V sería coronado rey de medio mundo.

No estaba mal planeado (convengamos en ello) para ser idea de un cocinero de macarrones.

CAPÍTULO IV

Un bajá conocido nuestro

T odos aquellos magníficos planes dependían de un joven de veintiséis años. Cuando éste se encontraba en lo mejor de sus pensamientos, compareció el abate Brigaud. Había encontrado una pequeña habitación amueblada en el número 5 de la calle del Temps-Perdu, entre la de Gros-Chenet y la de Montmartre. Brigaud le traía, además, dos mil onzas de oro de parte del príncipe de Cellamare.

Harmental pasó el resto del día haciendo los preparativos para su supuesto viaje, procurando no dejar, por si acaso, ningún papel comprometedor tras de sí. Cuando cayó la noche se encaminó hacia la calle Saint-Honoré, donde, por medio de la Normanda, esperaba obtener noticias del capitán Roquefinnette.

Desde el momento en que oyó hablar de un ayudante para su empresa, Harmental pensó en aquel hombre que el destino le había deparado.

Un sujeto como el capitán debía de tener amistades ocultas y misteriosas; tenía que conocer a alguno de esos tipos turbios, necesarios en cualquier conspiración, autómatas que se hacen funciónar como se quiere, que bailan al son que se toca.

El capitán Roquefinnette era, por lo tanto, indispensable para asegurar el éxito de los proyectos del caballero.

Harmental, aun sin ser cliente asiduo, conocía a la Fillon. La alcahueta no le llamaba «hijo», como solía hacer con los parroquianos de confianza; ni «compadre», tratamiento que reservaba al abate

Dubois; para ella era simplemente «el caballero», signo de respeto que, ¡lo que son las cosas!, hubiera humillado a la mayor parte de los jóvenes de la época. La Fillon se extrañó bastante cuando Harmental, después de haberla hecho llamar, le preguntó si podía hablar con una de sus pupilas, conocida por el nombre de la Normanda.

—¡No, señor!... Estoy verdaderamente desolada; la Normanda está contratada hasta mañana por la noche.

—¡Mala peste! —juró el caballero—, ¡qué mala suerte!

—Veréis —le explicó la Fillon—, es un capricho de un viejo amigo al que debo muchos favores...

—Entonces, decís que la Normanda estará aquí mañana por la noche...

—No, ¡si salir de la casa no ha salido!; está arriba con el viejo bergante del capitán.

—¡Ah, vamos!... A ver si resulta que vuestro capitán es el mismo que el mío.

—¿Cómo se llama el vuestro?

—Roquefinnette.

—¡El mismo que viste y calza! —exclamó la alcahueta.

—Tened la bondad, entonces, de hacerle llamar.

—No bajaría aun cuando fuese el mismo regente quien quisiera hablarle. Si queréis verle, tendréis que subir.

—¿Dónde está?

—En la segunda habitación; es la misma en la que cenasteis la otra noche con el barón de Valef.

Al llegar al primer piso, Harmental oyó la voz del capitán que decía:

—Vamos, amorcitos míos, la tercera y última estrofa, y luego todos juntos el estribillo. —Después, con una magnífica voz de bajo, entonó:

Grand saint Roch, notre unique bien,
Écoutez un peuple chrétien
Accablé de malheurs, menacé de la peste...
Détournez de sur nous la colère céleste.
Mais n'amenez pas votre chien
Nous n'avons pas de pain de reste.[7]

—Eso está muy bien —dijo el capitán—, ¡muy bien! Pasemos ahora a la batalla de Malplaquet.

—¡Oh, eso sí que no! —protestó una voz—. De vuestra batalla estamos hasta el moño...

—¡Silencio! ¿Acaso no soy yo el amo aquí? Mientras tenga dinero yo quiero que se me dé gusto a mi manera.

Se armó tal escándalo que Harmental juzgó llegado el momento de poner paz; así que dio varios golpes a la puerta con los nudillos.

—Girad la aldabilla y podréis entrar —respondió el capitán.

Contra lo que podía suponer Harmental, la puerta no estaba asegurada desde dentro. El caballero, al descorrer el pestillo, se encontró al capitán, que estaba tendido en la alfombra delante de los restos de una copiosa comida, apoyado en unos cojines, con una gran pipa en la boca y un mantel enrollado en la cabeza a guisa de turbante. Tres o cuatro muchachas estaban sentadas a su alrededor. Sobre un sillón se veía el deslucido traje del veterano.

—Sed bienvenido, caballero. Señoritas, os ruego que sirváis al señor exactamente como si de mí mismo se tratase, ¡y vais

---

7 Gran san Roque, nuestro único amparo, / Escuchad al pueblo cristiano / Agobiado por la desgracia, amenazado por la peste... / Libradnos de la cólera celeste. / Pero no traigáis a vuestro perro / Porque no tenemos pan de sobra.

a cantarle todas las canciones que quiera! Sentaos, caballero; comed y bebed como si estuvieseis en vuestra casa.

—Gracias, capitán. Sólo tengo que deciros unas palabras, si me lo permitís.

—No, caballero... no os lo permito.

—Es para un negocio, capitán.

—¡Si es para un negocio, soy vuestro abnegado servidor! Pero no antes de mañana por la noche; hasta entonces me durará el dinero. Después, pasado mañana por la mañana, podremos hablar de todos los negocios que queráis.

—Pero pasado mañana, capitán, ¿podré contar con vos?

—¡Desde luego! ¿Y dónde os encontraré?

—Pasead de diez a once por la calle del Temps-Perdu, y de vez en cuando mirad hacia los balcones; desde alguno de ellos os llamarán.

—De acuerdo. Perdón si no os acompaño, pero los turcos no tienen la costumbre de levantarse para despedir a sus huéspedes.

CAPÍTULO V

La buhardilla

A l día siguiente, a la misma hora que la víspera, llegó a casa del caballero el abate Brigaud. Traía tres cosas que Harmental necesitaría: ropa, un pasaporte y el informe redactado por la policía del príncipe Cellamare, en el que minuciosamente se daba cuenta de los movimientos del regente en aquel día 24 de marzo de 1718.

Los vestidos eran sencillos, como convenía a un joven de clase media, pero Harmental encontró que a pesar de su sencillez le iban a las mil maravillas.

El pasaporte estaba a nombre de Don Diego, intendente de la noble casa de Oropesa, cuya misión era conducir a España a una especie de maníaco que creía ser el regente de Francia. Todo estaba en regla; el documento llevaba la firma del príncipe Cellamare y estaba visado por messire[8] Voyer d'Argenson.

En cuanto al informe, fechado a las dos de la madrugada, era una obra maestra de claridad y detalle. Decía así:

«Hoy el regente se levantará tarde, la noche anterior hubo cena en las habitaciones íntimas. Era la primera vez que acudía madame d'Averne, en lugar de madame de Parabére. Las otras damas eran... Por lo que respecta al marqués de

---

8   Título que equivale en inglés a *My Lord* y en español a *Su Señoría, Milord, Ilustrìsima*.

Lafare y al señor de Fargy, es de destacar que se encontraban retenidos en cama por una indisposición de la que se ignoran las causas.

»A mediodía se reunirá el consejo. El regente debe comunicar al duque del Maine, al príncipe de Conti, al duque de SaintSimon, al de Guiche, etcétera, el proyecto de tratado de la cuádruple alianza que le ha enviado el abate Dubois; éste se encontrará en París, de regreso, dentro de tres o cuatro días.

»El resto de la jornada el regente lo dedicará a la familia...

»Su Alteza, a pesar de su capricho por madame d'Averne, sigue haciendo la corte a la marquesa de Sabran. Para adelantar el asunto, el regente ha nombrado mayordomo al señor de Sabran».

—Espero que os parezca un buen trabajo —apuntó el abate Brigaud, cuando el caballero hubo terminado de leer el informe.

—¡Por mi fe, que sí lo es!, querido abate. ¡Pero convendrá que en los próximos días el regente nos ofrezca mejores ocasiones!

—Paciencia, paciencia... Todo irá bien...

—Ya que Dios nos deja libre el día de hoy, aprovechémoslo para mudarnos.

El cambio no fue largo ni difícil; Harmental, acompañado por el abate, se dispuso a tomar posesión de su nuevo alojamiento.

Se trataba de un apartamento, o por mejor decir, de una buhardilla, gabinete con alcoba; la propietaria de la casa era conocida del abate Brigaud.

Madame Denis, que así se llamaba la dueña, esperaba a su nuevo inquilino para hacerle ella misma los honores de la habitación; ponderó las comodidades de que el huésped gozaría y le aseguró que el ruido no le molestaría en su trabajo.

El abate entró un momento en casa de la señora Denis, a la cual ilustró sobre las buenas prendas de su protegido; era un muchacho de modales un poco toscos —el pobre venía del campo—, pero era absolutamente recomendable. Harmental había creído conveniente poner sobre aviso a la casera, no fuera que el aspecto del capitán asustase a la buena señora.

Una vez solo el caballero, y hecho ya el inventario de la habitación, decidió, para distraerse, echar una ojeada sobre el vecindario.

La calle apenas tenía diez o doce pies de anchura, y en el límite adonde llegaba la vista, parecía más estrecha todavía. En caso de ser perseguido, con la ayuda de una tabla tendida entre su ventana y la de la casa de enfrente, podría pasar de un lado a otro de la calle: era importante establecer, a todo trance, buenas relaciones de vecindad con los inquilinos de la casa frontera.

Por desgracia, el vecino o vecina parecía poco dispuesto a entablar amistades; la ventana permanecía herméticamente cerrada.

La casa de enfrente tenía un quinto piso, más bien una azotea. Esta terraza se situaba justo encima de la ventana tan herméticamente cerrada. Debía morar en ella algún experto jardinero, porque la azotea, a fuerza de paciencia, de tiempo y de trabajo, había llegado a convertirse en un hermoso jardín.

Harmental admiró el ingenio de los burgueses de París, capaces de crear un pequeño vergel en el alféizar de una ventana, en el ángulo de un tejado y hasta en el mismo alero. Volvió a cerrar los postigos, se desnudó, se enfundó en una cómoda ropa de casa, se sentó en un sillón bastante confortable, apoyó los pies en los morillos de la chimenea, cogió un libro del abate Chaulieu y leyó durante algún rato. Después se levantó, dio tres vueltas a la habitación con aire de propietario, exhaló un profundo suspiro y volvió a sus lentos paseos desde el espejo al sillón.

En su vaivén se dio cuenta de que la ventana de enfrente, cerrada a cal y canto una hora antes, aparecía abierta de par en par.

Según las apariencias, era una habitación ocupada por una mujer. Apoyado en la ventana, cerca de donde una encantadora perrita de raza lebrel, blanca y canela, apoyaba en el alféizar sus dos patitas finas y elegantes, se veía un bastidor de bordar.

En la penumbra de la habitación aparecía un clavicordio abierto, entre dos estantes donde se guardaban las partituras; de las paredes colgaban algunos dibujos al pastel. A través de una segunda ventana, que aparecía entreabierta, podían verse las cortinas de una alcoba, tras las que sin duda se hallaba la cama. El mobiliario era muy sencillo, pero el conjunto presentaba un aspecto encantador, que evidentemente no se debía a la casualidad, sino al buen gusto de la modesta moradora de aquel estrecho desván.

Una anciana barría, desempolvaba y ordenaba; seguramente aprovechaba la ausencia de la dueña de la casa para hacer limpieza.

De repente, la perrita saltó sobre el alféizar de la ventana, enderezó las orejas y levantó una de sus patas.

El caballero comprendió por estas señas que la inquilina de la pequeña habitación se acercaba. Al instante la perra corrió hacia la puerta. Harmental, para observar con disimulo, retrocedió un poco y se escondió tras las cortinas, pero la anciana cerró la ventana.

La cosa no era demasiado divertida; el caballero se dio entonces cuenta de lo solo que se encontraría en su retiro, por poco que éste durase. Se acordó de que hacía tiempo había practicado el clavicordio y dibujado, y pensó que si dispusiese de un instrumento y de algunos pasteles, su destierro sería menos aburrido. Sin pensarlo más, llamó a la señora Denis y le preguntó dónde podría encontrar aquellos objetos; le dio un doble luis, y le pidió que, por favor, se encargase de buscarle las pinturas y un pequeño clavicordio, con el alquiler pagado por un mes. En efecto, a la media hora Harmental tenía el instrumento y lo necesario para pintar.

Harmental llevaba algún rato sentado ante el clavicordio y tocaba lo mejor que sabía. Pronto se dio cuenta de que no lo hacía del todo mal, al punto que llegó a pensar que no le faltaba talento para la música.

Sin duda debía de ser verdad, pues a la mitad de un acorde vio que en la ventana de enfrente unos deditos levantaban con cuidado la cortina para ver de dónde procedía aquella súbita armonía.

El caballero se olvidó totalmente de la música y giró con rapidez sobre su taburete. La maniobra le perdió. La dueña de la habitación vecina, sorprendida en flagrante delito de curiosidad, dejó caer la cortina.

El caballero pasó la tarde dibujando, leyendo y tocando el clavicordio. A las diez de la noche llamó al portero; quería darle instrucciones para el día siguiente, pero el portero no respondió. Debía de llevar bastante tiempo acostado.

Sin embargo, hubo una cosa que le agradó: la vecina trasnochaba igual que él. Esto indicaba un espíritu superior al de los vulgares habitantes de la calle del Temps-Perdu. A medianoche la luz de la habitación de enfrente se apagó; Harmental decidió que era hora de meterse en la cama.

Al día siguiente, a las ocho, el abate Brigaud estaba en la casa; traía a Harmental el segundo informe.

«Las tres de la madrugada.

»En vista de que el día anterior había llevado una vida totalmente regular, el regente ha ordenado que se le despierte a las nueve.

»De diez a doce concederá audiencia pública.

»De doce a una el regente trabajará en sus habitaciones, con La Vrilliére y con Leblanc.

»Después despachará el correo con Tarcy, presidirá el consejo de regencia y por último hará una visita al rey.

»A las tres, irá al trinquete de la calle del Sena para jugar a la pelota.

»A las seis cenará en el Luxemburgo, en las habitaciones de la duquesa de Berry, donde pasará la velada.

»Desde allí volverá al Palacio Real, sin escolta; a no ser que la duquesa le preste algunos servidores.»

—¡Cáspita, sin guardias!... Mi querido abate, ¿qué pensáis de esto?

—Sí, sin guardias, pero con paseantes, obreros y con toda clase de gentes, que si bien es verdad que pelean poco, gritan muy alto. Paciencia, amigo... Todo irá bien.

—Es que tengo prisa por dejar esta buhardilla donde me aburro mortalmente...

—Tenéis música, según veo.

—Eso sí. Y a propósito, abate: abrid la ventana, y veréis qué buena compañía tengo.

—¡Conque ésas tenemos! —exclamó jocosamente el abate haciendo lo que se le pedía—. En efecto, no está nada mal.

—¡Cómo nada mal!, ¡está muy bien! Es la *Armida* lo que toca... Mi querido abate, os ruego que al bajar me enviéis un pastel y una docena de botellas de buen vino. Si os lo pido, es por el bien de la causa.

—Dentro de una hora, el pastel y el vino estarán aquí.

—Pues hasta mañana.

—¿Me echáis?

—Espero a alguien.

—¿Siempre por el bien de la causa?

—Así es —afirmó el caballero, despidiendo con un gesto al abate Brigaud.

En efecto, tal como había notado el abate, el caballero deseaba que Brigaud se marchara.

Su gran afición a la música, que había descubierto de pronto el día anterior, había ido en aumento; deseaba quedarse a solas para que nadie le distrajese de lo que oía. De hecho valía la pena; porque el concierto que el caballero escuchaba revelaba unas condiciones excepcionales de la ejecutante, tanto en la música como en la voz.

Después de un pasaje especialmente difícil, que fue interpretado a la perfección, Harmental no pudo contener un aplauso.

Desgraciadamente la voz y el clavicordio callaron al instante, y el silencio sustituyó a la melodía por la que el caballero había manifestado tan imprudente entusiasmo.

En cambio se abrió la puerta del cuchitril que daba a la terraza. Primero, apareció una mano que era obvio consultaba la temperatura que hacía fuera; a la mano siguió la cabeza tocada con un gorro de indiana. La cabeza precedió por un instante a un cuerpo cubierto por una especie de camisón de la misma tela que el gorro. Por fin, un rayo de sol que atravesaba entre dos nubes animó al tímido inquilino de la terraza, que se atrevió a mostrarse del todo.

Se trataba del hortelano del que ya hemos hablado.

Después de proceder a una minuciosa inspección del minúsculo surtidor y del cenador, la inverosímil figura del jardinero resplandeció de alegría, igual que el ambiente con el rayo de sol: el inquilino había comprobado que todo estaba en orden, los canteros floridos, y el depósito de agua lleno hasta arriba. Abrió un grifo y el chorro se elevó de forma majestuosa a cuatro o cinco pies de altura.

El buen hombre se puso a cantar una vieja canción pastoril, con la cual Harmental había sido acunado.

Laissez—moi aller,
Laissez—moi jouer,
Laissez—moi aller jouer sous la coudrette. [9]

El cantor llamó dos veces en voz alta:
—¡Bathilda!, ¡Bathilda!

El caballero comprendió que había alguna relación entre el hortelano y la bella clavecinista.

---

9   Dejadme ir / Dejadme jugar / Dejadme ir a jugar en la avellaneda.

Cerró la ventana con aire de total despreocupación, pero teniendo cuidado de dejar una rendija en la cortina.

Lo que había pensado sucedió. Al cabo de un instante, la encantadora cabecita de la joven apareció en el marco de la ventana, pero de ahí no pasó. La perrita, no menos miedosa que su dueña, quedó a su lado con sus blancas patas subidas en el apoyo. Pero gracias a que durante unos minutos estuvieron conversando el buen hombre y la joven, Harmental pudo examinar a ésta a su gusto, sin que a través de la cerrada ventana llegase a él una sola palabra.

La muchacha estaba en esa edad de la vida en que la niña se hace mujer; en su rostro florecía toda la gracia y hermosura de la juventud. Al primer vistazo se daba uno cuenta de que su edad oscilaba entre los dieciséis y los dieciocho años. Su tez resplandecía de frescor y nada empañaba el delicioso matiz de su melena rubia. El caballero se quedó extasiado. La verdad es que solo había conocido dos clases de mujeres en su vida: las gruesas y relucientes campesinas del Nivernais, y las damas de la aristocracia parisina, bonitas sin duda, pero de una hermosura ajada por las vigilias y por los placeres del amor. Nunca había conocido ese tipo burgués, intermedio, si se puede llamar así, entre la alta sociedad y la población campesina, que tiene la elegancia de la una, y la lozanía de la otra.

El ruido de la puerta al abrirse le sacó de su abstracción: era el pastel y el vino del abate Brigaud que hacían su entrada solemne en la buhardilla del caballero. Sacó su reloj, y se dio cuenta de que eran las diez de la mañana; entonces se dispuso a esperar la aparición del capitán Roquefinnette.

CAPÍTULO VI

El pacto

N uestro digno capitán apareció por la calle de Gros-Chenet dándose aires de importancia. Llevaba una mano apoyada en la cadera, y su porte era marcial y decidido. Después de recorrer cosa de un tercio de la calle, levantó la cabeza tal como había sido convenido, y justamente encima de él vio asomado a una ventana al caballero. Intercambiaron una seña y el capitán, después de medir con mirada de estratega la distancia que le separaba de la puerta, se dirigió hacia ella y atravesó el apacible umbral de la casa propiedad de la señora Denis, con la misma familiaridad que si fuera una taberna. El caballero cerró la ventana.

Al cabo de un instante, Harmental oyó el rumor de los pasos y el ruido de la espada del capitán al chocar con la baranda de la escalera.

—Buenos días —saludó el capitán, cuya figura quedaba difumi-nada en la penumbra.

—Veo que sois hombre de palabra —contestó el caballero, ten-diendo su mano al capitán—. Pero entrad deprisa: es importante que mis vecinos no os vean.

—¡Ah!, ¡ah!, ¿misterio? Tanto mejor, estoy acostumbrado a los misterios. Además, he descubierto que casi siempre hay algo que ga-nar con las gentes que empiezan por decir: ¡*schisss...*!

El caballero cerró la puerta y echó el cerrojo.

—Está bien, capitán, pero os anuncio que las cosas que vais a oír son de la mayor importancia; os pido por anticipado vuestra discreción.

—Concedida, caballero.

—Entonces, creo que llegaremos a entendernos.

—Hablad, que yo os escucho —respondió el capitán con gravedad.

—Probad este vino mientras corto el pastel.

—¡Oh!, ¡oh! —exclamó, después de haber bebido, mientras colocaba con lentitud respetuosa el vaso sobre la mesa, a la vez que hacía chasquear su lengua—. Roquefinnette, amigo mío —hablaba él consigo mismo mientras llenaba el vaso por segunda vez—, empiezas a hacerte viejo; ahora te hace falta probar las cosas dos veces para apreciar su valor. ¡A nuestra salud, caballero!

Esta vez el capitán, más circunspecto, bebía, recreándose, ese segundo vaso de vino, y cuando hubo terminado, guiñó un ojo en señal de satisfacción.

—¡Es de la cosecha de 1702, el año de la batalla de Fiedlingen! Si vuestro proveedor tiene mucho como éste, y da crédito, dadme sus señas. ¡Prometo hacerle un magnífico pedido!

—Capitán —asintió el caballero, en tanto deslizaba un enorme pedazo de pastel en el plato de su invitado—, mi proveedor no sólo fía, sino que a mis amigos les da el vino regalado.

—¡Oh!..., ¡hombre honrado! —dijo el capitán en un tono de total convencimiento. Pasados unos instantes de silencio, añadió—: De modo, mi querido caballero, que estamos jugando a los conspiradores, según parece, y para asegurar el triunfo, hemos recurrido a este pobre capitán Roquefinnette para que nos eche una mano. ¿No es así?

—Bien, capitán —dijo riendo Harmental—, no os engañaré: lo habéis adivinado punto por punto. ¿Acaso os asustan las conspiraciones?

Harmental continuó llenando el vaso de su huésped.

—¡Asustarme yo!, ¿quién ha dicho que hubiese algo en el mundo capaz de asustar al capitán Roquefinnette?

—No he sido yo, capitán, pues ya habéis visto que sin conoceros, y solo habiendo intercambiado con vos algunas palabras, os he escogido para que seáis mi segundo.

—Harmental, yo soy vuestro hombre. ¿Contra quién conspiramos? Veamos, ¿es contra el duque de Orléans? ¿Hay que romperle al cojo la otra pierna? ¿Hace falta dejar ciego al tuerto? ¡Bien va! Me tenéis a vuestras órdenes.

—Nada de eso, capitán; si Dios quiere, no se derramará ni una gota de sangre.

—¿De qué niñería se trata entonces?

—¿Nunca habéis oído hablar del rapto del secretario del duque de Mantua?

—¿De Mattioli?

—Sí.

—¡Diablos!, conozco el asunto mejor que nadie. Vi cómo se lo llevaban a Pignerol. Fueron el caballero de Saint-Martin y el señor de Villebois los que dieron el golpe; valió la pena: cada uno recibió tres mil libras, para ellos y sus hombres. Tres mil libras es una bonita cantidad.

El caballero volvió a llenar los vasos.

—A la salud del regente —brindó—. Quiera Dios hacerle llegar sin percances a la frontera española, como Mattioli llegó a Pignerol.

—¡Vaya, vaya!... —murmuró el capitán Roquefinnette alzando su vaso hasta la altura de sus ojos. Después, tras una pausa, prosiguió—: ¿Y por qué no? El regente, después de todo, es un hombre como cualquiera. A quien no fuerais vos, le diría que era un hombre caro; pero a vos os voy a hacer un precio especial: me daréis seis mil libras y corre de mi cuenta el encontrar una docena de hombres decididos.

—Capitán —dijo Harmental—, yo no comercio con mis amigos. He aquí dos mil libras en oro. Tomadlas como anticipo, y cobraréis el resto si es que triunfamos; si las cosas salieran mal, cada uno tirará por su lado.

—¿Para cuándo es la cosa?

—No sé nada todavía, amigo mío, pero si venís todos los días a almorzar conmigo, os mantendré al corriente.

—No se trata de eso, caballero, y no bromeéis. A la tercera vez que viniera a vuestra casa, la policía de ese maldito Argenson andaría tras nuestros talones. Tomad —indicó, mientras desataba las cintas de su capa—, coged este lazo; el día que hayamos de dar el golpe, lo ataréis a la ventana. Yo sabré lo que quiere decir y obraré en consecuencia.

—¡Cómo, capitán...! ¿Ya os marcháis?

—Conozco a mi capitán Roquefinnette, caballero —exclamó tocándose el pecho—. Es un buen chico, pero cuando se encuentra delante de una botella, tiene que beber, y cuando ha bebido, se le desata la lengua. Adiós, caballero. No olvidéis la cinta roja, yo voy a ocuparme de vuestros asuntos.

—Adiós, capitán.

El capitán hizo con su mano derecha la señal de la cruz sobre sus labios, se caló el sombrero con aire decidido, y sosteniendo su ilustre espada para que no hiciese ruido al chocar con la barandilla, salió a la escalera en silencio.

El caballero quedó solo, pero esta vez tenía mucho en qué pensar.

En efecto: hasta el momento, no estaba comprometido, sino a medias, en la arriesgada tentativa que según la duquesa del Maine y el príncipe de Cellamare habría de tener para él tan felices consecuencias, y que el capitán, para demostrarle su decisión, había definido con tanto realismo. Pero ahora se había convertido en un eslabón remachado por ambos lados, ligado a la vez a lo más alto y a lo que de más bajo había en la sociedad. En una palabra: ya no se pertenecía a sí mismo.

Afortunadamente, el caballero tenía el carácter tranquilo, frío y decidido de un hombre en el que la prudencia y el valor, las dos fuerzas contrarias, se neutralizan y se estimulan combatiéndose.

Era un sujeto igualmente peligroso en un duelo que en una conspiración; quizá más todavía en ésta, ya que la sangre fría le permitía recomponer —a medida que fueran rompiéndose—, aquellos hilos invisibles de la intriga a los que se debe, por lo general, el éxito de las grandes conjuras.

Pero aquel hombre joven apenas había cumplido veinticinco años, es decir: tenía el corazón abierto a todas las ilusiones y a toda la poesía de los años mozos. Siempre que se había arriesgado en empresas azarosas había llevado la imagen de un ser amado, de modo que en medio del peligro sentía la certeza de que si había de morir alguien le sobreviviría, lloraría su muerte, pues al dejar vivo su recuerdo no perecía del todo.

En aquel momento el caballero hubiera dado todo lo que poseía por sentir un afecto que diese alas a su espíritu; un cariño, aunque fuese el de un perro.

Estaba sumido en estos pensamientos tristes cuando al dar unos pasos frente a la ventana se dio cuenta de que la de su vecina estaba abierta.

La joven que había visto por la mañana estaba sentada y casi apoyada en el alféizar, para aprovechar la última luz del día. Trabajaba en un bordado. Tras ella se veía el clavicordio. En un taburete, a sus pies, dormía la perrita.

Entonces el caballero sintió que la joven de rostro apacible y suave entraba en su vida como uno de esos personajes que en el comienzo de la obra permanecen entre bastidores, e irrumpen en escena en el segundo o tercer acto, toman parte de la acción, y a veces alteran el desenlace.

De repente, la joven levantó la cabeza, dirigió una mirada hacia la casa de enfrente y, como es natural, vio tras los cristales la figura del caballero. Un ligero rubor apareció en su rostro, pero hizo como si nada hubiese visto y siguió con la atención puesta aparentemente en su bordado; al cabo de unos minutos se levantó, dio algunas vueltas por la habitación, y por último cerró la ventana.

Harmental siguió sin moverse. A los pocos instantes llegaron a los oídos del caballero unos dulces acordes que se filtraban a través de los cristales de la ventana de la muchacha. El caballero abrió de par en par la suya.

No se había equivocado: su vecina tenía un talento superior para la música. De pronto, la joven se paró en la mitad de un compás. La cara de un hombre apareció tras los vidrios, pegó su voluminoso gorro a la ventana, y con los dedos comenzó a tamborilear en el marco de la misma. Harmental reconoció al sujeto que había visto en la terraza por la mañana y que de modo tan familiar había pronunciado el nombre de Bathilda. Aquella aparición devolvió a Harmental el sentido de la realidad. Había olvidado al hombre que hacía tan raro contraste con la ideal muchacha, de la que necesariamente tenía que ser el padre, el amante, o quien sabe si el marido.

Decidió dar una vuelta por la ciudad, a fin de verificar por sí mismo la exactitud de los informes obtenidos por los espías del príncipe de Cellamare. Se envolvió en una capa, descendió los cuatro pisos, y se encaminó al Luxemburgo.

Frente al palacio no percibió ninguna señal indicadora de que el duque de Orléans estuviera en casa de su hija.

El caballero esperó hora y media en la calle de Tournon, recorriéndola desde la de Petit-Leon al palacio, sin ver nada de lo que esperaba encontrar. Por fin, un coche, acompañado por una escolta a caballo portadora de antorchas, fue a detenerse al pie de la escalinata. Tres mujeres subieron al carruaje y se oyó que ordenaban al cochero: «Al Palacio Real». El centinela presentó armas, y a pesar de lo presurosa que ante él pasó la carroza, el caballero pudo reconocer a la duquesa de Berry, a madame de Mouchy, su dama de honor, y a madame Pons, la azafata de servicio: la hija iba a casa del padre.

El caballero siguió esperando. Una hora después el cochero volvió a pasar. La duquesa se reía de algo que le contaba el duque de Broglie, que venía con ella.

El caballero llegó a su casa hacia las diez; nadie le había reconocido durante el paseo. El portero, que ya estaba acostado, vino a abrirle el cerrojo refunfuñando. Harmental le deslizó en la mano un escudo de plata y le anunció que siempre que hubiese de levantarse, le recompensaría en la misma forma, con lo que el enfado del portero dio paso a un torrente de reverencias.

Otra vez en su habitación, Harmental se dio cuenta de que en el cuarto de la vecina había luz; escondió su vela tras un mueble y se acercó a la ventana.

La muchacha estaba sentada frente a la mesa, probablemente dibujando; en la ventana, su perfil se destacaba con nitidez ante la luz colocada detrás de ella. Al cabo de unos minutos, otra sombra, la del hombrecillo de la terraza, pasó dos o tres veces entre la luz de la vela y la ventana. Por fin la sombra se aproximó a la joven; ésta le ofreció la frente, la sombra la besó y se alejó llevando en la mano una palmatoria. Instantes después, las ventanas del apartamento del quinto piso se iluminaron. El hombre de la terraza no podía ser de ningún modo el esposo de Bathilda; tenía que ser su padre.

Harmental se sintió, sin saber por qué, lleno de contento ante aquel descubrimiento. Abrió la ventaba lo más sigilosamente que pudo, y con los ojos fijos en la sombra, volvió a sumirse en sus sueños. Al cabo de una hora la joven se levantó, dejó el cuaderno de dibujo y los lápices, se arrodilló en una silla, frente a la ventana de la otra habitación, y se puso a rezar. Harmental comprendió que la laboriosa velada había terminado, pero quiso ver si podía prolongarla y se puso a tocar en su pequeño clavicordio. Lo que había previsto pasó: la joven, ignorando que por la posición de la luz se veía su sombra a través de la cortina, se acercó a ésta de puntillas, y creyéndose a salvo de ojos indiscretos, se puso a escuchar confiadamente el melodioso instrumento.

Por desgracia, el inquilino del tercero debía de ser poco amante de la música, pues Harmental sintió en el entarimado, justo bajo sus pies, el ruido de un bastón que golpeaba el techo con gran violencia; sin duda, una advertencia directa que se le hacía. Harmental se jugaba demasiado si se arriesgaba a ser reconocido; no tenía más remedio que soportar con paciencia los inconvenientes de su falsa posición. En consecuencia, obedeció a la indicación.

La joven, por su parte, en cuanto dejó de oír la música, se apartó de la ventana. El resplandor se apagó.

Al día siguiente el abate Brigaud llegó con la exactitud de costumbre. Hacía una hora que el caballero había abandonado el lecho, y ya se había acercado a la ventana, por lo menos, veinte veces.

—¡Caramba!, mi querido abate —interpeló a su visitante, tan pronto éste hubo cerrado la puerta—, felicitad de mi parte al príncipe por su policía, ¡a fe mía que es perfecta! Queriendo juzgar por mí mismo su eficiencia, ayer me puse en acecho en la calle de Tournon; pasé allí por lo menos cuatro horas; resulta que no fue el regente quien iba a casa de su hija, sino todo lo contrario.

—¡Bien!, ya lo sabíamos.

—¡Ah!, ¿lo sabíais?

—Sí, y para más datos, la duquesa salió a las ocho menos cinco del Luxemburgo, acompañada por madame de Mouchy y por madame Pons, y regresó a las nueve acompañada por Broglie, que ocupó en la mesa el sitio del regente.

—Y el regente, ¿dónde estaba?

—Nuestros informes decían que el duque-regente iría a jugar un partido de pelota a las tres de la tarde en el trinquete de la calle del Sena: a la media hora salió tapándose los ojos con un pañuelo: se había golpeado en una ceja con la pala, y con tanta violencia, que se hizo una herida.

—¡Ah! ¿Eso fue lo que hizo cambiar los planes?

—Esperad. El regente, en lugar de volver al Palacio Real se hizo conducir a casa de madame de Sabran, que, desde que su marido es jefe de comedor del regente, vive en la calle de Bons-Enfants. El príncipe comió en compañía de madame de Sabran, y a las siete y media envió una nota a Broglie avisándole que no podía ir al Luxemburgo, rogándole que le sustituyera y presentase sus excusas a la duquesa de Berry.

—Ya comprendo; el regente, al no tener el don de la ubicuidad, no podía estar a la vez en dos lugares distintos.

—¿Comprendéis ahora?

—Desde luego, lo entiendo perfectamente. Estando tan cerca del Palacio, el regente regresaría a pie. El hotel en que vive madame de Sabran tiene entrada por la calle de Bons-Enfants, y puesto que por la noche cierran la verja del pasaje que da a Bons-Enfants, el regente, siempre que sale de casa de la Sabran, tiene que entrar en el Palacio por la puerta del patio.

—¡Ahora lo habéis entendido! Hace falta que estéis presto a actuar en cualquier momento.

—Lo estoy.

—¿Y cómo os comunicaréis con vuestros hombres?

—Por medio de una contraseña.

—Esa señal, ¿no puede traicionaros?

—Imposible.

—En ese caso, todo está en regla. Dadme de almorzar, pues he salido de casa en ayunas.

—¿Almorzar, mi querido abate? ¡Muy presto lo decís! Sólo puedo ofreceros los restos de un pastel de ayer, y tres o cuatro botellas de vino.

—¡Uy!, ¡uy!... no me seduce. Haremos algo mucho mejor: iremos a almorzar a casa de nuestra buena patrona la señora Denis.

—¿Cómo diablos queréis que vaya a su casa? ¿Acaso la conozco?

—De eso me encargo yo; os presentaré como a mi discípulo.

—Pero esa comida resultará una lata...

—Quizá, pero así haréis amistad con una mujer conocida en el barrio por sus buenas costumbres y por su adhesión al gobierno; en fin, por ser totalmente incapaz de dar asilo a un conspirador. Esperad aquí.

—Si es por el bien de la causa, abate mío, me sacrificaré.

—Aparte de que es una familia muy agradable, los domingos se juega a la lotería.

—¡Idos al diablo con vuestra señora Denis! ¡Ah!, perdón, señor abate, no me acordaba de que sois amigo de la casa.

—Soy su director espiritual —puntualizó el abate Brigaud con aire de modestia.

—Entonces, un millón de excusas; bajad vos primero, que yo os seguiré.

—¿Por qué no vamos juntos?

—¿Y mi toilette, abate?

—Tenéis razón; iré yo primero para anunciaros.

—Estoy con vos en diez minutos.

El caballero se quedó para acicalarse, pero también con la esperanza de ver a la bonita vecina, con la que había soñado durante la noche. Sus deseos no se vieron satisfechos; solo vio al vecino, que con las mismas precauciones de la víspera, sacó, entreabriendo la puerta, primero una mano y después la cabeza.

En cuanto terminó su tocado, Harmental bajó a casa de la patrona.

CAPÍTULO VII

La familia Denis

A la señora Denis no le pareció oportuno que dos jóvenes tan inocentes como sus hijas se sentasen a la mesa con un muchacho que, recién llegado a París, volvía ya a las once de la noche, y luego se dedicaba a tocar el clavicordio hasta las dos de la madrugada; pero el abate Brigaud consiguió que su madre las dejase aparecer a los postres.

Los invitados no habían hecho más que ocupar sus sitios ante la mesa, llena de apetitosos platitos, cuando comenzó a sonar la música de una espineta tocada por manos torpes, y que acompañaba a una voz cuyos desafinados tonos mostraban su inexperiencia.

El abate dio un pisotón a Harmental, al tiempo que le hacía una seña con la cabeza.

—Señora —dijo enseguida el caballero—, le estamos muy agradecidos por su excelente almuerzo, y además, por el delicioso concierto.

—Sí —respondió con descuido madame Denis—, son mis hijas que se divierten. No saben que estáis aquí y deben de estar repasando su lección, pero les voy a decir que se callen.

La señora Denis hizo intención de levantarse.

—¡Por favor! —protestó Harmental.

—La que canta es mi Athenais, y su hermana Émilie la acompaña con la viola de su padre.

Daba la impresión de que Athenais era el punto flaco de su madre. Cantaba un poco mejor que su hermana, pero para el educado oído del caballero, su voz era de una aterradora vulgaridad.

Un dúo siguió a los dos solos. Parecía que las señoritas Denis estaban dispuestas a agotar todo su repertorio.

—De modo, señor, que tan joven y sin ninguna experiencia, habéis a venido a exponeros a los peligros de la capital...

—¡Alabado sea Dios!, así es, madame Denis —confirmó el abate—. Este joven es hijo de un amigo mío muy querido —el abate se llevó la servilleta a los labios—, y espero que hará honor al esmero que he puesto en su educación, pues, aunque no lo parezca, mi pupilo es muy ambicioso.

—Es natural —observó la buena madame Denis—, con su figura y talento puede aspirar a todo.

—¡Cuidado, señora!... Si me lo mimáis de este modo no lo volveré a traer. Tened cuidado, Raoul, hijo mío —prosiguió con aire paternal—, espero que no creáis una palabra de lo que os han dicho.

—¡Ved cómo escucha! —exclamó la señora Denis—. No me importa decir que a mí no me molestaría hacer los gastos que fueran para un joven como vuestro pupilo —y esto se lo decía madame Denis al abate en voz baja.

En aquel instante la puerta se abrió y las dos señoritas Denis, rojas como amapolas, penetraron en la salita, y animándose una a la otra hicieron sendas reverencias de minué.

—Bien, señoritas —dijo madame Denis fingiendo enfado—, ¿quién os ha dado permiso para abandonar vuestra habitación?

—Pero mamá —protestó una voz de contralto en la que el caballero creyó reconocer la de Athenais—, creíamos que lo convenido era que entrásemos a los postres.

—Bien, señoritas, bien; ya que estáis aquí sería ridículo que os marchaseis.

Madame Denis presentó a sus hijas una bandeja de bombones de la cual cogieron —con la punta de los dedos y con un lujo de melindres que decía mucho en favor de su buena educación—, Émilie una almendra garrapiñada y Athenais un bombón.

El caballero había tenido tiempo sobrado para examinarlas:

Émilie era una personita de veintidós a veintitrés años, alta y delgada, que a juicio de todos los amigos de la familia sacaba un parecido asombroso a su padre.

Athenais era el extremo contrario; una bolita, redonda, coloradita, que gracias a sus dieciséis años poseía esa belleza que vulgarmente suelen llamar «de diablo». No se parecía ni a su padre ni a su madre; peculiaridad que las malas lenguas del barrio de SaintMartin habían aprovechado a fondo.

A pesar de que no eran sino las once de la mañana, las dos hermanas iban vestidas como para ir al baile, y lucían todas las alhajas que poseían.

Aquella aparición, tan acorde con la idea que Harmental se había forjado de las hijas de sus patronos, fue para él motivo de nuevas reflexiones: ¿por qué Bathilda, que parecía ser de la misma condición, era tan distinguida como vulgares eran las otras?

El abate volvió por segunda vez a avisar a Harmental con el pie. En efecto, madame Denis presentaba tal aire de dignidad ofendida, que Harmental se dio cuenta de que no tenía ni un minuto que perder si quería borrar la mala impresión que en el espíritu de su patrona había causado su evidente desinterés.

—Señora —dijo—, la parte de la familia que he conocido me hace desear conocer a los demás miembros. ¿Está vuestro hijo en casa? Tendría un gran placer en ser presentado.

—Señor —respondió madame Denis, a quien la pregunta había devuelto el buen humor—, mi hijo está en casa de su preceptor Joulu, pero es posible que esta misma mañana pueda tener el honor de conoceros.

En aquel mismo instante se oyó en la escalera la canción "Mambrú se fue a la guerra", muy de moda en esa época; al momento, se abrió la puerta sin previo aviso. En el hueco apareció un muchacho de cara alegre que se parecía enormemente a la señorita Athenais.

—¡Bien, bien, bien...! —exclamó el recién llegado cruzándose de brazos, al comprobar el aumento que el habitual contingente familiar había experimentado con la presencia del abate y de Harmental—. ¡Vaya desenfado el de la madre Denis! Mandar al hijo a casa del procurador con un cacho de pan y un trozo de queso, ¡y encima dándole consejos!, «Cuidado, hijo mío, no vayas a coger una indigestión». Y mientras el pobre Boniface se mata trabajando, ella da los grandes festines y recepciones. ¡Y menos mal que ha llegado a tiempo! ¡A ver dónde está el guapo que le impida participar en el banquete!

El bueno de Boniface, sin más ceremonias, tomó asiento entre el abate Brigaud y el caballero.

—¡Boniface! —le reconvino madame Denis en tono severo.

—No necesitáis presentaros; os conozco de sobra —habló el muchacho con la boca llena—. ¿Cómo no voy a conocer al que ocupa mi habitación?

—¿Queréis decir que me cabe el honor —respondió Harmental— de ser el sucesor en la alcoba del presunto heredero de la familia?

—¿Queréis que os dé un consejo de amigo? No miréis demasiado por la ventana.

—¿Por qué? —preguntó Harmental.

—¿Por qué, decís? Pues porque hay una cierta vecinita enfrente de vos que...

—¡Queréis callaros, hijo! —gritó la señora Denis.

—¿Callarme? No, por cierto. Un auxiliar de procurador debe saber que hay que prevenir todos todos los problemas cuando hay cambio de inquilino...

—Este muchacho es un pozo de ciencia —observó el abate Brigaud en tono guasón.

—¿Qué queréis decir? —preguntó intrigada la madre.

—Quiero decir que dentro de ocho días el señor estará enamorado como un loco de ella. Y creo que mi deber es prevenirle de que no vale la pena enamorarse de una coqueta.

—¿Una coqueta? —interrogó Harmental.

—Sí, una coqueta; una presumida que se hace la santita, pero que vive con un viejo. Sin contar con que su perra, que se comía las golosinas, ahora, cuando me encuentra, me muerde las pantorrillas.

—¡Salid, señoritas! ¡Salid! Oídos tan inocentes como los vuestros no pueden oír semejantes ligerezas. —La madre empujó a Athenais y Émilie hacia la puerta, y salió de la habitación llevándose a sus femeninos retoños.

Harmental sentía unas ganas terribles de romperle la cabeza a Boniface de un botellazo.

—Yo creía que el buen hombre que vi en la terraza...

—El viejo bribón, ¿verdad? ¡Quién lo diría de un tipo como ese!

—¿No es su padre?

—¿Su padre? ¿Acaso tiene padre la señorita Bathilda? No, no es su padre.

—Hijo, os he suplicado un montón de veces que no contéis picardías delante de vuestras hermanas —exclamó madame Denis en tono majestuoso, volviendo a la habitación.

—¡Bueno! ¡Mis señoras hermanas...! ¿Creéis que a su edad no pueden oír lo que digo? Sobre todo Émilie, que va a cumplir los veintitrés años.

—Émilie es tan inocente como...

—¡Ya, ya...! ¡Inocente! Si vierais la novela que he encontrado en su cuarto... ¡Vamos!, madre, no os chupéis el dedo...

—¿Queréis callaros, aborto de Satanás? —protestó el abate—. ¡Ved el dolor que causáis en vuestra madre!

En efecto, la señora Denis, sofocada por la vergüenza, parecía que estaba a punto de desmayarse.

Los hombres no entienden nada de los desmayos de las mujeres y caen en la trampa como niños ingenuos. Harmental se abalanzó hacia la señora con los brazos extendidos, y madame Denis, que sólo estaba esperando esto, se dejó caer en ellos.

—¡Abate, acercad un sillón! —pidió Harmental.

El cura trajo una butaca con la calma del hombre familiarizado con tales accidentes y que, por adelantado, tiene previstas las consecuencias.

Acomodaron a madame Denis y Harmental le dio a oler un frasco de sales. De repente, cuando nadie lo esperaba, la buena señora dio un respingo y soltó un grito estridente. Harmental creyó que era el ataque de nervios que suele seguir a los desmayos.

—No es nada... —tranquilizó a todos Boniface—. He sido yo, que le he echado el agua que quedaba en la botella por el espinazo. Esto la ha despertado. Si yo no la ayudo, ella no hubiera sabido encontrar una excusa para volver en sí. ¡Vamos, madre...! Soy yo, vuestro Boniface, vuestro chiquitín...

—Señora —se excusó Harmental, azorado ante la singular escena—. Estoy verdaderamente apenado por lo que acaba de ocurrir.

—¡Oh! señor... —gimió la señora Denis, deshaciéndose en llanto—. ¡Soy tan desgraciada!

—¡Vamos!, madre... ¡No exageréis! —intervino Boniface—. Más vale que vayáis a cambiaros; para mojadura, ya está bien.

—El chico tiene razón —medió Brigaud—. Creo que haríais bien en seguir su consejo, madame Denis.

—Yo os pido, señora, que no os molestéis más por nosotros —dijo Harmental—. Además, creo que ha llegado el momento de que nos retiremos.

—En efecto —asintió el abate—. Me esperan en el hotel Colbert, y no tengo más remedio que acudir.

—Entonces, señores, adiós —les respondió madame Denis, con una reverencia a la que restaba seriedad el líquido que empapaba su vestido y que empezaba a gotear por el borde de la falda.

—Adiós, madre —Boniface le echó ambos brazos al cuello—, ¿queréis algo para el señor Joulu?

—Vete ya, descastado —le rechazó la buena mujer, abrazándole al mismo tiempo, entre risueña y enojada—. Anda con Dios, pórtate bien.

Y con esto, el pasante del procurador Joulu salió corriendo para reunirse con Harmental y el abate, que ya estaban en el descansillo de la escalera.

—¡Hola!, bribonzuelo —al verle, el abate llevó con presteza su diestra al bolsillo—. Y ahora, ¿qué es lo que haremos?

—Nada, mi buen abate. Solamente que veáis si no habéis olvidado el escudito para vuestro amigo Boniface.

—Toma, ahí tienes uno doble, y déjanos en paz.

—Adiós, señor Raoul. Os lo repito: tened cuidado con la señorita Bathilda si queréis mantener libre vuestro corazón, y dadle una buena morcilla envenenada a la perra si estimáis vuestras piernas. —Y de un brinco saltó los doce escalones que formaban el tramo de escalera.

Brigaud bajó con paso más tranquilo; quedó citado con el caballero a las ocho de la noche. Harmental, muy pensativo, volvió a la buhardilla.

CAPÍTULO VIII

La cinta escarlata.
La calle de Bons-Enfants.

Lo que preocupaba al caballero era Bathilda, de la que tan mal había oído hablar al hijo de su patrona.

Al principio había sufrido una muy penosa impresión, como una sensación de asco. Pero luego, pensando en el asunto, le bastaron unos segundos para comprender que lo que Boniface había insinuado era imposible.

Bathilda no podía ser ni la hija, ni la esposa, ni la querida del absurdo vecino, cuya sola visión había bastado para producir una reacción tan extraña en el naciente amor del caballero. Tenía que haber algún misterió en el nacimiento de la muchacha; estaba persuadido de que no era lo que parecía. Bathilda parecía estar muy por encima de la modesta posición a la que se veía forzada; con certeza era la víctima de un destino adverso, que la obligaba a vegetar en una esfera que no le correspondía.

El caballero concluyó que podía enamorarse de Bathilda, sin perder por ello nada de su propia estima.

Lo primero que hizo al entrar en su habitación fue dirigirse a la ventana y examinar la de su vecina: enfrente, los postigos aparecían abiertos de par en par.

Pasados unos instantes, Harmental abrió también su ventana. El ruido que produjo hizo que la perrita levantase la cabeza y, con las orejas paradas, procurase indagar quién era el inoportuno que turbaba su sueño.

El caballero sabía ya dos cosas importantes: una, el nombre de la joven, dulce y armonioso, perfectamente adaptado a la belleza de Bathilda. La otra, que la perra se llamaba Mirza, nombre que parecía tener cierto rango dentro de la aristocracia canina.

Puesto que no hay que despreciar ninguna ayuda cuando se quiere rendir un baluarte, Harmental decidió entrar en contacto con la perra. Para ello, y con el acento más acariciador que pudo, llamó:

—¡Mirza!

La galguita levantó la cabeza con un gesto de sorpresa, clavó en el hombre sus inquietos ojillos, brillantes como dos rubíes, y lanzó un sordo murmullo que podía pasar por gruñido.

Harmental volvió a la ventana llevando dos terrones de azúcar de un tamaño que hacía posible verlos desde lejos.

No se había equivocado: al primer terrón que le arrojaron, Mirza alargó perezosamente el cuello; luego, atrajo el terrón hacia sí con la pata, lo cogió con la boca, lo pasó de los caninos a los molares y comenzó a triturarlo con aire cansino. En cuanto terminó, pasó por el hocico una lengüecita roja, señal de que no era por completo indiferente a la atención que con ella había tenido Harmental. Aparte aquel leve síntoma, siguió en su postura de elegante morbidez... pero moviendo la cola.

Harmental, que conocía bien las costumbres de los King's Charles dogs, raza favorita entre las más distinguidas damas de la época, comprendió perfectamente la buena disposición de Mirza, y no queriendo dar tiempo a que se enfriase, tiró el segundo terrón procurando que cayese lo bastante lejos como para que la perra se viera obligada a abandonar el cojín para ir a cogerlo. Mirza permaneció unos instantes dudosa, pero su glotonería la llevó a levantarse e ir en su busca. En eso, un tercer terrón cayó cerca de la ventana, y la perra, siguiendo las leyes de la atracción, fue del segundo al tercero. Aquí terminó la liberalidad del caballero, que la llamó de nuevo pero en tono más imperativo que la primera vez; «¡¡Mirza!!, y le enseñó los otros terrones que tenía en la mano.

Mirza se levantó y apoyó sus patas en el marco de la ventana. Igual que si el caballero fuese un antiguo conocido, la perra comenzó a hacerle toda clase de carantoñas. ¡Mirza estaba conquistada!

Entonces le tocó a Raoul hacerse el desdeñoso; comenzó a hablarle para acostumbrarla a su voz. Al poco le tiró un cuarto terrón, sobre el que Mirza se lanzó con rapidez. Después volvió a la ventana sin necesidad de que Harmental tuviera que llamarla de nuevo.

El triunfo del caballero era rotundo. Tan rotundo, que aquel día Mirza no repitió la demostración de inteligencia perruna de la víspera; esta vez, cuando Bathilda entró en la habitación, la galguita siguió dedicando sus mejores gracias al vecino. Aquel inusitado comportamiento de la perra guió, como es natural, los ojos de Bathilda hacia la causa que lo determinaba. Su mirada tropezó con la del caballero. La muchacha enrojeció, el caballero saludó, y Bathilda, sin pensarlo mucho, devolvió el saludo.

La inmediata reacción de la muchacha fue ir a la ventana y cerrarla. Pero un sentimiento instintivo la detuvo; comprendió que sería dar demasiada importancia a algo que no la tenía. Al cabo de unos instantes, cuando se atrevió a mirar otra vez, vio que el que había cerrado su ventana era el vecino. Comprendió la discreción que implicaba el acto del joven, y éste ganó algunos puntos en su opinión.

El caballero acababa de dar un golpe maestro; las dos ventanas, tan cercanas una de la otra, no podían permanecer abiertas a la vez. Había conseguido que siguiera abierta la de ella; podría verla ir y venir, trabajar... sería una gran distracción para él. Además, había dado un paso de gigante: ¡ella le había devuelto el saludo! Ya no eran extraños el uno para la otra.

Bathilda se sentó cerca de la abierta ventana con un libro en las manos. Mirza se acomodó en un taburete a los pies de su ama, pero sin perder de vista la casa vecina desde la que el inquilino le había arrojado azúcar de forma tan generosa.

Harmental se sentó en medio de la habitación, cogió sus pinturas, y gracias a una rendija de la cortina, pudo copiar el delicioso cuadro que se desplegaba ante sus ojos.

En un santiamén el caballero trazó un apunte de la cabeza de la joven, que resultó de un parecido perfecto. Por desgracia, los días eran todavía cortos, y Harmental pronto tuvo que dejar su artística labor.

Ya del todo oscurecido, llegó el abate Brigaud. Los dos hombres se envolvieron bien en sus capas y se dirigieron al Palacio Real. Iban a estudiar el terreno.

La casa que habitaba madame de Sabran estaba situada en el número 22, entre el hotel Roche-Guyon y el pasaje, llamado antaño del Palacio Real, porque era el único que comunicaba la calle de Bons-Enfants con la de Valois. El pasaje lo cerraban justamente a las once de la noche; así, quien salía después de esa hora de alguna casa de la calle de Valois, se veía obligado a dar un largo rodeo por la calle Neuve-des-Petits-Champs o por el patio de las Fuentes.

La casa en cuestión era un precioso hotelito construido a finales del siglo anterior por un negociante que había querido imitar a los grandes señores, y deseaba poseer como ellos su palacete privado. Era un edificó de tres pisos: planta baja, principal y buhardillas para los criados. El tejado, de pizarra, presentaba una ligera inclinación. Bajo las ventanas del piso principal, un saliente de tres o cuatro pies formaba una galería a lo largo de toda la fachada; verjas de hierro, de trabajo análogo al de la balaustrada del largo balcón, separaban las dos ventanas laterales de las tres del centro, impidiendo de este modo el paso de una habitación a otra. Dado que la calle de Valois se hallaba a ocho o diez pies por debajo del nivel de la de Bons-Enfants, por aquella parte de la calle la puerta y las ventanas del bajo daban a una terraza en la que habían plantado un jardincillo colgante, sin salida al exterior. La única puerta a la calle, tal como hemos indicado, era la que se abría a la de Bons-Enfants.

Nuestros conspiradores no podían desear nada mejor. Una vez que el regente hubiese entrado en la casa de la señora de Sabran, se encontraría atrapado como en una ratonera.

Además, en el barrió abundaban las casas de mala nota, frecuentadas por las gentes más sospechosas, y podía apostarse cien contra uno a que nadie acudiría a los gritos, tan frecuentes en aquella calle, ya que nadie se inquietaba por ellos.

Después de efectuar aquel hallazgo, y ultimados los restantes detalles, Harmental y Brigaud se separaron. El abate se dirigió al Arsenal para informar a madame del Maine de la buena disposición en que se encontraba Harmental. El caballero volvió a su buhardilla de la calle de Temps-Perdu.

Como ocurriera en la víspera, la habitación de Bathilda estaba iluminada. Solo a la una de la madrugada se apagó la luz.

Al caballero le costó conciliar el sueño; cercano ya el amanecer, rendido por la fatiga, cerró los ojos y se quedó profundamente dormido. Se despertó cuando alguien le sacudía con violencia por un brazo. Aún amodorrado, alargó la mano hacia la pistola que tenía encima de la mesilla de noche.

—¡Eh!, ¡eh! —exclamó el abate—. No tan aprisa, joven. ¡Mala peste de muchacho! ¡Vamos! ¡Abrid los ojos! ¿Me conocéis ahora?

—¡Ah!... —dijo Harmental riéndose—. Sois el cura. ¡Habéis hecho bien en despertarme! Soñaba que me habían arrestado. ¿Es que hay algo nuevo?

—Si lo hubiese, ¿cómo lo tomaríais?

—Encantado.

—¡Pues bien! Leed y dad gracias a Dios por tener lo que deseáis —diciendo esto, el abate sacó un papel del bolsillo y se lo tendió al caballero.

Harmental cogió el papel, lo desdobló con la misma calma que si fuera una cosa sin importancia, y comenzó a leer a media voz:

«Parte del 27 de marzo a las dos de la madrugada.

»Esta noche, a las diez horas, el regente ha recibido un correo de Londres que anuncia, para mañana, la llegada del abate Dubois. Casualmente el regente cenaba en casa de la señora de Sabran, de modo que la misiva le ha podido ser entregada a pesar de lo avanzado de la hora. El regente ha ordenado que el consejo se reúna hoy a mediodía.

»A las tres, el príncipe irá a las Tullerías para saludar a Su Majestad, al que ha pedido una audiencia privada, pues ya empieza a hablarse de la testarudez con que el marqués de Villeroy procura estar siempre presente en todas las entrevistas del regente con el rey.

»A las seis, el regente, el caballero de Simiane y el caballero de Ravanne cenarán con la señora de Sabran».

—¡Vaya, vaya...! —murmuró Harmental.

—¡Y bien! ¿Qué pensáis de este parrafito?

El caballero saltó de la cama, se puso el batín, sacó de un cajón de la cómoda una cinta escarlata, cogió un martillo y un clavo, abrió la ventana y después de echar un vistazo al exterior, clavó la cinta en la pared de la casa.

—Esta es mi respuesta —dijo Harmental.

—Y, ¿qué diablos quiere decir?

—Quiere decir que podéis anunciar a la duquesa del Maine que esta tarde espero poder cumplir la promesa que le hice. Y ahora, idos, mi querido abate, y no volváis hasta dentro de dos horas, pues espero a alguien que es mejor que no os vea.

El abate cogió su sombrero y salió a toda prisa.

Veinte minutos después, el capitán Roquefinnette se presentaba.

Sobre las ocho de la noche de aquel día, que era domingo, un grupo de gente bastante numeroso se aglomeraba en torno de un cantante callejero que hacía maravillas tocando los platillos con las rodillas y el tambor con las manos; los papanatas ocupaban casi completamente la entrada de la calle de Valois. Un mosquetero y dos soldados de caballería ligera habían bajado por la escalinata trasera del Palacio Real y se dirigían hacia el pasaje del Lycée. Cuando vieron la cantidad de gente que les bloqueaba el camino se detuvieron y pareció que celebraban un pequeño consejo de guerra. El mosquetero fue el primero en iniciar una maniobra de diversión: se dirigió, seguido por sus dos acompañantes, hacia la plaza de Fontaines, dobló la esquina de la calle de Bons-Enfants y siempre a paso ligero, a pesar de su corpulencia, llegó ante el número 2 . cuya puerta se abrió como por ensalmo y volvió a cerrarse, inmediatamente después de que los tres militares hubieron penetrado en la casa.

Un hombre de aspecto joven, que vestía un traje de color parduzco, se envolvía en una capa del mismo tono y llevaba un sombrero calado hasta los ojos, se separó del grupo que rodeaba al músico, y tarareando la "Balada de los ahorcados" se acercó al pasaje del Lycée; llegó a la entrada del mismo a tiempo de ver cómo penetraban en el 22 los tres ilustres expedicionarios.

El de marrón echó una mirada a su alrededor y pudo notar que un carbonero grandote, con la cara manchada de hollín, estaba parado como un guardacantón frente al palacete de la RocheGuyon, sobre uno de cuyos bancos había dejado su saco. Por un instante pareció que el desconocido iba a acercarse al carbonero; éste se echó el saco al hombro y empezó a andar; casualmente también cantaba la "Balada de los ahorcados": «¡*Veinticuatro, veinticuatro, veinticuatro!*». Al oírlo el otro, ya no dudó y se dirigió a él sin vacilar:

—¡Bien!, capitán, ¿los habéis visto? —preguntó el hombre de la capa.

—Igual que os estoy viendo a vos, coronel; un mosquetero y dos de caballería ligera, pero no los he podido reconocer; aunque creo que uno de ellos era el regente. ¿Están preparados los nuestros?

—¿Cómo queréis que lo sepa, capitán?... A vuestros bravos yo no los conozco más que ellos a mí. Cuando me he escabullido de entre el grupo yo cantaba la tonada que nos sirve de contraseña; pero, ¿me habrán oído?, ¿me habrán entendido? Que me maten si lo sé.

—Estad tranquilo, coronel: son gentes a las que les basta media palabra y que oyen lo que se canta a media voz.

Delante del saltimbanqui sólo seguían diez o doce mujeres, algunos niños y un burgués de edad madura, que viendo que iba a comenzar la colecta, se marchó también, con un aire que demostraba el desdén que sentía por las canciónes de moda.

Casi en el mismo instante, el hombre de la capa que antes se alejara del grupo canturreando su estribillo: «¡*Veinticuatro!*, *¡veinticuatro!*, *¡veinticuatro*», volvió a acercarse e interpeló al cantor ambulante:

—Amigo mío —le dijo—, mi mujer está enferma y tu música le impide dormir. Si ningún motivo especial te hace estar aquí, vete a la plaza del Palacio Real. Toma un escudo por la molestia.

—Gracias, «monseñor» —respondió el buen hombre, que midió la condición social del desconocido a tenor de la generosidad de que acababa de dar prueba—, me voy al instante. Si tenéis algún encargo que hacerme para la calle de Mouffetard...

Sonaron las nueve en el reloj del Palacio. El joven de la capa consultó su reloj, y viendo que se adelantaba, lo puso en hora. Después se volvió hacia el patio de las Fuentes, desapareciendo en las sombras de la calle de Bons-Enfants.

Al llegar frente al número 24 se encontró de nuevo con el carbonero, al que preguntó.

—¿Y el coche?

—Aguarda en la esquina de la calle Baillif.

—¿Habéis tenido la precaución de envolver con trapos las ruedas y los cascos de los caballos?

—Sí.

—¡Muy bien! Esperemos entonces.

Transcurrió una hora, durante la cual, a intervalos cada vez más largos, pasaron algunos transeúntes retrasados hasta que al fin la calle acabó por quedar casi desierta.

Otra hora transcurrió. Se escucharon los pasos de la ronda por la calle de Valois, y después, un ruido de llaves y cerrojos: el guardián del pasaje cerraba la verja.

—¡Bien! —murmuró el hombre de la capa—, ahora estamos seguros de no ser estorbados por nadie.

—Sí —respondió el carbonero—, siempre y cuando el regente salga antes del amanecer.

—¡Diablos!, tenéis razón; no lo había pensado, capitán. Por lo demás, ¿no habéis olvidado nada?

—Nada.

—De modo que ya sabéis: vos y vuestra gente os fingiréis ebrios, me empujaréis, yo caeré entre el regente y aquél de los dos al que dé el brazo, de forma que queden separados; entonces vos os ocupáis del príncipe, lo amordazáis, y damos un silbido para que acuda el coche, mientras que con vuestras pistolas mantenemos a distancia a Simiane y a Ravanne.

—Pero, ¿y si grita? —observó el carbonero.

—¿Si grita? —murmuró el hombre de la capa en voz baja—. En una conspiración no pueden hacerse las cosas a medias; si pide auxilio dando su nombre, ¡lo matáis!

En aquel instante una luz que venía del fondo de la casa iluminó las ventanas del centro.

—¡Vaya!, ya empiezan a moverse —dijeron a la vez los dos hombres.

Precisamente entonces se escucharon los pasos inoportunos de alguien que venía por la calle de Saint-Honoré; el carbonero masculló entre dientes una blasfemia capaz de hacer temblar al cielo.

El nuevo personaje seguía acercándose, pero ya fuese por la oscuridad, o porque hubiese visto algo sospechoso, era evidente que experimentaba cierto temor; entonces se puso a cantar, seguramente para darse ánimos, pero a medida que iba acercándose, su voz temblaba más y más mientras modulaba una tonada, muy apropiada a las circunstancias del momento.

Dejadme pasar,
Dejadme...

De repente, interrumpió su cántico; gracias a la luz que salía de la ventana, había distinguido a los dos conjurados que se disimulaban al fondo de una puerta cochera. El pobre hombre sintió que las piernas y la voz le fallaban al tiempo. En aquel momento una sombra se acercó a la ventana; el carbonero, pensando que un grito de alarma del viandante podía echarlo todo a rodar, mostró su intención de abalanzarse sobre el transeúnte, pero el hombre de la capa lo retuvo.

—Capitán, no hagáis daño a ese hombre. —Después, acercándose al viandante, prosiguió—: Seguid, amigo, pero hacedlo presto y no miréis hacia atrás.

El cantor no se hizo repetir la orden y continuó todo lo aprisa que se lo permitían sus piernas.

—Ya era tiempo —murmuró el carbonero—, están abriendo la ventana.

Los conspiradores volvieron a sumergirse en la sombra.

—¿Cómo va todo? —dijo desde el fondo de la habitación una voz que los dos hombres reconocieron como la del regente—. Bien, Simiane, ¿qué tal tiempo hace?

—Creó que nieva —contestó una voz de borracho.

—Pero, ¡cómo va a nevar! No digas tonterías...

—¡Ven acá!, ¡y mira, idiota! ¿Es que tus ojos no ven? —dijo Ravanne asomándose a su vez al balcón.

—La verdad, no distingo bien si cae algo o no cae —continuó Simiane.

—Lo que pasa es que estáis borracho —dijo el regente.

—¡Ah!, ¿sí?..., ¿borracho yo? —protestó Simiane—. ¡Pues bien! Os apuesto cien luises a que, por muy regente de Francia que seáis, no sois capaz de imitar lo que haré yo.

—Ya lo habéis oído, monseñor; es un reto —se escuchó una voz de mujer desde el interior de la habitación.

—Y como tal lo acepto. ¡Van cien luises!

—Yo juego la mitad a favor del que quiera —dijo Ravanne.

—¡Y bien! Simiane... ¿de qué se trata?

—Allá voy. ¿Me seguiréis?

—¡Por todos los diablos!, ¿a dónde?

—Al Palació Real...

—¡Mira qué gracia!

—... pero por los tejados.

Y Simiane, asiéndose a los barrotes de hierro de la fachada, inició la escalada.

El regente comenzó a trepar detrás de Simiane, que, ágil y delgado como era, llegó en un instante a la terraza.

—Espero que por lo menos vos, Ravanne, no despreciéis mi compañía —dijo la marquesa.

—Perdonad, señora... soy el fiel custodio de monseñor y debo seguirlo.

Al ver que la presa se les escapaba, los dos hombres que esperaban no pudieron reprimir un grito de decepción que resonó en toda la calle.

—¿Eh?, ¿qué es esto? —exclamó Simiane, que habiendo dado fin a su ejercicio gimnástico podía atender mejor a lo que ocurría en derredor.

—¡Borrego, cállate! —gritó el regente—, ¿no ves que es la ronda? ¡Vas a conseguir que esta noche durmamos en el cuerpo de guardia! ¡Si nos arrestan, prometo que te dejo pudrir en el calabozo!

—No, monseñor, no es la ronda; ved que no llevan ni bayoneta ni correaje —replicó Simiane.

—¿Quién puede ser entonces? —preguntó el regente.

—No os preocupéis, monseñor —le tranquilizó Simiane, que al mismo tiempo hacía un signo de inteligencia a Ravanne—, yo continúo mi escalada, ¡seguidme si podéis!

Simiane siguió izándose hacia el tejado, tirando a la vez del regente, a quien al mismo tiempo empujaba Ravanne por el ilustre trasero.

No habiendo ya dudas sobre cuáles eran las intenciónes de los alpinistas, el carbonero lanzó una maldición y el hombre de la capa un grito de rabia.

—¿Qué pasa ahí abajo? —exclamó el regente, poniéndose a horcajadas sobre el tejado y mirando a la calle, donde se veían rebullir ocho o diez hombres en la mancha de luz proyectada por las ventanas del salón, que habían quedado abiertas—. ¿Qué ocurre? ¿Un pequeño complot?

—Nada de bromas ahora, monseñor —le suplicó Simiane—, vamos a bajar.

El embozado de traje oscuro exclamó a gritos:

—Dad la vuelta por la calle de Saint-Honoré, ¡rápido, rápido!

—¿Y luego...?

—Esperemos que lleguen al suelo, y ¡quiera el diablo que se rompan la crisma! La providencia es injusta, o nos ha querido jugar una broma. ¡Vamos!, seguidme —prosiguió el hombre de la capa, lanzándose hacia el pasaje—. Derribemos la barrera y los cogeremos al otro lado cuando bajen.

—Vamos, vamos, monseñor... Tocan a retirada —apremió Simiane—. No es muy airoso, pero es seguro.

—Por aquí, por aquí —dijo una voz de mujer en el momento en que Simiane, seguido de los otros dos, saltaba por encima del antepecho de la terraza y se disponía a descender por la escalera de hierro.

—¡Ah!, ¡sois vos, marquesa! A fe mía, sois una mujer de valor...

—Saltad por aquí y bajad aprisa.

Los tres fugitivos saltaron desde la terraza a la habitación.

—¿Preferís quedaros aquí? —preguntó la señora de Sabran.

—No, no —respondió el regente—, con los impulsos que traen, temo que iban a tomar la casa por asalto, y a vos, marquesa, os tratarían como a plaza conquistada; más vale que procuremos llegar al Palacio Real.

Bajaron veloces la escalera, con Ravanne en vanguardia, y abrieron la puerta del jardín. A ellos llegaba el ruido que armaban sus perseguidores al intentar forzar la verja de hierro.

—¡Alerta!, monseñor —gritó Simiane, que gracias a su elevada estatura había saltado a tierra, dejándose colgar de los brazos—, ahí vienen, por la calle Valois. Poned el pie en mis hombros... así está bien; ahora el otro... Dejaos ir, yo os sostendré en mis brazos. ¡Vive Dios!, ya estáis a salvo.

—¡Sacad la espada! ¡Vamos amigos...! Carguemos contra la chusma —gritaba entusiasmado el regente.

—¡Santo Dios!, ¡qué locura, monseñor!... ¡A mí, Ravanne!, ¡ayudadme!

Los dos jóvenes asieron al duque, cada uno por un brazo, y lo metieron casi a rastras por una de las entradas del Palacio Real que siempre permanecía abierta. Toda la banda vino a dar de cabeza contra la verja, en el momento en que los tres señores cerraban tras ellos.

La triple carcajada con que los fugitivos se despidieron acabó de avergonzar a los conspiradores, que quedaron con un palmo de narices al frente de la sofocada tropa.

—¡Ese maldito debe de haber hecho un pacto con el diablo! —comentó Harmental, cuyo tono de voz traslucía un atisbo de admiracion.

—Hemos perdido la partida, amigos —dijo Roquefinnette, dirigiéndose a los hombres que esperaban sus órdenes—, pero no os preocupéis; ha sido sólo el primer asalto. Buenas noches; mañana os veré.

—¿Y bien, coronel? —consultó Roquefinnette, con las piernas separadas y fijando la mirada en los ojos de Harmental.

—¡Y bien, capitán! —respondió el caballero—. Voy a deciros una cosa: cuando se fracasa es que las cosas no se han hecho como debían. ¿Qué vamos a decirle ahora a madame del Maine?

—¡Vaya! —le interrumpió Roquefinnette—. ¿Es por esa rata sabia por la que os inquietáis? ¡Vamos, coronel!..., haced caso a un viejo zorro; para ser un buen conquistador es necesario, sobre todo, lo que vos tenéis: valor; pero también hace falta lo que no poseéis: paciencia. ¡Diablos!, si yo fuese el director de todo este alboroto, lo llevaría a mi manera, y os aseguro que todo saldría bien. Si consintierais que yo tomase la sartén por el mango... Pero, bueno, ya hablaremos de eso.

—Y si estuvierais en mi lugar, ¿qué diríais a la duquesa?

—¿Qué le diría? Pues eso: «Princesa, seguramente monseñor ha sido prevenido por su policía; el asunto no ha salido tal como pensábamos, y nos las hemos tenido que entender con unos bellacos que nos han dado esquinazo, etcétera.»

—Sí, ciertamente, eso es lo que diría otro; pero yo, ¡qué queréis, capitán!... tengo una ideas muy tontas, y además no sé mentir.

—El que no sabe mentir está avisado —comentó el capitán—. Pero, ¿qué ven mis ojos? ¡Las bayonetas de la ronda! ¡Oh, eficaz institución!... Nunca faltas a tus tradiciónes: siempre presente cuando el nublado pasó. Pero no importa; hemos de separarnos. Adiós, coronel; cada uno a su olivo, pero despacio, pasito a paso, para que no se den cuenta de que tenéis unas ganas locas de echar a correr como alma que lleva el diablo.

Y mientras Harmental se metía por el pasaje, el capitán siguió por la calle de Valois al mismo paso que la ronda, a la que sacaba cien pasos de delantera, mientras cantaba con el aire más indiferente del mundo:

Tenons bien la campagne,
La France ne vaut rien,
Et les doublons d'Espagne
Sont d'un or tris chrétien.[10]

El caballero volvió al lugar donde había quedado apostado el coche que, siguiendo sus instrucciones, aguardaba con la portezuela abierta y el cochero en el pescante.

—Al Arsenal —ordenó el caballero.

—Es inútil —le respondió desde el interior una voz que hizo estremecer a Raoul—, ya he visto lo que ha pasado, e informaré debidamente; una visita a esta hora sería peligrosa.

—¡Ah!, sois vos, abate —dijo Harmental, que había reconocido a Brigaud bajo la librea que le servía de disfraz—. ¡Que el diablo me lleve si sé qué explicación puedo dar!

—Pues yo sí sé; y también sé decir que sois un valiente y leal gentilhombre, de los que si hubiera diez iguales en Francia, otro gallo nos cantaría. Subid deprisa; ¿a dónde queréis que os lleve?

Harmental montó en el coche, y el abate, disfrazado de lacayo, se acomodó a su lado sin hacer caso de la humildad de su traje.

—Vamos a la esquina de la calle Gros-Chenet con la de Clery —ordenó el abate al cochero.

El coche arrancó y siguió su ruta, sin que las acolchadas ruedas hicieran el menor ruido.

---

10   Vámonos a la guerra, / En Francia no hay nada que hacer, / Y los doblones de España / Son de un oro muy cristiano.

CAPÍTULO IX

El gentilhombre Buvat

Nos conviene ahora conocer mejor a uno de los principales personajes de nuestra historia, del que no hemos hecho más que hablar de pasada. Nos referimos al buen burgués que vimos cuando dejaba el grupo que rodeaba al músico de la calle Valois y volvimos a encontrar, en un momento muy inoportuno, cuando recorría a hora avanzada la calle de Bons-Enfants: el pobre diablo a quien Harmental había ayudado de manera tan oportuna y que, casualmente, ¡era el mismísimo jardinero!, el vecino de la calle de Temps-Perdu.

Ya dijimos que era un hombre sobre los cuarenta y cinco años, bajito y grueso, con una obesidad que iba en aumento a medida que avanzaba en edad; tenía una de esas caras borrosas donde todo, cabello, cejas, ojos y piel, parece del mismo color; era uno de esos tipos, en fin, de los que a diez pasos no se distingue ningún rasgo, cuyas facciones jamás han sido alteradas por las pasiones, buenas o malas, y que por lo mismo conservan toda su insignificante regularidad.

Añadamos que la Providencia, que jamás hace las cosas a medias, había firmado el original con el nombre apropiado: Jean Buvat, si bien es cierto que las personas que conocían la nula inteligencia pero las excelentes cualidades del corazón del hombrecillo, suprimían el patronímico que recibió en la fuente bautismal y le llamaban simplemente «el buen Buvat».

Desde su más tierna infancia el pequeño Buvat había mostrado una marcada repugnancia por todo lo que fuese estudio, y una vocación particular por la caligrafía. De modo que llegaba cada mañana al colegio de los Padres del Oratorio, donde asistía como alumno gratuito, con unos deberes plagados de faltas pero escritos con una limpieza, una regularidad y una propiedad que daba gusto verlos.

De ello resultaba que el pequeño Buvat recibía a diario palmetazos por su torpeza, y todos los años el premio de caligrafía por la habilidad de sus manos.

A pesar de su exterior sosegado, al joven Buvat no le faltaba un fondo de amor propio: volvía por la tarde lloroso a su casa, se quejaba a su madre de las injusticias que le hacían... pero tenía que confesar que en la escuela había niños de diez años más adelantados que él en los estudios.

Por su parte, como la señora viuda de Buvat, una pobre comadre de barrio, solo veía que los deberes de su hijo iban en una letra que ni pintada —cosa que a ella le bastaba para creer que no había nada más que pedir—, fue un día a protestar a los buenos Padres. Éstos le respondieron que su hijo era un buen chico, incapaz de una mala acción, pero de una inutilidad tal para los estudios que le aconsejaban que lo dedicase a maestro de escritura, ya que éste era el único talento que la naturaleza le había dado.

Este consejo fue un rayo de luz para la señora Buvat, que volvió a su casa y comunicó a su hijo los nuevos planes que tenía para él. El joven acogió con gran alegría la resolución de su madre; le prometió que antes de seis meses sería el mejor pendolista[11] de la capital, y que con sus ahorrillos iba a comprar un cortaplumas, un paquete de plumas de ave para escribir y dos cuadernos de papel para ponerse al trabajo.

Los buenos Padres no se habían equivocado respecto a la verdadera vocación del joven Buvat: la caligrafía era en él un arte que casi alcanzaba la categoría de dibujo. Al cabo de seis meses domi-

---

11   Persona que escribe con muy buena letra y, por tanto, se dedica a copiar documentos. (N. del E.)

naba las seis diferentes clases de escritura, y trazaba unos rasgos que imitaban figuras humanas, plantas y animales. Al cabo de un año había hecho tales progresos, que le convencieron de que ya podía comenzar a trabajar en serio. Lo hizo durante tres meses, día y noche, y al final consiguió una auténtica obra maestra, con la que consiguió su carta de examen. No era una simple pancarta, sino un verdadero cuadro que representaba la Creación, en trazos gruesos y finos, y en el espacio que quedaba libre, venía reproducido en seis tipos distintos de escritura el adverbio «*despiadadamente*». Ocho días después, Buvat tenía cinco alumnos y dos alumnas.

El éxito fue en aumento; de modo que, pasados los años, la señora Buvat pudo morir con la satisfacción de ver a su hijo bien establecido.

La vida del calígrafo siguió su curso, reglamentado con tanta perfección que se podía asegurar que cada día sería exactamente igual que el anterior. Así llegó a la edad de veintiséis años, sin que su calmosa e inocente hombría de bien sufriese ninguna de las borrascas propias de la juventud.

Por aquellas fechas el buen Buvat tuvo la ocasión de practicar una acción sublime de la manera más ingenua y espontánea, como todo lo que hacía.

En el primer piso de la casa número 6 de la calle de Orties, en la que Buvat ocupaba una buhardilla, había una joven familia que era la admiración de todo el barrio, por la incomparable armonía en que vivían marido y mujer. Él se llamaba Albert de Rocher, y era hijo de un antiguo dirigente de los sectarios de las Cévennes, que fue obligado a hacerse católico con toda su familia, en los tiempos de las persecuciónes del señor de Bâville. Albert había entrado como escudero en casa del duque de Chartres, que por aquella época estaba rehaciendo su cuerpo de casa, muy duramente castigado en la campaña que precedió a la batalla de Steinkerke, y en la que el príncipe hizo sus primeras armas.

El invierno interrumpió la campaña, pero llegada la primavera se reanudaron las operaciones; el señor de Luxemburgo volvió a convocar a sus oficiales, que repartían su vida entre la guerra y los placeres, seis meses para cada cosa. El duque de Chartres fue uno de los primeros en acudir a la llamada y Rocher le siguió, al igual que hicieron sus demás servidores.

Llegó el gran día de Nerwinde. El duque cargaba una y otra vez al frente de sus tropas. A la quinta arremetida, el único que quedaba junto a él era un joven al que apenas conocía. Hubo una descarga; milagrosamente, ambos resultaron ilesos; el caballo del príncipe, herido de muerte en la cabeza, arrastró al duque en su caída. El joven, que era alto y fuerte, pensó que no era momento para delicadezas, agarró por un brazo al príncipe y lo hizo montar en su grupa. En aquel momento crítico llegaba el señor de Arcy con un destacamento de caballería ligera, rompía entre las filas enemigas, y liberaba a los dos hombres, cuando ya éstos iban a ser cogidos prisioneros.

El duque tendió la mano a su compañero, y le preguntó su nombre. El joven respondió que se llamaba Albert de Rocher, y que había reemplazado al escudero Neuville, muerto en Steinkerke. El duque, volviéndose hacia los que acababan de llegar, le presentó:

—Señores, he aquí al que me ha salvado la vida.

Al terminar la guerra, el duque le nombró su primer escudero, y tres años después lo casó con la joven de la que estaba enamorado, dotó a la muchacha, y se preocupó de que su salvador progresara en su carrera.

La joven era de origen inglés. Su madre había llegado a Francia acompañando a madame Henriette cuando ésta vino para casarse con el hermano de Luis XIV. Después que la princesa murió envenenada por manos del caballero Effiat, pasó a ser la dama de compañía de la reina madre; al morir esta, en 1680, se retiró a una casita en el campo, cerca de Saint-Cloud, para dedicarse por entero a la educación de su hija Claire. Había sido con motivo de una de las visitas que el duque de Chartres hiciera a Saint-Cloud cuando Rocher conoció a la joven con la que el duque lo casó en 1697.

Los nuevos esposos tuvieron un niño, que desde la edad de cuatro años fue confiado a Buvat para que le enseñara caligrafía. El niño murió del sarampión. La desesperación de los padres fue grande; Buvat les acompañó en su dolor, tanto más cuanto que el pequeño demostraba grandes aptitudes. Aquello unió al profesor y al matrimonio. Un día en que aquel buen hombre se quejaba del precario futuro de los artistas, Albert le propuso utilizar su influencia para tratar de conseguirle un puesto en la Biblioteca. Buvat saltó de júbilo, sólo con pensar que iba a convertirse en un funcionario público. Aquel mismo día envió su solicitud, escrita con su mejor letra. Albert lo recomendó, y un mes después Buvat recibía la credencial de empleado de la Biblioteca Real, en la sección de manuscritos, con la asignación de novecientas libras. Buvat, encantado, prometió a sus vecinos que si tenían otro hijo, sería únicamente él quien le enseñase a escribir. Hacia finales de 1702, Claire dio a luz una niña.

El nacimiento causó una gran alegría. Buvat no cabía en sí del gozo que sentía. Aquel día, por primera vez en su vida, llegó a la oficina a las diez y cuarto, en lugar de a las diez en punto como acostumbraba.

La pequeña Bathilda tenía ocho días, y ya Buvat quería enseñarle a hacer palotes. Hicieron falta todas las razones del mundo para que comprendiese que por lo menos debía esperar dos o tres años; sin embargo, Buvat tuvo la satisfacción de poner solemnemente la primera pluma que encontró en las manitas del bebé.

Pasó el tiempo; estamos a principios de 1707. El duque de Chartres, ya duque de Orléans por la muerte de Monsieur,[12] había conseguido, por fin, un mando en España, adonde tenía que llevar las tropas francesas que debían unirse al ejército del mariscal Berwich. Como primer escudero, Albert tenía que acompañar al príncipe. Aquel viaje llegó en el momento más inoportuno, porque la salud de Claire empezaba a dar que pensar; el médico había dejado escapar las palabras «tisis pulmonar».

Y llegó el 5 de marzo, día fijado para la marcha. A pesar de sus dolencias, Claire se había ocupado personalmente del equipaje de su marido. En medio de sus lágrimas, una sonrisa de orgullo iluminó su cara cuando vio a Albert sobre su caballo y vistiendo el flamante uniforme. El joven se sentía embargado por la altivez y el orgullo.

Llegado a Segorbe, el duque supo que el mariscal Berwich se aprestaba a dar una batalla decisiva. En vista de ello, envió por delante a Albert para que anunciase al mariscal la próxima llegada del duque de Orléans con sus 10.000 hombres.

Rocher llegó en el preciso momento en que iba a comenzar la batalla. Pidió que le indicaran dónde había establecido el mariscal su puesto de mando, y al encontrarlo, le expuso el objeto de su misión. El mariscal, por toda respuesta, le mostró el campo de batalla y le ordenó volver junto al príncipe para contarle lo que había visto. Albert pidió permiso para quedarse y así poder dar al príncipe noticias de la segura victoria. En aquel momento el general en jefe dispuso una carga de las fuerzas de dragones y envió a uno de sus edecanes para que lo comunicase al coronel que debía efectuarla.

Aquella carga fue una de las más brillantes acciones del día, y penetró tan profundamente en el corazón de las filas imperia-

---

12   «Monsieur» era el tratamiento que recibía el hermano del rey, quien asimismo ostentaba el título de duque de Orléans

les, que sembró el desorden en las mismas. El mariscal siguió con la mirada al joven Albert, que se había precipitado tras el ayudante, le vió llegar hasta la bandera enemiga y luchar cuerpo a cuerpo con el que la sostenía. Una vez que estuvo ante el mariscal, tiró la bandera a sus pies, abrió la boca para hablar, pero en lugar de palabras fue una bocanada de sangre lo que salió de sus labios. El mariscal le vio vacilar en sus estribos, y se adelantó para sujetarle; pero ya era tarde: Albert cayó del caballo; una herida de bala le atravesaba el pecho.

El duque de Orléans llegó al día siguiente de la batalla, y lamentó la muerte de Albert como se siente la de un hombre valiente. Además, quiso escribir personalmente a su viuda, pues si algo podía consolarla de la pérdida de su marido, había de ser una carta como aquella.

A las cuatro de la tarde Buvat se encontraba, como siempre, en la Biblioteca, cuando le avisaron de que alguien preguntaba por él. El mensajero le dijo que la madre de Bathilda le necesitaba con urgencia. Cuando llegó encontró a la pobre mujer, que no lloraba; parecía aterrada, sin lágrimas en los ojos, muda, con la mirada fija y extraviada, como la de una loca. Cuando al fin se dio cuenta de la presencia de Buvat, se limitó a extender su mano y entregarle la carta que acababa de recibir.

El buen hombre, de momento, no se dio cuenta de lo que ocurría; después, puso los ojos en el papel y leyó en voz alta:

«*Señora:*

»*Vuestro esposo ha muerto por Francia y por mí. No hay poder humano que nos lo pueda devolver. Si alguna vez necesitáis cualquier cosa, recordad que Francia y yo somos vuestros deudores.*

»*Con todo el afecto de*
Felipe de Orléans.»

—No, no... —murmuró Buvat fijando sus ojos en Claire—, ¿el señor de Rocher?..., ¡no es posible!

—¿Ha muerto papá? —preguntó la pequeña Bathilda que jugaba en un rincón con una muñeca—. Mamá, ¿es verdad que papá ha muerto?

—Sí, mi niña... ¡Qué desgracia!... qué desgracia...

—Señora, no os desesperéis todavía... puede que sea una falsa noticia.

—¿No veis que es la propia letra del duque de Orléans? —Al decir estas palabras la pobre mujer tosió tan fuerte que Buvat sintió que su propio pecho le dolía, pero su espanto fue mayor cuando vio a la mujer retirar, lleno de sangre, el pañuelo que se había puesto en la boca.

El apartamento que ocupaba Claire resultaba demasiado grande para ella, de modo que nadie se extrañó cuando se cambió a otro más pequeño del segundo piso.

La pobre viuda se presentó en el Ministerio de la Guerra para hacer valer sus derechos. Pero cuando al cabo de tres meses las oficinas empezaron a considerar su caso, la toma de Requena y de Zaragoza habían hecho olvidar la victoria de Almansa. Claire enseñó la carta del príncipe, y el secretario del ministro le respondió que con semejante carta podía obtener todo cuanto quisiera, pero que antes tendría que esperar la vuelta de Su Alteza.

En vista de lo cual dejó su vivienda del segundo, para tomar dos pequeñas habitaciónes en el tercero. La viuda no poseía otros medios de vida que el salario de su esposo, ya que la modesta dote recibida del duque había desaparecido en la compra de algunos muebles y en el equipo de su marido.

Contra los principios estratégicos habituales en la época, el ejército francés, en lugar de retirarse a sus cuarteles de invierno, prosiguió la campaña. El duque de Orléans se preparaba para sitiar Lérida. La espera de Claire se alargaría.

La viuda intentó una nueva gestión, pero esta vez habían olvidado incluso el nombre de su marido. Y a pesar de la carta del príncipe no tuvo más remedio que rumiar su paciencia.

Por último se vió obligada a dejar las dos habitaciones y tomar una pequeña buhardilla frente a la que ocupaba Buvat; vendió todas las pertenencias que conservaba, excepto algunas sillas, la cuna de la pequeña Bathilda y una cama para ella.

A Buvat, testigo involuntarió de aquellos cambios sucesivos, no le fue difícil comprender la real situación de su vecina. Hombre en extremo ordenado, había reunido unos pequeños ahorros que deseaba poner a disposición de Claire, pero nunca se atrevió a hacerle semejante ofrecimiento; veinte veces llegó a la casa, portador del saquillo donde guardaba el modesto peculio, pero nunca logró acopiar suficiente valor para mostrarlo. Un día, Buvat, que bajaba la escalera para irse a su oficina, tropezó con el propietario que hacía su ronda trimestral; le hizo entrar en su casa, y diciéndole que la señora Rocher le había entregado el dinero, pagó dos recibos atrasados.

Pasaron los últimos días del invierno y llegó la noticia de que el joven general, después de tomar Lérida, se preparaba para el sitio de Tortosa.

Fue un golpe terrible para la pobre Claire: la primavera llegaba, y con la primavera, una nueva campaña retendría al duque. Le fallaron las fuerzas, y se vio obligada a guardar cama.

La situación de Claire era desesperada. Conocía perfectamente la gravedad de su estado, y se preguntaba a quién confiar su hija el día que ella faltase. Su marido sólo tenía parientes lejanos, a los que ni siquiera conocía. En cuanto a la familia inglesa, no sabía quiénes eran; para ella no había más patria que Francia, donde había fallecido su madre.

Cierta noche, Buvat (la tarde anterior había dejado a Claire consumida por la fiebre) la oyó gemir de forma tan desesperada que saltando de la cama se vistió para ir a ver qué le ocurría, pero al encontrarse ante la puerta no se atrevió a entrar ni a llamar. Claire lloraba con gran congoja y rezaba en alta voz. La pequeña Bathilda se había despertado y llamaba a su madre. La mujer secó sus lágrimas, se acercó a la cuna de su hija y, arrodillándose, le hizo repetir todas las oraciones infantiles que sabía; entre cada una de ellas, Buvat podía oírla rogando con dolorosa voz:

—¡Dios mío! ¡Dios mío!... Proteged a mi pobre hijita...

El buen Buvat cayó de rodillas, y a sí mismo se prometió que aunque Bathilda quedase huérfana, jamás quedaría abandonada. Dios tenía que escuchar la doble oración que hacia Él subía.

Al día siguiente, Buvat, al entrar en casa de Claire, hizo algo a lo que nunca antes se había atrevido: tomó a Bathilda en sus brazos, apoyó su rostro contra la dulce carita de la niña y murmuró en voz baja:

—No temas, pequeña inocente; todavía hay gente buena en el mundo.

Entonces, la niñita le echó los brazos al cuello y se estrechó contra él.

Al volver de su trabajo, a las cuatro de la tarde, Buvat encontró la casa en conmoción. Al salir de la habitación de Claire, el médico había dicho que era necesario pedir el sacramento de la eucaristía. El cura se presentó, subió la escalera precedido de un sacristán que agitaba una campanilla, y sin dar tiempo siquiera a preparar a la enferma, penetró en el cuarto. Claire recibió al Señor con todo fervor, pero la impresión que sufriera fue tan intensa, que los que la rodeaban llegaron a pensar que moriría a consecuencia de la misma. Buvat, desde la calle, escuchó los cánticos, y sospechó lo que había ocurrido; subió los escalones de cuatro en cuatro y encontró el cuarto, como suele ocurrir en tales casos, atestado por todas las comadres del barrio. Cerca del lecho donde yacía la moribunda, el cura rezaba la oración de los agonizantes. En un rincón, la pequeña Bathilda, agazapada, no se atrevía ni a llorar ni a gritar, asustada por la gente y por el inusitado movimiento. En cuanto vio a Buvat corrió hacia él como si fuese la única persona que la pudiese proteger. El buen hombre la tomó en sus brazos y se arrodilló junto al lecho de la enferma, que, volviendo los ojos a la triste tierra desde el cielo, donde ya los tenía, vio a su hija en brazos del único amigo con que contaba. Con la penetrante mirada de los que van a morir, llegó hasta el fondo de aquel corazón puro y abnegado. e incorporándose, le tendió la mano con una exclamación de agradecimiento y de alegría que sólo los ángeles comprendieron, y volvió a caer desvanecida en el lecho.

La ceremonia religiosa había terminado; primero se retiró el sacerdote, después las beatas; los indiferentes y los curiosos fueron los últimos en abandonar la casa.

En el grupo de los fisgones había muchas mujeres; Buvat les preguntó si conocían alguna buena enfermera. Una de ellas se ofreció, pero recalcó que acostumbraba a cobrar por adelantado. El pendolista se informó del precio que pedía a la semana, y pensando que las doce libras que solicitaba eran una miseria, le dio dos escudos sin regatear. Claire seguía sin conocimiento. La que se había encargado de su cuidado debutó en sus funciónes, haciéndole oler, a falta de sales, vinagre. Buvat se retiró, después de tranquilizar a Bathilda, asegurándole que su madre dormía. La pobre niña se volvió a su rincón y continuó jugando con la muñeca.

Transcurrida una hora, el buen Buvat volvió para informarse de cómo seguía Claire. Había vuelto de su desmayo, pero no hablaba. Cuando se dio cuenta de la presencia de su amigo, juntó las manos y se puso a rezar; después intentó buscar algo debajo de la almohada. Aquel esfuerzo fue demasiado para su debilidad; lanzó un gemido y volvió a sumirse en la inconsciencia.

Buvat fue incapaz de soportar la triste escena; tras recomendar a la enfermera que cuidase a la madre y a la hija lo mejor que supiese, salió de la habitación.

Al día siguiente, por la mañana, la enferma había empeorado; tenía los ojos abiertos, pero aparentaba no conocer más que a su hija, a quien tenía cogida de una mano, que no quería soltar.

Buvat hubiese querido permanecer cerca de Claire, porque veía que le quedaban pocas horas de vida, pero para el concienzudo empleado el único motivo que hubiera justificado su falta de asistencia a la oficina habría sido su propia muerte. Entró en la Biblioteca triste y acongojado. Sus compañeros observaron, con estupor, que no esperó a que diesen las cuatro para deshacer el cordón de los manguitos azules que usaba para no mancharse el traje, y que a la primera campanada del reloj, cogió el sombrero y escapó corriendo. Con el aliento entrecortado preguntó a la portera cómo se encontraba Claire.

—¡Ay! ¡Bendito sea Dios! —respondió la pobre mujer—, ya no sufrirá más... Está en la Gloria.

—¡Ha muerto! —exclamó Buvat, sintiendo que un escalofrío le recorría la espalda.

—Hace tres cuartos de hora, poco más o menos —respondió la portera.

El hombre subió despacio las escaleras, parándose en cada rellano para secar el sudor que perlaba su frente. Cuando llegó al descansillo que correspondía a su cuarto y a la habitación de Claire, le fue necesario apoyarse en la pared, pues sentía que las piernas le flaqueaban. Le pareció oír la voz de Bathilda que hablaba, con su vocecita entrecortada por los sollozos:

—¡Mamá! ¡mamaíta!... ¡despierta!... ¿por qué estás tan fría?, ¡mamá!

Después, la niña se acercó a la puerta y dando en ella con su minúscula manita pidió auxilio.

—¡Bon ami, bon ami, ven! ¡Estoy sola y tengo miedo!

Buvat se hacía cruces al pensar que aquellas gentes habían sido capaces de dejar a la niña con la madre muerta. Habían cerrado la puerta con llave, y cuando Buvat intentó abrirla, oyó la voz de la portera que le llamaba.

Bajó tan deprisa como pudo.

—¿Por qué tiene usted la llave del cuarto? —preguntó.

—La ha traído el dueño, después de llevarse los muebles— contestó la portera.

—¿Qué dice usted? ¡Se ha llevado los muebles!

—¡Claro está que se los ha llevado! Vuestra vecina no era rica, señor Buvat, y no es difícil pensar que debía dinero por todas partes. Así que el propietario ha pensado en cobrar el primero evitándose el tener que entrar en pleitos con los demás.

—Y la vigilante, ¿dónde está?

—En cuanto ha visto morir a la enferma se ha marchado. Ya no tenía nada que hacer allí, pero si queréis, vendrá a amortajarla... si le dais un escudo. Normalmente, son las porteras las que se encargan de este trabajo, pero yo no podría, ¡soy tan sensible!

El buen Buvat, imaginando lo ocurrido, sentía escalofríos. Volvió al tercer piso lo más rápidamente que pudo. Su mano temblaba al punto que apenas podía introducir la llave en la cerradura. Al fin el cerrojo cedió.

Claire estaba tendida en el jergón de su cama, sobre el suelo, en medio de la habitación. Debían de haberla cubierto con una sábana roñosa, pero la pequeña la había retirado un poco para ver la cara de su madre, a la que estaba abrazada en el momento en que entró Buvat.

—¡Ah!, bon ami, bon ami, despierta a mi mamá que lleva mucho tiempo dormida; despiértala, por favor —exclamó la niña al verle.

Buvat acercó a Bathilda al lado del cadáver.

—Dale un beso a tu madre, pequeña.

La niña obedeció.

—Y ahora —prosiguió—, déjala dormir. Un día vendrá el niño Jesús a despertarla.

Tomó a la niña en brazos para llevarla a su casa. Hubo de acostarla en su propia cama, ya que hasta la cuna se habían llevado. Cuando vio que la niña dormía, salió para declarar la defunción ante el comisario del barrio y para avisar a las pompas fúnebres.

Al volver a casa, la portera le entregó un papel que la enfermera había encontrado en la mano diestra de Claire cuando la amortajaba: era la carta del duque de Orléans.

Aquella fue la única herencia que la pobre madre pudo dejar a su hijita.

CAPÍTULO X

La herencia. Bathilda

Buvat se encargó de buscar una mujer que se ocupase del cuidado de la niña, ya que el pobre hombre no tenía la menor idea de cómo había que llevar una casa, aparte de que, teniendo que pasarse seis horas en la Biblioteca, tenía forzosamente que dejar sola a la criatura. Por suerte tenía a mano lo que necesitaba: una buena mujer de unos treinta y cinco a treinta y ocho años que había cuidado a la señora Buvat en los últimos tres años de su vida. Buvat convino con Nanette (así se llamaba la mujer) que viviría en la casa, se ocuparía de la cocina y cuidaría de la pequeña, todo por un salario de cincuenta libras al año, más la comida.

Aquello cambió totalmente las costumbres de Buvat. No podía quedarse en su buhardilla, que resultaba demasiado estrecha. Así que, desde la mañana siguiente, se puso a buscar un nuevo alojamiento. Encontró uno en la calle de Pagevin que le convenía, porque no quedaba muy lejos de la Biblioteca Real. Era un apartamento de dos habitaciónes, gabinete y cocina. Lo alquiló, pagó la fianza, y fue a la calle Saint-Antoine a comprar algunos muebles que necesitaba. Aquella misma tarde, al volver de su trabajo, hizo la mudanza.

Al día siguiente, que era domingo, enterraron a Claire. Las primeras semanas, la pequeña Bathilda preguntaba a cada instante por su madre, pero poco a poco, habiéndole dicho que mamá se había reunido con su papá, preguntaba por los dos; hasta que un día dejó de hacerlo.

Buvat quiso que la habitación más bonita fuese para Bathilda y se reservó la otra; Nanette dormía en el gabinete. El pobre hombre se daba cuenta de que ni él ni la gobernanta eran los más indicados para dar una buena educación a la niña; todo lo más, podrían conseguir que Bathilda llegase a tener una letra preciosa y aprendiera las cuatro reglas, a coser y a hilar, pero aunque lograsen esto, la niña no sabría ni la mitad de lo que debía saber, pues no podía olvidarse que pese a convertirse en pupila de Buvat, Bathilda seguía siendo la hija de Albert y de Claire, una hija de la pequeña nobleza. Decidió, por tanto, darle una educación en consonancia, no con su actual situación, sino con el apellido que llevaba.

El espíritu simplista de Buvat y su honradez acrisolada le hicieron tener el siguiente razonamiento: la plaza en la Biblioteca se la debía a Albert, de modo que los ingresos que aquélla le proporcionaba pertenecían a Bathilda.

En cuanto a la comida, el pago del alquiler, los vestidos, el cuidado de la niña y el salario de Nanette, él debía ganarlos con sus clases de escritura y haciendo trabajos de copia.

Dios bendijo aquella santa resolución: ni las lecciones ni las copias faltaron en lo sucesivo.

A los seis años Bathilda tuvo profesor de baile, de música y de dibujo. Por otra parte, para Buvat era un placer sacrificarse por su pupila: parecía que Dios la había dotado para todas las ciencias. En lo que respecta a su joven belleza, cumplía todo lo que de niña prometía.

Buvat vivía feliz; al final de cada semana recibía las felicitaciones de los profesores, y el domingo, reventando de orgullo, tomaba la mano de su pequeña Bathilda y la llevaba de paseo. El punto final de sus caminatas era siempre el mismo: los Porcherons, donde se reunían los jugadores de bolos, deporte al que Buvat era muy aficionado y en el que, habiéndolo dejado de practicar, se había convertido en árbitro inapelable.

En sus paseos llegaban también al pantano de la Grange Bateliére, cuyas aguas sombrías y de color morado atraían a las libélulas de alas de gasa y corpiños de oro, que a los niños tanto les gusta perseguir. La diversión preferida de Bathilda era correr, con la redecilla verde en una mano y los dorados cabellos flotando al viento, tras las mariposas y las libélulas.

De vez en cuando Buvat consentía en llegar hasta Montmartre. Cuando en sus excursiones domingueras llegaban hasta la colina debían salir más temprano; Nanette llevaba la merienda que se comían en la explanada de la abadía. Cuando regresaban eran las ocho, ya había oscurecido y, por supuesto, desde la cruz de Porcherons Bathilda iba dormida en brazos de Buvat.

Las cosas siguieron así hasta el año de gracia de 1712, época en que el rey, agobiado por sus deudas, no vio otra solución que dejar de pagar a sus empleados. El cajero advirtió de esta medida económica a Buvat, que se le quedó mirando con aspecto pasmado. Su estrecha mente era incapaz de imaginar que al rey pudiera faltarle el dinero. De modo que prosiguió su trabajo canturreando, como si tal cosa.

—¡Caramba! —comentó un supernumerario[13]—. Debéis de estar muy contento cuando el saber que no os van a pagar no os quita las ganas de cantar.

—¿Qué queréis decir? No os entiendo.

—Digo que si habéis pasado por la oficina del cajero.

—Sí, claro, de ahí vengo.

—¿Y os han pagado?

—No, me han dicho que no había dinero.

—¿Y qué pensáis de eso?

—¡Diablo! Que nos pagarán juntos dos meses.

—Y si no os pagasen el mes que viene, ni el otro, ni el siguiente, ¿qué haríais?

---

13 Empleado que, sin aparecer oficialmente en la plantilla, trabaja en una oficina pública. (N. del E.).

—¿Qué haría? —pensó unos instantes, extrañado de que alguien pudiera poner en duda cuál sería su resolución—. Pues seguiría viniendo a la oficina igual que siempre.

Pasó otro mes, llegó el día de pago, y volvió a anunciarse que la caja seguía vacía.

Aquel día el supernumerario presentó su dimisión, y el jefe cargó a Buvat, además de su trabajo, con el del que había dimitido. Tampoco al tercer mes pagaron; era una verdadera bancarrota.

Buvat tuvo que dar un pellizco a sus ahorros: dos años justos de su sueldo.

Entretanto, Bathilda crecía; se había convertido en una mocita de catorce años que comenzaba a darse cuenta de lo irregular de su situación.

Desde hacía seis meses, con la excusa de que prefería quedarse en casa dibujando o tocando el clavicordio, Bathilda había acabado con los paseos a los Porcherons, las carreras por el pantano y las subidas a Montmartre. Buvat no comprendía aquellos súbitos gustos sedentarios de la joven, y puesto que compartía la opinión común del burgués parisino —que consideraba que después de toda una semana de encierro es preciso tomar el aire—, resolvió alquilar una casita con jardín. Pero no contaba con que estas casas eran muy caras para su actual estado financiero; tuvo que renunciar a su primitiva idea. Un día, paseando por la calle de Temps-Perdu, vio un apartamento con terraza y tuvo la feliz idea de transformar aquella terraza en jardín. Bathilda tendría que vivir en el cuarto piso con Nanette, y él lo haría en el quinto. A Bathilda aquella semiseparación le pareció una ventaja, de modo que animó a su tutor a alquilar el nuevo albergue lo antes posible. Buvat, encantado, anunció a su actual casero el fin del contrato, pagó la fianza al nuevo, y en la siguiente quincena se mudó.

Ahora que Bathilda tenía casi quince años, el hecho de que tutor y pupila vivieran bajo el mismo techo daba lugar a muchos comentarios entre las comadres, que se escandalizaban «de aquella inmoralidad». Cuando se mudaron a la calle de Temps-Perdu, donde nadie los conocía, los comadreos subieron de tono, ya que la diferencia de sus apellidos alejaba la idea de algún parentesco cercano.

Hubo algunos que, menos malévolos, atribuían a Buvat una borrascosa juventud, y creían que Bathilda era el fruto de alguna antigua pasión no bendecida por la Iglesia. Pero una simple ojeada al físico del viejo y de la niña echaba por tierra aquella teoría.

Es justo admitir que la señora Denis fue de las últimas en hacerse eco de aquellas habladurías.

Las previsiónes del empleado dimisiónarió se habían cumplido al pie de la letra: hacía ya diecisiete meses que Buvat no cobraba un céntimo, sin que ello fuese motivo que impulsase al buen hombre a descuidar ninguna de sus obligaciones. Bathilda comenzó a sospechar que algo pasaba, pero con el tacto especial que caracteriza a las mujeres supo que cualquier pregunta iba a ser inútil. Acosó con preguntas a Nanette, hasta que la criada acabó por revelar la difícil situación por la que pasaba el amo. Comprendió entonces Bathilda todo lo que debía a la desinteresada delicadeza de su tutor, y también comprendió que lo único que podía hacer, si quería remediar algo, era no darse por enterada. En el beso filial que depositó en la frente de Buvat cuando éste volvió de la oficina, el buen hombre no pudo adivinar todo el agradecimiento y el respeto que con aquella caricia le quería expresar su pupila.

Al día siguiente, Bathilda comunicó a Buvat, entre risas, que sus profesores ya no tenían nada que enseñarle porque ella sabía tanto como ellos, y que seguir pagándoles era tirar el dinero. Lo cual fue confirmado, con excepcional honradez, por sus mismos profesores, en opinión de los cuales la alumna ya podía marchar sin andadores.

Aquello significó una gran alegría para Buvat. Pero el ahorro de unos gastos no era bastante para Bathilda. A esto había que añadir alguna ganancia. Comprendió que sólo el dibujo podía significar un recurso; la música, en todo caso, sería una distracción. Para el dibujo tenía una predisposición extraordinaria; sus composiciones al pastel eran deliciosas. Un día quiso conocer el auténtico valor de sus obras, y como quien no le da importancia a la cosa, pidió a Buvat que al ir a la oficina mostrase al marchante a quien compraban los lápices y el papel, dos cabecitas infantiles que había dibujado de memoria. El buen hombre hizo el encargo sin malicia ninguna, y el vendedor, con aire desdeñoso y sacándoles mil defectos, acabó por decir que podría ofrecer hasta quince libras por los dos dibujos. Buvat, ofendido por la falta de respeto con que el comerciante había tratado los talentos de Bathilda, le quitó de la mano los cartones y le dio las gracias con mucha sequedad.

Ante aquella actitud, el vendedor, «en mérito a que eran amigos», llegó a ofrecerle cuarenta libras; pero Buvat, enojado, le respondió ásperamente que aquellos dibujos no estaban en venta, y que solo le había preguntado lo que podían valer por simple curiosidad. De todo ello resultó que el comerciante acabó por ofrecerle cincuenta libras, pero el tutor de Bathilda volvió a colocar los dibujos en la carpeta, salió del comercio y se dirigió a su trabajo. Cuando a la tarde volvió a pasar por delante de la tienda, el marchante, como por casualidad, se encontraba en el portal. Buvat iba a pasar de largo.

—Es una lástima que no os paréis. Yo hubiera llegado hasta las ochenta libras.

Buvat siguió su camino con su personilla henchida de un orgullo que hacía todavía más ridícula su figura, pero sin volverse una sola vez, desapareció en la esquina de la calle de Temps-Perdu.

Bathilda escuchó los pasos de su tutor que subía la escalera. Sin poderse contener, salió al descansillo, ya que estaba impaciente por conocer el resultado de la gestión. Cuando tuvo enfrente a su protector le echó los brazos al cuello, lo cual era una reminiscencia de sus costumbres infantiles.

—¡Y bien!, ¿qué ha dicho el señor Papillon?

—El señor Papillon —respondió Buvat, secándose el sudor de la frente— es un impertinente que en lugar de arrodillarse ante tus dibujos se ha permitido criticarlos.

—¡Bueno!, si no ha hecho más que eso —dijo riéndose Bathilda— tenía toda la razón. Pero, ¿os ha ofrecido algo?

—¡Ochenta libras!

—¡Ochenta libras! —Bathilda lo dijo con un grito que le salía del alma—. ¡No!, sin duda os equivocáis.

—¡Se ha atrevido a ofrecer la miseria de ochenta libras por los dos! —subrayó Buvat recalcando cada una de las sílabas.

—Pero, ¡si ese es cuatro veces su valor! —exclamó la muchacha batiendo palmas.

—Es posible, aunque yo pienso de otro modo; en cualquier caso, el señor Papillon es un impertinente.

Bathilda no pensaba así, pero como no quería discutir con Buvat un tema tan delicado como el económico, cambió de conversación, y le anunció que la comida estaba servida.

Esa misma tarde, mientras Buvat se dedicaba a la labor de copista encerrado en su habitación, Bathilda encargó a Nanette que llevase los dibujos al señor Papillon y le pidiese el dinero que por ellos había ofrecido.

La mujer obedeció, y diez minutos después regresaba con las hermosas ochenta libras.

Bathilda tomó las monedas en sus manos, las contempló un instante con lágrimas en los ojos, y después, dejándolas sobre la mesa, fue a arrodillarse ante el crucifijo que colgaba cerca de su cama. Pero esta vez su oración era de acción de gracias: ¡ya podría devolver a Buvat algo de lo mucho que le debía!

Al día siguiente, al volver de la Biblioteca, fue grande la sorpresa de Buvat cuando a través de los cristales de la tienda vió las dos cabezas de niño magníficamente enmarcadas. La puerta se abrió y apareció el marchante:

—¡Vaya con papá Buvat! No os creía tan astuto, vecino. Me habéis sacado, muy finamente, ochenta libras del bolsillo. Pero da lo mismo; decid a la señorita Bathilda que le pagaré al mismo precio todo lo que me mande, si se compromete, durante un año, a dibujar sólo para mí.

Buvat quedó aterrado; masculló una respuesta que el vendedor no pudo entender, y siguió su camino. Cuando llegó a su casa, entró en la habitación de Bathilda sin que ella se diese cuenta. La joven estaba dibujando; había comenzado una nueva cabeza.

Bathilda, al ver a su protector, que seguía en el umbral de la puerta con aspecto apesadumbrado, dejó sobre la mesa el carbón y los colores y acudió a preguntarle qué le ocurría. Buvat, sin responderle, se secó dos lágrimas y dijo con un acento de emoción indescriptible:

—De modo que la hija de mis bienhechores, la hija de Claire de Graus y de Albert de Rocher tiene que trabajar para vivir...

—Pero, padrecito, ¡si eso en vez de ser un trabajo es una diversión! —respondió Bathilda medio llorando, medio riendo.

La palabra «padrecito» sustituía a *bon ami* en los grandes momentos, y de ordinario, tenía por efecto borrar las mayores penas de aquel pedazo de pan. Pero en la ocasión que relatamos, la virtud de la palabra falló.

—Yo no soy vuestro padrecito, ni vuestro *bon ami* —murmuró sacudiendo la cabeza, y contemplando a la muchacha con sus ojos llenos de bondad—, soy simplemente el pobre Buvat, al que el rey ya no paga, y que con sus manuscritos no gana lo suficiente para educar a una señorita como vos.

Y diciendo esto, dejó caer los brazos con tal desaliento, que se le escapó el bastón de las manos.

—¿Por qué decís esto?, ¿queréis matarme de pena? —protestó Bathilda rompiendo a llorar.

—¡Yo hacerte morir de pena! ¿Qué es lo que he dicho?, ¿qué es lo que he hecho? —exclamó el pobre hombre, con un acento en el que se mezclaban la ternura y la confusión.

—¡Loado sea el cielo! Así os quiero, padrecito: que me habléis de «tú».

—Está bien, está bien... pero no quiero verte llorar.

—Pues yo no pararé de llorar mientras no me dejéis hacer lo que quiero.

—Está bien; haz lo que quieras, pero debes prometerme que el día en que el rey me pague mis atrasos...

La joven, cogiendo al buen hombre por el brazo, le llevó al comedor, donde con sus bromas y su animación pronto consiguió que desaparecieran las últimas huellas de tristeza de las anchas facciones de Buvat.

¿Qué habría ocurrido de saber Buvat todo lo que Bathilda maquinaba?

Porque Bathilda pensaba que para poder colocar sus cuadros con provecho no debía prodigarse, y dos dibujos, al máximo, le llevaban ocho o diez días de trabajo. Así que encargó a Nanette que, sin decírselo a nadie, buscase entre las amistades algunas labores de costura difíciles, y por lo tanto bien pagadas, a las que se dedicaría en ausencia de Buvat.

Nanette se puso a la búsqueda en el acto, y sin tener que ir muy lejos encontró lo que deseaba. Era la época de los encajes y de los desgarrones: las grandes señoronas que pagaban el guipur a cincuenta luises la vara, luego se dedicaban a correr alocadamente por los bosquecillos. Como fácilmente se puede imaginar, los rasgones estaban a la orden del día, de modo que en aquellos tiempos se ganaba más remendando los encajes que haciéndolos. Desde el principio Bathilda hizo maravillas, y Nanette recibía las felicitaciones.

Gracias a la resolución de Bathilda (lo relativo a la costura fue algo que ignoró todo el mundo), el bienestar, a punto de esfumarse, volvió por aquella doble compuerta.

Buvat, ya más tranquilo, comenzó a pensar en sacar partido de la terraza que le había decidido a mudarse de casa. Durante ocho días se pasó las horas proyectando planos. Por fin se decidió por una fuente, una gruta y un caminito delimitado por los canteros.

La fuente no era ningún problema; los canalones, que corrían a la altura de ocho pies por encima de la terraza, darían el agua necesaria. El caminito también fue fácil de hacer; compraron algunas tablas pintadas de verde, claveteadas en forma de rombo, que limitaban los bancales de jazmines y madreselvas. La obra de arte de aquellos nuevos jardines de Semíramis fue la gruta.

Todos los domingos, al amanecer, Buvat se iba al bosque de Vincennes, y allí se ponía a la búsqueda de piedras extrañas, de tortuosas formas, y cuando había reunido una cantidad suficiente, hacía que las cargasen en una carretilla y las llevasen a su casa.

Después, Buvat pasó de las piedras a los vegetales. Cualquier raíz sobresaliente de la tierra y que de lejos remedara la forma de una serpiente o de una tortuga pasaba a ser de su propiedad; con su azada en la mano, no quitaba los ojos del suelo, como si fuese tras de algún tesoro escondido. Al cabo de tres o cuatro meses hubo acumulado todo lo que necesitaba.

Entonces comenzó la obra arquitectónica. Cada una de las piedras, de la mayor a la más pequeña, era mirada y remirada para buscar la faceta de apariencia más impresionante. Pronto aquello comenzó a tomar el aspecto de una Babel fantástica en la que se enredaban, serpenteando y enlazándose, las raíces de forma de ofidios y de batracios. Al fin la bóveda se cerró y sirvió de santuario a una magnífica hidra, la más hermosa pieza de la colección, con siete cabezas, ojos de esmalte y cuernos de color escarlata.

Buvat empleó once meses en la construcción de su babilónica obra. Entretanto, Bathilda tenía ya quince años. Era por entonces cuando el vecino Boniface Denis se fijó en ella, y tanto se fijó, que suplicó a su madre que bajo la excusa de la vecindad, entrase en relación con Buvat y con su pupila. Así, la buena señora acabó por invitar a los dos a que fuesen a pasar las tardes de los domingos a su casa.

Bathilda se percató en seguida de las intenciones de tan mediocres vecinos; de modo que cuando se hablaba de dibujos, se excusaba diciendo que no tenía nada que valiera la pena de ser visto; cuando le pidieron que cantase, después que lo hubo hecho una de las señoritas Denis, escogió la más insignificante de las sonatas que conocía. No obstante, Buvat se percató, con extrañeza, que aquella actitud prudente parecía aumentar todavía más la admiración de madame Denis por la niña, a la que colmaba de caricias.

En la tarde de la primera visita Boniface se había mostrado de una estupidez tal, que Bathilda ni siquiera se fijó en él. Aquello no desanimó a Boniface, que al poder contemplar de cerca a la muchacha acabó perdidamente enamorado; no se separaba ni un minuto de la ventana, obligando con ello a Bathilda a mantener cerrada la suya.

A fuerza de insistirle a su madre, Boniface consiguió que ésta fuera por informes a la antigua casa donde había vivido la mamá de Bathilda. Allí, la portera, que estaba totalmente sorda y casi ciega, contó algo de la fúnebre escena en la que Buvat tuvo papel tan destacado.

También Boniface se puso a la caza de referencias. El procurador Joulu, que conocía al notario de Buvat, pudo saber que el buen hombre llevaba diez años depositando una anualidad de quinientos francos a nombre de Bathilda. Aquel capitalito, sin ser gran cosa, demostraba que la muchacha no estaba del todo desprovista de bienes.

El resultado de aquellas averiguaciones decidió a la señora Denis. Un mes después de haber entrado en relación con los vecinos, se determinó a formular una petición en regla. Una tarde, cuando Buvat volvía de su trabajo, lo esperó, como por casualidad, en la puerta de la casa, y con un guiño y una señal de la mano le indicó que tenía algo muy importante que decirle. El buen hombre quedó totalmente aturdido ante la inesperada proposición matrimonial. Nunca había pensado en que Bathilda pudiera llegar a casarse.

La señora Denis era demasiado buena observadora para no darse cuenta del desequilibrio nervioso que su demanda había provocado en el viejo Buvat. Éste, tras recuperar poco a poco la serenidad, contestó que se sentía muy honrado por semejante proposición, pero que su condición de tutor le obligaba a no decidir por sí mismo: transmitiría a la interesada la petición, «quedando bien entendido que la muchacha habría de resolver con entera libertad». Madame Denis lo consideró muy justo, y sin más, lo condujo a la puerta.

Cuando llegó a su casa, el buen Buvat encontró a Bathilda muy inquieta por la tardanza; su tutor había llegado media hora más tarde de lo que acostumbraba. Su inquietud creció cuando le vio tan triste y preocupado. La muchacha le amenazó con no cenar hasta que él contase lo que le había sucedido. De manera que Buvat no tuvo más remedio que darle a conocer la proposición que había recibido.

De momento Bathilda se puso colorada, como le ocurre a toda jovencita a la que se le habla de matrimonio; después, tomando entre las suyas una de las manos del viejo, le reprochó:

—Así pues, padrecito, ya estáis cansado de aguantarme, y queréis libraros de mí.

—¡Yo!, ¡yo!... —protestó Buvat con vehemencia—. Nunca, ¡nunca!... El día que me dejes, me moriré.

—¡Pues no me casaré nunca!

—¡Qué dices!... ¡Claro que te casarás!

—¿Para qué voy a casarme? ¿Es que no somos felices tal como estamos?

—¡Muy felices!, ¡ya lo creo que somos felices!

—¡Pues bien! Si somos felices, nos quedaremos tal como estamos. Ya lo sabéis: no hay que tentar a Dios.

—Ven, ven... Abrázame, hija mía. ¡Decir yo que quiero que te cases! ¿Tú la mujer de ese golfo de Boniface? ¡Bribón, ganapán! ¡Por algo le tenía yo tanta antipatía!

—Entonces, si no deseabais esa boda, ¿por qué me habéis hablado de ello?

—Porque sabes bien que no soy tu padre, y no tengo ningún derecho sobre ti, ¡eres libre, Bathilda!

—Pues si soy libre, digo que no. Contestadles que soy muy joven... ¡En fin, que no quiero!

—¡Vamos a cenar! Puede que me venga alguna buena idea mientras cenamos. Parece mentira, pero me ha vuelto el apetito.

Buvat comió como un ogro y bebió como un bárbaro, pero no se le ocurrió ninguna idea. De modo que tuvo que decirle por las buenas a la señora Denis que Bathilda se sentía muy honrada por la petición, pero que no quería casarse.

Madame Denis no quería creer a sus propios oídos. ¡Una insignificante huérfana rechazaba un partido tan bueno como era su hijo! La comadre tomó muy a las malas la respuesta de Buvat. Pero luego comenzaron a germinar en su mente las viejas hablillas que corrían respecto de la joven y de su tutor. Así que, al transmitir a Boniface el mal resultado de la gestión, añadió, para endulzar la píldora, que debía alegrarse —ella sabía por qué—, de que las cosas hubieran acabado de aquel modo.

Además, pensando que convenía distanciar a los frustrados novios, madame Denis decidió disponer para su hijo una habitación mucho más grande y bonita en el jardín trasero, y la que quedaba libre, la pondría en alquiler.

CAPÍTULO XI

Jóvenes amores

La habitación de Boniface quedó durante tres o cuatro meses desocupada. Hasta que un día, al levantar Bathilda los ojos, vio la ventana abierta y en ella a una persona desconocida; era Harmental.

Había algo en aquel joven que hizo ver a la muchacha que se trataba de una persona muy superior en todos los sentidos al anterior ocupante de la habitación. Con el instinto que es natural en las gentes de buena cuna, Bathilda reconoció en el caballero a uno de su clase. Aquel mismo día le había escuchado cuando tocaba el clavicordio. Al llegar a sus oídos los primeros acordes de los preludios y fantasías que el joven interpretaba, Bathilda reconoció a un aficionado experto. La muchacha se había acercado a la ventana para que no se le escapase una sola nota. Fue cuando Harmental percibió en los cristales los deditos de la vecina y con su precipitación hizo que se eclipsaran con tal rapidez, que no podía dudarse de que Bathilda se había sentido observada.

Al día siguiente fue ella la que recordó que tenía muy descuidado su clavicordio, y como era una excelente ejecutante, interpretó un trozo de la *Armida*, con tal arte que causó el asombro del caballero.

Más tarde Harmental supo de la existencia de Buvat y averiguó el nombre de la muchacha.

A pesar de la naciente simpatía, Bathilda mantuvo cerrada la ventana, pero tras la cortina fue testigo de la creciente tristeza del joven.

Entonces volvió al clavicordio: su delicada intuición le hacía adivinar que la música es el mejor consuelo para las penas de amor.

A la siguiente noche fue Harmental el que se sintió inspirado; Bathilda fue la que escuchó, poniendo en ello toda su alma, las melodías que en medio de la noche le hablaban de amor. Ya existía un punto de contacto entre los dos jóvenes, que se hablaban con el lenguaje del corazón, ¡el más peligroso!

En casa de la señora Denis, Harmental había sabido que Bathilda no era la hija, ni la mujer, ni la sobrina de Buvat. Esto le llenó de gozo, y aprovechando que la ventana de su vecina estaba abierta, hizo amistad con Mirza por medio de los terrones de azúcar. La entrada inesperada de Bathilda había interrumpido aquel contacto. El caballero, con egoísta delicadeza, había cerrado su ventana, no sin antes haber intercambiado un saludo con la vecinita.

Al día siguiente, Bathilda había visto al caballero en el momento en que éste, sin saberse observado, clavaba la cinta escarlata en la pared. Le sorprendió la excitación que se leía en las facciones del caballero. La ventana de éste permaneció cerrada por tanto tiempo, que la muchacha creyó que el inquilino se hallaba ausente, por lo que pensó que podía dejar la suya abierta.

Parecía que el joven no había hecho sino aguardar aquella coyuntura para abrir la suya. Por fortuna para el recato de Bathilda, ella se encontraba tras los cristales de la ventana de la alcoba.

Pero Mirza, que no compartía los escrúpulos de su dueña, en cuanto vio al caballero apoyó sus patitas en el alféizar y comenzó a dar saltos de alegría. Sus gracias fueron bien pronto recompensadas con tres terrones, lanzados uno detrás de otro. Cuál no sería la extrañeza de Bathilda al comprobar que el tercer terrón iba envuelto en un trozo de papel.

La joven no supo qué actitud adoptar, pues era muy visible que el papel llevaba tres o cuatro líneas escritas.

¿Qué hacer con aquella carta? Levantarse y romperla sería, sin duda, muy digno y convincente. Bathilda prefirió dejar las cosas como estaban; seguramente el caballero creía que ella no estaba en casa, puesto que no la había visto.

Pasada una hora entró Nanette, y cerró la ventana, tal como Bathilda le había ordenado. Pero al hacerlo vio el papel. Como no sabía leer y notó que en él venía algo escrito, se lo entregó a su ama. La tentación era demasiado fuerte para poder resistirla. Bathilda fijó los ojos en los renglones, y con fingida indiferencia leyó lo siguiente:

«Sé que sois huérfana, como yo; de modo que somos hermanos ante Dios. Esta noche voy a correr un grave peligro, pero espero que volveré sano y salvo si mi hermana Bathilda quisiera rezar por su hermano.
Raoul».

Era imposible decir más en tan pocas palabras. Si Harmental hubiese empleado todo un día en escribir la carta, no lo hubiera hecho mejor.

Lo único que había retenido la mente de Bathilda, era que su vecino se encontraba en peligro.

Su sexto sentido de mujer le hizo adivinar en la excitación del rostro del muchacho al clavar la cinta, retirada tan pronto llegó el extraño capitán, que el peligro estaba relacionado con aquel nuevo personaje. Un duelo no suele ser asunto por el que se ruega a una mujer que rece; por lo demás, la hora que se indicaba no era de las más propicias para un duelo.

Transcurrió el día sin que volviese a ver a Raoul. Cuando Buvat llegó, según su costumbre, algunos minutos después de las cuatro, encontró a la muchacha tan preocupada, que no pudo por menos que preguntarle tres o cuatro veces cuál era la causa de sus cavilaciones, sin obtener de la joven otra respuesta que una sonrisa.

Al atardecer se presentó un lacayo del abate de Chaulieu, que venía a rogar a Buvat que pasase por la casa de su amo para copiar algunas poesías que aquel clérigo producía en cantidad.

Bathilda agradeció con todo su corazón aquella circunstancia, que le permitiría gozar la velada enteramente a solas. El buen Buvat se marchó sin sospechar que por primera vez era deseada su ausencia.

Como buen burgués parisiense que era, le encantaba vagabundear por las calles. Recorrió las galerías del Palacio Real, curioseando en las tiendas. Al salir de los portales escuchó el eco de unos cánticos y se mezcló con el grupo de hombres y mujeres que escuchaban al músico ambulante. En el momento en que comenzaba la recogida de las donaciones y limosnas, se marchó en dirección a la calle Mazarine, que era donde vivía el abate Chaulieu.

Éste recibió a Buvat, al que conocía desde hacía dos años y del que apreciaba las buenas cualidades; ambos se sentaron ante una mesa rebosante de papelotes.

Aquella vez no se trataba de un trabajito insignificante: sobre la mesa había treinta o cuarenta borradores de poemas, de todos los metros y rimas; casi medio libro de poesía por clasificar. Buvat enumeró los originales; después pasó a la corrección métrica y ortográfica, a medida que el abate iba recitando de memoria cada composición. Cuando dieron las once, los dos atareados personajes creían que no eran más que las nueve.

Buvat se levantó, asustado ante la idea de tener que volver a casa a semejante hora. Enrolló los manuscritos, los ató con un cordón de seda, los guardó en un bolsillo del gabán, cogió su bastón y su sombrero y dejó al abate Chaulieu. El buen hombre sintió no llevar encima dinero para poder coger la barca que cruzaba el río por el sitio donde actualmente se encuentra el Pont des Arts. Por ello, como no lo tenía, le fue necesario volver por donde había venido, la calle del Coq y la de Saint-Honoré.

Todo había ido bien hasta entonces, pero al llegar a la calle de Bons-Enfants, la cosa cambió de aspecto: Buvat era el peatón que se había dado de narices con Harmental y Roquefinnette, frente al número 24 de la calle. El caballero lo protegió de los impulsos agresivos del capitán y le sugirió que huyera lo más rápidamente posible. El pobre hombre no se hizo repetir el consejo, y no se creyó a salvo hasta que se vio de nuevo en su casa, tras la puerta bien cerrada y atrancada. A duras penas le quedaban fuerzas para subir las escaleras.

Entretanto, Bathilda se sentía cada vez más inquieta, a medida que la noche avanzaba. Se encontraba en su habitación, a oscuras, para que nadie pudiese ver que rezaba de rodillas ante el crucifijo. Cuando se abrió la puerta del rellano, encontró a Buvat tan pálido y desencajado, que de momento pensó que le había dado algún mal de repente. En vano preguntaba a su tutor qué le ocurría; no le fue fácil hacer hablar al viejo; tal era el estado en que éste se encontraba. La conmoción había pasado del cuerpo al espíritu; tenía tan trabada la lengua como temblorosas las piernas.

Cuando al fin se tranquilizó lo necesario para articular algunas palabras, comenzó a contar su aventura balbuceando: había sido asaltado por una banda de ladrones, cuyo lugarteniente, hombre feroz de más de seis pies de estatura, había querido matarlo; por fortuna apareció el capitán de la cuadrilla, y le salvó la vida. Bathilda le escuchaba sin perder una sola palabra, porque quería de veras a su tutor.

A pesar de lo peregrino que era aquel pensamiento, le asaltó la idea de que su gallardo vecino estaba relacionado con el episodio y preguntó a Buvat si había tenido tiempo de ver al joven capitán. Buvat respondió que le había visto cara a cara; se trataba de un apuesto joven de veinticinco a veintiséis años, usaba un sombrero de anchas alas y se envolvía en una capa; además de la espada, llevaba un par de pistolas. Aquella descripción era demasiado precisa como para poder sospechar que Buvat hubiera sufrido visiones.

Puesto que el reposo es remedio soberano contra todos los males, Bathilda animó a su tutor para que fuese a descansar cuanto antes. Buvat obedeció a la joven, encendió su vela y dándole un beso, se retiró. La muchacha escuchó que daba dos vueltas al cerrojo.

Una vez que se quedó a solas, Bathilda, casi tan temblorosa como el pobre escribiente, se asomó a la ventana. En el cuarto de enfrente la cortina no estaba corrida. A través de los cristales vio aparecer a su vecino con una vela en la mano. Bathilda no se había equivocado; el hombre del sombrero chambergo[14] y de la capa que había salido en defensa de Buvat era su joven admirador; bajo la capa llevaba una prenda oscura sin mangas, ceñida al torso, y de su cinturón colgaban una espada y dos pistolas; no había duda. La muchacha sacudió la cabeza como para desechar las ideas sombrías que la obsesionaban. Harmental se acercó a la ventana, la abrió y miró tan fijamente hacia la de la joven, que ésta, olvidando que no podía ser vista, dio un paso hacia atrás y dejó caer la cortina.

Permaneció durante diez minutos sin moverse, con la mano apoyada en el corazón para calmar sus latidos; después, con mucho cuidado, separó una punta de la cortina: su vecino ya no estaba en la ventana; su sombra daba incesantes paseos de un lado a otro de la habitación.

---

14   Sombrero militar usado desde el siglo XVI. (N. del E.).

CAPÍTULO XII

El cónsul Duilio

En la mañana que siguió al día, mejor dicho, a la noche en la que ocurrieron los acontecimientos que acabamos de relatar, el duque de Orléans, que había conseguido llegar al Palacio Real sin mayores accidentes, se presentó en su despacho a la hora acostumbrada, las once, después de haber dormido de un tirón. Para aquel espíritu intrépido todo había sido una simple broma; su fisonomía no mostraba ninguna huella de las pasadas emociones que, después de un buen sueño, el príncipe seguramente ya había olvidado.

El despacho del regente ofrecía la particularidad de ser a la vez el de un político, un sabio y un artista. El centro de la estancia estaba ocupado por una mesa enorme, cubierta por un tapete verde, cargada de papeles y llena de tinteros y de plumas. Alrededor de la mesa principal, en pupitres, caballetes, soportes y escabeles, se veían: la partitura de una ópera a medio acabar, los esbozos de varios cuadros y una retorta casi llena. El regente, con una extraña vitalidad, era capaz de pasar en un instante de los problemas más intrincados de la política a la caprichosas fantasías del dibujo; de los cálculos abstractos de la química, a las inspiraciones tristes o alegres de la música. Para él nunca hubo nada peor que el aburrimiento. Nunca estuvo un momento desocupado; por esto quería tener siempre a mano las cosas que más le divertían.

Nada más entrar en su gabinete, y a pesar de que dentro de dos horas se tenía que reunir el consejo, se precipitó hacia uno de los dibujos inacabados, que representaba una escena idílica entre Dafnis y Cloe, y se puso a trabajar. Un ayudante vino a recordarle que su madre, madame Isabelle-Charlotte, había preguntado dos veces si podría visitarlo. El regente, que sentía el más afectuoso respeto por la princesa palatina, respondió que si ella podía recibirle enseguida, él pasaría a sus habitaciones. Un instante después, la puerta del gabinete volvía a abrirse para dar paso a la princesa.

La madre del regente era, como sabemos, la viuda de Monsieur, el hermano de Luis XIV. Había llegado a Francia después de la extraña e inesperada muerte de Enriqueta de Inglaterra. En cuanto al físico, la alemana no tenía nada a su favor; difícilmente haría olvidar a su esposo la belleza de su primera mujer, pues si hemos de creerla cuando se describía a sí misma, tenía unos ojos minúsculos, una nariz gruesa y chata, los labios grandes y aplastados, mejillas mofletudas; una cara enorme, cualquier cosa menos hermosa. Luis XIV la había elegido como cuñada, no para aumentar las bellezas de la corte, sino para hacer valer sus pretensiones sobre las tierras de la otra orilla del Rin.

Gracias a esos objetivos políticos, Madame (que ese era el título que le correspondía), a la muerte de su esposo —en vez de ser obligada a retirarse a un convento o al castillo de Montargis—, siguió ostentando, por voluntad de Luis XIV, todos los títulos y honores, y esto, pese a que el rey no había olvidado la bofetada que la augusta madre dio a su hijo, el joven duque de Chartres, en plena Galería de Versalles cuando éste le anunció su boda con la señorita de Blois (hija bastarda del rey). El joven duque, por su parte, que se casaba contra su voluntad, compartía el mal humor de su madre. De modo que cuando Monsieur murió, y el duque de Chartres se convirtió en el nuevo duque de Orléans, fue para su madre uno de los hijos más respetuosos que jamás pudieron existir. Aquel cariño respetuoso fue con el tiempo en aumento; llegado a regente, el duque otorgó a su madre una situación en la corte análoga a la de su propia esposa.

En palacio todos tenían para la princesa las más altas consideraciones. El regente le había confiado el gobierno interior de la casa de sus propias hijas (nietas de la princesa), y la duquesa de Orléans, perezosa empedernida, casi se alegraba de aquel arreglo, aunque según lo que cuenta la princesa palatina en sus memorias, era motivo de continuos disgustos para ella.

En el momento en que el regente vio aparecer a su madre, se levantó, se dirigió hacia ella, le hizo una reverencia, la tomó de la mano y la condujo a un sillón, permaneciendo él de pie.

—Bueno, hijo mío... —dijo la princesa con su fuerte acento alemán, después de haberse acomodado bien en el sillón—, ¿qué me dicen de algo que os ocurrió ayer por la noche?

—¿Ayer por la noche?... —contestó el regente, haciendo un esfuerzo por recordar.

—Sí, al salir de casa de la señora de Sabran.

—¡Oh!, ¿no es más que eso?...

—Vuestro amigo Simiane va diciendo por todas partes que os quisieron matar, y que tuvisteis que escapar por los tejados.

—Simiane está loco, madre. No fue por huir, sino para ganar una apuesta, y ahora va contando tonterías porque le puso furioso haber perdido.

—¡Hijo, hijo!... Nunca os convenceréis de que vuestra vida puede correr peligro... Y sin embargo, bien conocéis de lo que son capaces vuestros enemigos.

—¡Bah, madre!... ¿Os habéis vuelto tan católica que ya no creéis en la predestinación? Yo creo en ella, y además, pienso que eso de tener miedo queda reservado para los tiranos. Ya sabéis lo que dice de mí Saint-Simon: ¡que desde Luis el Bondadoso no ha habido otro príncipe más benévolo! ¿A quién queréis que tema?

—¡Dios mío!, ¡a nada!; quisiera que no tuvierais que temerle a nada. Si todo el mundo os conociera como yo, y supiesen que sois tan bueno que ni siquiera guardáis rencor a vuestros enemigos, entonces no temería. Pero Enrique IV, al que dicen que os parecéis mucho, era también bueno, y no por eso dejó de tropezar con un Ravaillac. No debierais salir nunca sin escolta. Sois vos, y no yo, quien necesita un regimiento de guardias.

—Madre, ¿queréis que os cuente una historia?

—Sí, sin duda.

—¡Pues bien! Sabed que existía en Roma, no recuerdo en qué siglo de la República, un cónsul muy valiente que tenía, como Enrique IV y yo mismo, el vició de recorrer las calles por la noche. Ocurrió que fue enviado a luchar contra los cartagineses, y que, gracias a una máquina de guerra que había inventado, que llamaban «el cuervo», ganó la primera batalla para los romanos. Cuando se disponía a regresar a Roma, pensaba por anticipado en las fiestas y honores que a su llegada se le dedicarían. En efecto, el pueblo le esperaba fuera de las puertas de la ciudad para llevarlo en triunfo hasta el Capitolio, donde aguardaba el Senado.

»Los senadores le anunciaron que en recompensa por su victoria, se le concedía el honor de ir siempre precedido por un músico, que iría anunciando por todas partes que aquel que le seguía era el famoso Duilio, vencedor de los cartagineses. Duilio, orgulloso ante tal distinción, volvió a su casa con la cabeza bien alta, precedido por el flautista y entre las aclamaciones de la muchedumbre que gritaba: "¡Viva Duilio!, ¡viva el vencedor de los cartagineses!, ¡viva el salvador de Roma! ". Era algo tan embriagador, que el pobre cónsul estuvo a punto de perder la cabeza. Su alegría y satisfacción eran inmensas. Y así llegó la noche.

»Duilio tenía una amante a la que quería mucho, y que le aguardaba impaciente. Se bañó, se perfumó lo mejor que supo, y cuando su reloj de arena marcó la hora romana que correspondía a las once, salió con todo sigilo, pero no se había acordado de su músico. Apenas había dado cuatro pasos, cuando aquél, reconociendo al cónsul, se colocó unas varas por delante de él y comenzó a tocar con todas sus fuerzas. Entonces todos los que por allí pasaban se volvían; los que estaban en sus casas salían a la puerta, y los que estaban acostados se levantaban para asomarse a las ventanas: "*¡Mirad, es el cónsul Duilio!, ¡viva Duilio!, ¡viva el vencedor de los cartagineses!, ¡viva el salvador de Roma!*". Era muy halagador pero muy inoportuno, y cuando Duilio quiso hacer callar al músico, éste le repuso que las órdenes que había recibido del Senado eran estrictas: no podía dejar de tocar ni un solo instante.

»Viendo que era inútil discutir, el cónsul intentó librarse de su melómano acompañante echando a correr. Todo inútil; el flautista reguló su paso con el del cónsul y siguió tocando. Duilio iba veloz como una liebre y los romanos no sabían cuál era el motivo de aquella carrera, pero al descubrir que era el triunfador de la víspera, seguían aglomerándose a su paso y continuaban con sus gritos: "*¡Viva Duilio!, ¡viva Duilio!*". Al pobre hombre le quedaba una sola esperanza: que en medio del barullo, pudiera llegar a la casa de su amada y deslizarse por la puerta que ella habría dejado entreabierta. Pero el rumor había llegado hasta la vía Suburrana, y cuando el cónsul llegó al fin delante de la graciosa y hospitalaria casa, comprobó que, como en el resto del barrio, todos los moradores habían despertado. Mientras se alejaba el cónsul, llegaban a sus oídos las voces que daba el marido desde la ventana: "*¡Viva Duilio!, ¡viva Duilio!*". El pobre hombre volvió a su casa, desesperado.

»Viendo que en adelante ya no podría guardar el incógnito, el cónsul volvió a Sicilia, donde, rabioso como estaba, dio tal paliza a los cartagineses que llegó a pensarse si habría acabado con todas las Guerras Púnicas pasadas y futuras. En Roma hubo tal explosión de entusiasmo que se decidió celebrar el nuevo triunfo con unas fiestas tan solemnes como las del aniversario de la fundación de la ciudad; en cuanto al recibimiento que se haría al vencedor, sería todavía más grandioso que en la anterior ocasión.

»El Senado se reunió a fin de deliberar sobre la nueva recompensa a que se había hecho acreedor Duilio. Éste expuso a la augusta asamblea cuáles eran sus nuevos deseos.

»—¡Padres de la Patria! ¿Es vuestra intención darme una recompensa que me sea agradable?

»—Nuestra intención es haceros el hombre más feliz de la tierra —contestó el presidente de la asamblea.

»—Pues bien, senadores: si creéis que lo merezco, en recompensa por esta segunda victoria quitadme a ese tunante de flautista que me habíais otorgado como premio de la primera.

»El Senado encontró muy extraña la petición, pero había dado su palabra. El flautista fue retirado con la mitad del sueldo, en vista del buen certificado que pudo presentar. Duilio, libre al fin de su maldito músico, pudo acercarse otra vez, discretamente y sin escándalo, a la puerta de la casita que una victoria le había cerrado y que una segunda victoria le volvió a abrir.

—¿Y bien? —preguntó la princesa—, ¿qué tiene que ver esta historia con mi temor a que os asesinen?

—¿Qué tiene que ver? —replicó el príncipe—. Que si por un simple músico le ocurrió todo eso al pobre cónsul, ¡juzgad lo que me ocurriría a mí si llevase todo un regimiento de guardias acompañándome!

—¡Felipe!, ¡Felipe!... —protestó la princesa, riendo y suspirando a la vez—, ¿cuándo os decidiréis a no tratar tan ligeramente los asuntos importantes? ¡Yo no había venido a escuchar vuestras bromas!; quería hablaros de mademoiselle de Chartres.

—¡Ah!, vuestra favorita... Porque madre, no podéis negar que Louise es vuestra favorita.

—¡Pues bien! ¡Adivinad lo que ocurre con ella!

—¿Se quiere enrolar en las Guardias Francesas?

—No, ¡quiere hacerse religiosa!, y ayer por la mañana se marchó al convento.

—Ya lo sé; ella misma me pidió que la acompañara —repuso tranquilamente el príncipe—. ¿Es que ha ocurrido algo?

—Ha ocurrido que ayer devolvió el carruaje con una carta que traía el cochero, en la que os dice a vos, a su madre y a mí que, habiendo encontrado en el claustro una tranquilidad y una paz que no esperaba poder hallar en el mundo, quiere quedarse en él para siempre.

—¿Y qué dice su madre de esta decisión?

—¿Su madre? Está la mar de contenta, porque le gustan mucho los conventos, pero yo digo que no puede haber felicidad donde no hay vocación.

El regente leyó y releyó la carta varias veces.

—Detrás de todo eso hay algún disgusto amoroso. ¿Habéis descubierto, por casualidad, si Louise está enamorada de alguien?

La princesa contó entonces lo ocurrido en la ópera cuando los labios de Louise habían dejado escapar ciertas exclamaciones que demostraban la admiración que en ella había despertado un apuesto tenor.

—Pues no hay que ir más lejos —comentó el regente—. Hay que curarla cuanto antes de semejante fantasía. Hoy mismo iré a la abadía de Chelles para hablar con ella; si fuese un capricho, dejaremos que se le pase; si va en serio, la cosa cambia mucho.

Y besando con respeto la mano de su madre, la condujo hacia la puerta.

Al atravesar la antecámara, la princesa vio llegar a un hombrecillo que casi desaparecía en unas enormes botas de viaje y cuya cabeza apenas sobresalía del inmenso cuello de un gran levitón forrado de piel. Cuando estuvo cerca de Madame se vio brotar de aquella vestimenta una cabecita de nariz afilada y ojillos burlones, que tenía algo de comadreja y algo de zorro.

—¡Ah!, ¡ah!, ¿sois vos, abate?

—Yo mismo, Alteza, que acabo, ni más ni menos, de salvar a Francia.

Era Dubois, que después de saludar caballerosamente a la princesa, sin esperar la venia para retirarse según ordena el protocolo, giró sobre sus talones y sin siquiera hacerse anunciar, penetró en el despacho del regente.

Dubois no ha sido calumniado; la calumnia no cabe cuando se trata de un ser tan perverso; únicamente se ha dicho de él todo lo malo que merecía, sin mencionar lo bueno, que también se hubiera podido señalar. Sus principios fueron semejantes a los de su rival Alberoni, pero todo hay que decirlo: el hombre de genio era Dubois, y en su larga lucha con España, el hijo del boticario siempre llevó ventaja al hijo del jardinero.

Su última negociación había resultado una auténtica obra de arte; era más que la simple ratificación del tratado de Utrecht, puesto que significaba un convenio todavía más ventajoso para Francia.

En el acuerdo logrado por Dubois, la división territorial entre los cinco o seis estados más importantes de Europa se especificaba sobre unas bases tan equitativas y justas, que después de ciento veinte años de guerras, de revoluciones y de cambios, aquellos estados, salvo el Imperio, se encontraban en una situación más o menos igual.[15]

El regente, de carácter poco riguroso, quería mucho al hombre que había sido su preceptor, y al cual, de hecho, había puesto en el camino de la fortuna.

Dubois, que sentía un auténtico afecto por el regente, le era por completo incondicional; con ayuda de su contra-policía (entre cuyos agentes se contaban los más altos personajes, como madame Tencin, y los más bajos, como la Fillon) había conjura-

---

15   Dumas se refiere a la situación del equilibrio europeo a mediados del siglo XIX.

do bastantes conspiraciones de las que el propio messire Voyer de Argenson no llegó a tener la menor sospecha.

—Dubois, eres mi mejor amigo. El nuevo tratado de la cuádruple alianza beneficiará a Luis XV más que todas las victorias de su bisabuelo Luis XIV.

—¿Cómo se encuentra Su Majestad? —preguntó Dubois.

—Bien, muy bien —respondió el príncipe poniéndose de repente formal.

—¿Monseñor le visita todos los días, como de costumbre?

—Lo vi ayer, y hoy también le he hablado.

—Sin duda el viejo Villeroy estaba allí, ¿verdad? ¡Ya empieza a hartarme su insolencia!

—Dejadle, Dubois, dejadle; todo llegará a su tiempo.

—¿Incluso mi arzobispado?

—A propósito, ¿qué nueva locura es esa?

—¿Locura, monseñor? Nada de eso: ¡lo digo muy en serio!

—Entonces la carta del Rey de Inglaterra pidiéndome un arzobispado para vos, ¡no era una broma!

—¿Vuestra Alteza no ha reconocido el estilo?

—Pero, ¿y vuestra esposa?

—¿La señora Dubois? ¡No la conozco!

—¿Y si se opone a que os hagan arzobispo?

—Lo dudo, no tiene pruebas...

—¿Y el original del acta de matrimonio?

—Aquí están sus restos —confirmó Dubois, sacando de su cartera un pequeño envoltorio que contenía una pizca de cenizas.

—¿Es posible?... ¡miserable!, ¿no temes que te mande a galeras?

—Si pensáis hacerlo, ahora es el momento; oigo en la antecámara la voz del lugarteniente de policía.

—¿Quién lo hizo llamar?

—Yo.

—¿Para qué?

—Para darle un buen rapapolvo.

Messire Voyer de Argenson entró en aquel momento. Era igual de feo que Dubois, pero su opuesto en lo físico: gordo, grandote, pesado, llevaba una inmensa peluca y tenía dos cejas espesísimas. Por lo demás, era ágil, activo, hábil intrigante y cumplía concienzudamente con su obligación cuando no olvidaba sus deberes policíacos por culpa de alguna aventura galante.

—Señor lugarteniente general —dijo Dubois—, monseñor, que no tiene secretos para mí, me decía hace un momento que os ha mandado llamar para que me expliquéis cómo iba vestido cuando salió ayer por la noche, en qué casa estuvo, y lo que ocurrió cuando salió de ella. Como sabéis, acabo de llegar de Londres, y no estoy enterado de nada; de lo contrario, no os haría tantas preguntas.

—Pero, ¿es que ocurrió algo de particular ayer noche? Yo no he recibido ningún aviso; en todo caso, habrá sido algo sin importancia.

—¡Oh, Dios mío!, algo sin importancia... ¡Solamente que ayer monseñor salió a las ocho de la noche, fue a cenar con la señora de Sabran, y faltó el canto de una uña para que lo raptaran!

—¡Raptado!, ¡raptado!... ¿y por quién? —exclamó palideciendo el pobre Argenson.

—¡Ah! —repuso Dubois—, eso es lo que ignoramos, y esperábamos que vos nos lo dijerais, señor lugarteniente general. Lo cual podríais hacer, si esa noche os hubierais dedicado a vuestros deberes de policía en vez de pasarla con las amables pupilas del convento de la Magdalena de Traisnel.

—¡Cómo! ¡Argenson! —exclamó el regente estallando en una carcajada—. Vos, un grave magistrado, ¿dais tales malos ejemplos?

—Monseñor —prosiguió balbuceando Argenson—, espero que Vuestra Alteza no escuche los comentarios malintencionados del abate Dubois. Escuchad, señor abate: si todo lo que me habéis dicho sobre monseñor es cierto, la cosa es grave; encontraremos a los culpables y los castigaremos como se merecen.

—¡Tonterías! —le interrumpió el príncipe—. Sin duda eran unos oficiales que quisieron gastarme una broma.

—No, monseñor; es una hermosa conspiración, que tiene su origen en la embajada española, continúa por el Arsenal y llega hasta el Palacio Real —intervino Dubois.

—Y vos, ¿qué opináis, Argenson?

—Que vuestros enemigos son capaces de todo, pero haremos fracasar el complot.

En aquel momento se abrió la puerta, y el lacayo anunció al señor duque del Maine, que llegaba para el consejo.

—Sed bienvenido, primo. Mirad, aquí tenéis a esos dos granujas, que conocéis, y que en este momento estaban informándome de una conspiración en contra mía.

El duque del Maine se tornó lívido, y para no caer tuvo que apoyarse en el bastón, en forma de muleta, que nunca abandonaba.

—Espero, señor, que no habréis hecho caso de semejante calumnia...

—¡Oh, Dios!, de ninguna forma —respondió alegremente el regente—. Pero, ¿qué queréis?, no tengo más remedio que escuchar a esos dos cabezotas que buscan cogeros algún día con las manos en la masa.

El duque del Maine abría la boca para responder alguna excusa banal cuando, en eso, el lacayo anunció la llegada de varios altos personajes convocados para estudiar el tratado de la cuádruple alianza que Dubois había traído de Londres.

CAPÍTULO XIII

La conspiración se reanuda

Harmental, después de despojarse de sombrero, capa, pistolas y espada, se había tumbado en la cama, vestido como estaba, y tal era el poder de su vigoroso organismo que se había quedado dormido al instante.

Cuando despertó, bien entrado el día, se dio cuenta de que había olvidado cerrar los postigos. Al verse otra vez, calmado y tranquilo, en su pequeña habitación, creyó que todo había sido un sueño.

Saltó de la cama. Su primera mirada fue para la ventana de su vecina; ya estaba abierta, y se veía a Bathilda ir y venir en su cuarto. El segundo vistazo fue en dirección al espejo, y le sirvió para comprobar, por el reflejo de su cara, que las conspiraciones le sentaban de maravilla. Se dispuso a acicalarse, con el fin de poner acordes sus ropas con el aspecto de su rostro; cambió su traje marrón por otro completamente negro; reparó el desarreglo de su peinado, logrando un encantador efecto de elegante descuido, y desabrochó los botones del chaleco para dejar ver las chorreras de la camisa, que asomaban con la más estudiada y coqueta negligencia.

Con certeza Bathilda había pensado cómo tenía que comportarse cuando volviese a ver al vecino, pero el caso fue que en cuanto oyó el ruido producido por la ventana de aquél, se abalanzó hacia la suya:

—¡Gracias a Dios que estáis de vuelta! ¡Cuánto me habéis hecho sufrir!

—¡Bathilda!, ¡Bathilda!..., ¿es que sois igual de buena que de bella?

—¿Acaso no me habéis dicho que somos hermanos?

—Bathilda, ¿habéis rezado por mí?

—Toda la noche —contestó la muchacha poniéndose colorada—. ¿Ha pasado ya el peligro? —preguntó anhelante.

—La noche ha sido sombría y triste —le respondió Harmental—. Pero ahora en mi vida vuelve a brillar el sol, aunque sólo se necesita una pequeña nube para que este sol desaparezca.

En aquel momento, alguien golpeó en la puerta del caballero.

—¿Quién es? —preguntó Harmental desde la ventana.

—Gente de paz —le respondieron.

—¿Y bien? —preguntó Bathilda alarmada.

—No os preocupéis; el que llama es amigo. Otra vez, Bathilda, gracias.

El caballero cerró su ventana y franqueó la entrada al abate Brigaud, que ya comenzaba a impacientarse.

—¡Vaya! —observó el abate—. ¿Nos encerramos a cal y canto? ¿Es para iros acostumbrando a lo que sabe la Bastilla?

—¡Caramba, abate!... ¿Me queréis traer mala suerte?

—Pero, ¿qué es esto? ¡Vaya conspirador que estáis hecho! ¡Guardad en seguida todo ese arsenal!

Harmental obedeció, admirando la flema de aquel clérigo dueño de sus nervios, que él, hombre de armas, no podía conservar quietos después de lo ocurrido.

—Igual que la ventana, ¿por qué la cerráis? ¡Mirad qué hermoso rayo de sol primaveral llama con humildad a vuestra ventana, y vos no le abrís!... ¡Ah!, perdón, no me había dado cuenta de que si esta ventana se abre, hay otra que se cierra...

—Mi querido tutor, tenéis un gran ingenio, pero sois terriblemente indiscreto. A propósito: estoy esperando que me deis alguna noticia.

—¡Pues bien!, todo va perfectamente; el remolino que se produjo ya se ha calmado. Ahora no hay más que volver a empezar.

—¿Y cuáles son las órdenes?

—Lo que se ha decidido es que esta mañana salgáis hacia Bretaña por la posta.

—¿Yo en Bretaña?, ¿y qué queréis que haga yo en Bretaña?

—Ya os lo dirán cuando lleguéis allí.

—¡Abate! —protestó Harmental.

—No nos enfademos, mi querido caballero. Cuando se trata de conspirar hay que tener las ideass claras, y no mezclarse los unos en la misión de los otros.

—Pues precisamente porque tengo las ideas claras, ahora, como la otra vez, quiero saber lo que llevo entre manos. Así que vais a decirme qué demonios voy a hacer en Bretaña, y luego, si es que estoy conforme, quizá me decida.

—Las órdenes dicen que vayáis a Rennes. Allí debéis abrir esta carta, y en ella encontraréis las instrucciónes.

—¡Órdenes! ¡Instrucciones!...

—Pero, ¿no son éstas las normas usuales entre un general y sus oficiales? ¡Es verdad!, había olvidado que traigo vuestro despacho en el bolsillo. Tomad.

Brigaud sacó un pergamino enrollado que entregó a Harmental; éste lo desplegó despacio.

—¡Un nombramiento! —exclamó el caballero—. ¡Un nombramiento de coronel en uno de los cuatro regimientos de carabineros!

—¿Y quién es el que me nombra? ¡Louis Auguste, duque del Maine!

—¿Qué hay en ello de extraño? Si el señor duque es el Gran Maestre de la Artillería, dispone del mando de doce regimientos, ¿no es verdad? Pues os entrega uno, a cambio del que os quitaron; eso es todo. Sin contar que de este modo, si la conspiración fallase, tendríais la excusa de haber obedecido órdenes.

—¿Y cuándo he de partir?

—Ahora mismo.

—¿Me concedéis media hora?

—¡Ni un minuto!

—Es que sólo dispongo de dos o tres mil francos, y no me bastarán.

—En vuestro coche encontraréis un cofre con un año de sueldo, y en cuanto a ropa, lleváis varios baúles atestados de ella.

—Pero al menos decidme cuándo volveré.

—Dentro de seis semanas exactamente. La duquesa del Maine os esperará en Sceaux.

—Dejadme por lo menos escribir unas líneas.

—¡Sea! Dos líneas...

El caballero tomó asiento ante la mesa y escribió:

«Querida Bathilda, hoy no es un peligro el que me acecha; la desgracia me ha alcanzado. La terrible desgracia de tener que emprender un viaje en este mismo instante, sin poder deciros adiós, sin poder veros. Estaré seis semanas ausente. El cielo es testigo, Bathilda, de que ni un solo minuto transcurrirá sin que os dedique un pensamiento.

Raoul».

La ventana de la muchacha permanecía cerrada desde que el abate Brigaud se había asomado a la de Harmental. No era posible hacer llegar el papel a Bathilda.

En aquel momento alguien o algo rascaba con suavidad la puerta. El abate abrió; era Mirza, que penetró en la habitación, dando brincos de alegría.

—Para que alguien se atreva a negar que Dios Nuestro Señor vela por los enamorados... Necesitabais un mensajero; ya lo tenéis.

—¡Abate!, ¡abate!... —protestó Harmental en tono risueño.

—¿Acaso creéis que no he adivinado lo que pasa por vos? Tened en cuenta que un cura de almas es un arcano de ciencias ocultas.

Harmental ató la carta al collar de Mirza y le dio un terrón de azúcar como premio por la misión que iba a cumplir. Después, a medias triste y a medias alegre, cogió el dinero que guardaba, algunos objetos personales, y salió tras de Brigaud.

CAPÍTULO XIV

La Orden de la Abeja. Los poetas de la Regencia

A la hora y en el día señalados, es decir, seis semanas después, a las cuatro de la tarde, Harmental entraba a galope tendido de sus dos caballos de posta en el patio del palacio de Sceaux.

Lacayos con librea aguardaban en la escalinata; todo anunciaba los preparativos de una fiesta. Harmental pasó entre los sirvientes formados en doble fila, franqueó el vestíbulo y se encontró en un gran salón, en el cual se hallaban una veintena de personas, la mayoría conocidas del caballero, que charlaban en varios grupos mientras esperaban la aparición de la dueña de la casa.

Harmental se dirigió hacia el marqués de Pompadour:

—Marqués, ¿podríais decirme cómo es que me encuentro de improviso en medio de los preparativos de una gran fiesta?

—En verdad, no tengo la menor idea; yo mismo acabo de llegar de Normandía.

En aquel instante fue anunciado el barón de Valef. Harmental pensó que quizás éste estaría enterado.

—Mi querido Valef, ¿podríais decirme cuál es el motivo de esta soberbia reunión?

—A fe mía, querido, que no sé absolutamente nada; acabo de llegar de Madrid.

—¡Caramba! Por lo visto, hoy éste es el punto de reunión de todo París —observó Pompadour—. ¡Mirad! Ahí llega Malezieux.

—Estamos aquí para asistir a una gran solemnidad, a la recepción de un nuevo caballero de la Orden de la Abeja —les explicó Malezieux—. Y recuerden que aquí no hay ni madame del Maine ni Alteza que valga; únicamente la bellísima hada Ludovica, la reina de las abejas, a la que todos deben ciega obediencia.

—¿Y quién es el neófito? —preguntó Valef.

—Su Alteza el príncipe de Cellamare.

—¡Ah, caramba!... Creo que empiezo a comprender —observó Pompadour.

—Y lo mismo yo —añadió Harmental.

La Orden de la Abeja, fundada por la duquesa del Maine, tenía por lema una frase tomada de la *Aminta* de Tasso: *Piccola si, ma fa pur gravi le ferite*, que Malezieux había glosado en esta forma:

> *La mouche, petit animal,*
> *Fait de grandes blessures.*
> *Craignez son aiguillon fatal,*
> *Evitez ses piqûres.*
> *Fuyez si vous pouvez les traits*
> *Qui partent de sa bouche;*
> *Elle pique et s'envole aprés,*
> *C'est une fine mouche.*[16]

Aquella orden, igual que cualquier otra, tenía su insignia, sus oficiales, y su Gran Maestre. La enseña era una medalla que llevaba grabada en el anverso la imagen de la Reina de las Abejas y en el reverso una colmena. Todos los caballeros debían lucirla cuando asistían en Sceaux al capítulo de la orden.

---

16   La abeja, animal pequeño, / Hace grandes heridas. / Temed a su aguijón fatal, / Evitad sus picaduras. / Huid, si podéis, de los dardos / Que salen de su boca; / Pica y sale volando. / Es un insecto muy listo.

El Gran Maestre era madame del Maine. La orden se componía de treinta y nueve miembros; no podía sobrepasarse este número. La muerte del señor de Nevers había dejado un puesto vacante, que iba a cubrirse con el nombramiento del príncipe de Cellamare.

Madame del Maine había encontrado aquella estupenda y frívola tapadera para encubrir una reunión de carácter político.

A las cuatro en punto, las puertas del salón se abrieron, descubriendo a los asistentes un dosel de raso escarlata sembrado de abejas de oro que cubría un estrado de tres peldaños, y sobre éste, el trono que ocupaba el hada Ludovica. La reina hizo un gesto con la mano y toda la corte se agrupó en semicírculo alrededor del estrado. Cuando cada uno de los asistentes hubo ocupado el lugar que le correspondía, se abrió una puerta lateral y apareció Bessac en traje de heraldo, es decir, una toga de color cereza con un birrete en forma de colmena, y anunció:

—Su Excelencia el príncipe de Cellamare.

El príncipe se acercó al estrado lentamente, hincó la rodilla, y esperó.

—Príncipe de Samarcanda —exclamó el heraldo—, prestad oído atento a la lectura de los estatutos.

El príncipe humilló la cabeza, en señal de que comprendía la importancia del compromiso que iba a contraer.

El heraldo prosiguió:

—Artículo primero: Vais a jurar inviolable fidelidad y ciega obediencia a la gran hada Ludovica, dictadora perpetua de la incomparable Orden de la Abeja; ¡juradlo por el monte Himeto!

En aquel momento llegaron a oídos de la concurrencia sones de una orquesta escondida y las voces de un coro:

Jurad, señor de Samarcanda Jurad, digno hijo del gran Khan.

—Por el sagrado monte Himeto, lo juro —proclamó el príncipe. Artículo segundo... Artículo tercero... etcétera, etcétera. El coro repetía cada vez su estribillo:

Jurad, príncipe de Samarcanda...

El príncipe contestaba:
—Por el sagrado monte Himeto, lo juro.
—Artículo séptimo y último: Juraréis no comparecer jamás ante vuestra dictadora sin ostentar la condecoración que hoy se os va a imponer.

El hada se levantó, y tomando de manos de Malezieux la medalla que colgaba de una cinta naranja, hizo señas al príncipe para que se acercase y recitó unos versos, cuyo único mérito eran las transparentes alusiónes que en ellos se hacían a los proyectos políticos de la propia duquesa:

> *Digne envoyé d'un grand monarque,*
> *Recevez de ma main la glorieuse marque*
> *De l'ordre qu 'on vous a promis:*
> *Thessandre, apprenez de ma bouche,*
> *Queje vous mets au rang de mes amis*
> *En vous faisant chevalier de la Mouche.* [17]

El coro estalló en un vivísimo:

> *Viva sempre, viva, e in onore cresca*
> *Il nuovo cavaliere della Mosca.*

---

17   Digno enviado de un gran monarca, / Recibid de mi mano la señal gloriosa / De la orden que os han prometido; / Tesandro, escuchad de mi boca / Que os admito entre mis amigos / Cuando os hago caballero de la Abeja.

A la última nota, se abrió una segunda puerta lateral, dejando ver el salón espléndidamente iluminado, en cuyo centro había una mesa servida para un magnífico banquete.

El nuevo caballero de la Abeja ofreció su mano al hada Ludovica y ambos se encaminaron hacia el comedor, seguidos por el resto de los concurrentes.

Un bello niño vestido de dios Amor los detuvo. Llevaba en la mano una urna de cristal que contenía las papeletas enrolladas para una lotería de nuevo estilo. La mayoría de los billetes venían en blanco; solamente en diez se habían escrito algunas palabras: «canción», «madrigal», «epigrama», «improvisación»... Los invitados que sacasen alguna de aquellas papeletas estaban obligados a pagar su deuda durante la comida; los demás solamente tenían que comer, beber y aplaudir.

Las damas estaban autorizadas a solicitar un colaborador, y éste, a cambio de sus poéticos servicios, recibía un beso como premio. Como puede verse, todo estaba organizado en el estilo más tontamente pastoril.

El hada sacó el primer billete: llevaba la palabra «improvisación»; todos los demás lo hicieron a continuación. Harmental se alegró de la suerte que le hizo sacar una papeleta en blanco. Después del sorteo todos se sentaron a la mesa, cada uno en el sitio previsto, que estaba señalado por una tarjeta con el nombre del invitado.

Aquella lotería no era en el fondo tan ridícula como parecía. Hay que tener en cuenta, en primer lugar, que los versos, los sonetos y los epigramas estaban muy de moda en la época, cuya futilidad retrataban de maravilla. La vasta llama de poesía que Corneille y Racine habían alumbrado, hacía tiempo que se había extinguido casi del todo; sólo quedaba el rescoldo del fuego que iba iluminando el mundo entero y que ahora no daba más que la modesta chispa de algunos juegos de ingenio. Pero aparte de seguir la moda, aquella justa cortesana tenía un motivo oculto, que únicamente algunos iniciados conocían.

Al comienzo de la comida reinaba, como suele suceder, un frío silencio de buen gusto; había que ir entrando en confianza con la pareja y, además, acallar el apetito.

El hada, preocupada quizás por la improvisación que le había tocado en suerte, permanecía silenciosa. Malezieux, viendo que era tiempo de animar la reunión, se dirigió a madame del Maine:

—Hada Ludovica, a todos vuestros súbditos preocupa un silencio al cual no les tenéis acostumbrados.

—¿Qué queréis, mi querido canciller? He de confesar que estoy obsesionada por esa improvisación.

—En ese caso, permitidme que maldiga esa ley poética que vos misma habéis dictado, y que nos roba el sonido de vuestra voz, porque:

Cha que mot qui sort de ta bouche
Nous surprend, nous ravit, nous touche:
Il a mille agréments divers.
Pardone, princesse, si j'ose
Faire le procès a ta prose,
Qui nous a privé de tes vers. [18]

—Querido Malezieux, tomo la improvisación a mi cuenta; ya estoy en paz con la sociedad, y os debo un beso.

—¡Bravo! —exclamaron todos los invitados.

—Veamos, querido Apolo —prosiguió la duquesa, volviéndose hacia Saint-Aulaire, que estaba hablando en voz baja con la

---

18   Cada palabra que sale de tu boca / Nos sorprende, encanta y emociona, / Con sus mil diversos atractivos. / Perdón, si me atrevo, princesa / A llevar a juicio tu prosa, / Que nos ha privado de tu poética palabra.

señora de Rochan—: Decid en voz alta el secreto que confiabais a vuestra hermosa vecina.

> *La divinité qui s'amuse*
> *A me demander mon secret,*
> *Si j'étais Apollon, ne serait pas ma muse,*
> *Elle serait Thétis et le jour finirait*[19]

El madrigal, que cinco años después habría de llevar a Saint-Aulaire a la Academia, tuvo tal éxito, que durante unos minutos nadie se atrevió a hacerle la competencia.

Saint-Genest tiró un candelabro con aparente torpeza.

—Hada hermosa, no debéis reíros de mi desmaña; ved en ello un homenaje a la belleza de vuestros ojos.

—¿Cómo es eso, mi querido abate?

—Sí, gran hada; os lo voy a probar:

> *Ma muse séverè et grossière*
> *Vous soutient que tant de lumière*
> *Est inutile dans les cieux.*
> *Sitôt que notre auguste*
> *Aminte Fait briller l'éclat de ses yeux,*
> *Toute autre lumiére est éteinte.*[20]

Tal como había supuesto madame del Maine, la comida había tomado un cariz tan frívolo que pese a los temores de los invitados conocedores de lo que se tramaba, ningún extraño

---

19   La divinidad que se entretiene / Me ha preguntado mi secreto, / Si yo fuese Apolo, ella no sería mi musa, / Sería Thetis... ¡A la puesta del sol!

20   Mi musa severa y tosca / Afirma que tanta luz / Es inútil en el cielo. / Ya que en cuanto nuestra Aminta / Hace brillar el resplandor de sus ojos / Apaga las demás luminarias.

hubiera sido capaz de adivinar bajo aquella futilidad aparente el escondido hilo de una conspiración.

Se acercaba el momento de abandonar la mesa. A través de las ventanas cerradas y de las puertas entreabiertas llegaban desde el jardín algunos arpegios que anunciaban las nuevas diversiones que esperaban a los comensales.

Lagrange-Chancel, que no había soltado una sola palabra durante la comida, dijo de pronto volviéndose hacia la duquesa:

—Perdón, señora, yo no he pagado mi deuda todavía.

—¡Oh!, es verdad, Achiloque mío; ¿no es un soneto lo que nos debéis?

—No, señora; el azar me ha reservado una oda, y ha sido para mí una gran suerte.

Después, con una voz profunda que armonizaba perfectamente con las palabras que salían de su boca, dijo unos versos cuyo eco habría de llegar hasta el Palacio Real, y que, según relata Saint-Simon, hicieron que el regente derramase lágrimas de rabia:

> *Vous, dont l'éloquence rapide,*
> *Contre deux tyrans inhumains,*
> *Eut jadis l'audace intrépide*
> *D'armer les Grecs et les Romains,*
> *Contre un monstre encor plus farouche...*
>
> *Poursuis ce prince sans courage,*
> *Déjà par ses frayeurs vaincu,*
> *Fais que dans l'opprobre et la rage*
> *Il meure comme il a vécu;*
> *Et qu'en son désespoir extréme,*
> *Il ait recours au poison même*

Préparé par ses propres mains![21]

El efecto que causaron tales versos es inenarrable.

En cuanto el poeta hubo dicho la última estrofa, en medio de un sepulcral silencio, madame del Maine se levantó y seguida por todos pasó al jardín.

---

21 Vos, que con vuestra rápida elocuencia, / Contra dos inhumanos tiranos, / Tuvisteis la intrépida audacia / De armar a griegos y a romanos, / Contra un monstruo todavía más bárbaro... / Persigue a ese príncipe cobarde, / Ya por su temor vencido, / Haz que en la afrenta y en la rabia / Muera como ha vivido; / Y que en su última desesperación, / Tenga que recurrir al veneno / Que sus propias manos prepararon.

CAPÍTULO XV

La reina de los groenlandeses

Los hermosos jardines que había diseñado Le Nôtre para Colbert, y que éste había vendido al duque del Maine, en manos de la duquesa se habían convertido en un escenario de cuento de hadas. Especialmente los de Sceaux, con el gran lago, en medio del cual se alzaba el pabellón de la Aurora. Todo el mundo quedó maravillado cuando, desde la escalinata, comprobó que las largas avenidas, los hermosos árboles, los setos, aparecían envueltos en guirnaldas de luz que transformaban la noche en un día espléndido. Al mismo tiempo, llegaba la melodía de una música deliciosa, en tanto comenzaba a rebullir en el paseo central algo tan extraño y tan inesperado, que la risa se hizo general entre la concurrencia.

Se trataba de un juego de bolos gigantescos, acompañados de la correspondiente bola, que se ordenaron en la forma que marcan las reglas del juego, y que, después de hacer una profunda reverencia a la duquesa del Maine, comenzaron a cantar una triste elegía en la que los bolos se quejaban de que, menos afortunados que los juegos de anillas, el balón y la pelota, habían sido desterrados de los jardines de Sceaux; los pobres bolos pedían que aquella injusticia, que tan cruelmente había venido a herir al pobre juego, fuese reparada, y todos los invitados apoyaron la solicitud a la que finalmente la duquesa accedió.

Acto seguido, los nueve bolos iniciaron un ballet, acompañado de tan singular cabeceo y tan grotescos movimientos, que el éxito de los bolos-bailarines sobrepasó, sin duda, al que habían obtenido los bolos-cantores.

Una vez obtenido lo que deseaban, los bolos se retiraron para ceder el sitio a otros personajes, siete en total, que venían completamente cubiertos por unas gruesas chaquetas forradas que disimulaban sus cuerpos y sus rostros; se trataba de una embajada que los habitantes de Groenlandia enviaban al hada Ludovica. Llegado frente a madame del Maine, el jefe de los groenlandeses hizo una reverencia, y comenzó su discurso.

—Señora, los pueblos de Groenlandia han deliberado en una asamblea general de la nación, y me han elegido a mí para que ofrezca a Vuestra Alteza Serenísima la soberanía de todos sus Estados.

La alusión era tan clara, que hubo un murmullo de aprobación entre los reunidos, en tanto que los labios de la encantadora Ludovica se desplegaban en una agradable sonrisa.

—La fama sólo se acerca a nuestro país remoto para anunciar las maravillas realmente excepcionales, pero esta vez ha querido llegar a nuestros desiertos helados porque pensó que estaba obligada a darnos a conocer los encantos, las virtudes, y los sentimientos de una Alteza Serenísima que aborrece al ardiente sol.

Esta nueva alusión fue acogida con mayor entusiasmo si cabe que la primera. En efecto, el sol era la divisa del regente; no es de extrañar que madame del Maine tuviera predilección por la noche.

—Pero —dijo madame del Maine—, parece que ese reino que me ofrecéis está muy lejos y, os lo confieso, yo temo a los viajes largos.

—Habíamos previsto vuestra observación, señora. Ved ahora: gracias a los encantamientos de un poderoso mago, ¡genios del polo, traed a este jardín el palacio de vuestra soberana!...

Se escuchó una música fantástica y el gran estanque, hasta entonces oscuro como un negro espejo, reflejó una luz tan hábilmente dispuesta, que se hubiese podido creer que era la propia luna la que lo alumbraba. Al destello de aquella iluminación, apareció una isla de hielo, y al pie de un pico nevado, el palacio de la reina de Groenlandia, al que se llegaba por un puente tan ligero que parecía hecho de una nube. Entre las aclamaciones generales, el embajador tomó una corona de manos de uno de sus acompañantes y la colocó en la frente de la duquesa. La reina subió a su trineo y por encima del levísimo puente, acompañada por los siete embajadores, se dirigió hacia el palacio, en el que penetró por una puerta que simulaba la de una caverna. Cuando llegaron, se hundió el puente, y estalló en derredor del pabellón de la Aurora un castillo de fuegos artificiales que era la demostración tangible de la alegría que los groenlandeses sentían a la vista de su nueva reina.

A su llegada al Palacio de Hielo, madame del Maine fue introducida por un lacayo en la habitación más retirada de la mansión, y los siete embajadores, después de haberse quitado sus gorros y sus chaquetas, resultaron ser el príncipe de Cellamare, el cardenal de Polignac, el conde de Laval, el marqués de Pompadour, el barón de Valef, y los caballeros de Harmental y de Malezieux. El lacayo no era otro que nuestro amigo Brigaud.

Como se ve, la fiesta se despojaba de las máscaras y de los disfraces para adquirir su auténtico aspecto de conspiración.

—Señores —dijo la duquesa, con su acostumbrada vivacidad—, no tenemos ni un momento que perder; que cada uno cuente lo que ha conseguido, de modo que podamos hacer un resumen general de la situación.

—Perdonad, señora —hizo observar el príncipe—, me habíais hablado de un hombre al que no veo aquí y al que hubiera estado deseando vivamente encontrar en nuestras filas.

—Os referís al duque de Richelieu, ¿no es cierto? —le preguntó la duquesa.

—En efecto; el regimiento que manda está en Bayona y podría sernos muy útil. ¿Queréis, os lo suplico, dar la orden de que si llega se le introduzca de inmediato?

—Abate, ya habéis oído; avisad a Avranches.

Brigaud salió para cumplir la orden.

—Bien —dijo la duquesa—, sentémonos y vamos a comenzar. Veamos, Laval, empezad vos.

—Yo, señora, en el cantón de los Grisones he reclutado un regimiento de suizos. Entrará en Francia cuando se le ordene.

—¡Bien, querido conde! Y puesto que un Montmorency no puede aceptar un grado inferior al de coronel, tomaréis el mando de ese regimiento mientras encontramos algo mejor que ofreceros. Y cuando vayáis a España llevad el Toisón de Oro en vez de la encomienda del Espíritu Santo; en aquel país es más seguro. Y vos, Pompadour —prosiguió la duquesa—, ¿qué es lo que habéis hecho?

—De acuerdo con las instrucciónes de Vuestra Alteza fui a Normandía, y de allí os traigo treinta y ocho adhesiones de las mejores.

Sacó un papel del bolsillo y lo entregó a la princesa.

Ésta asió el papel con tal rapidez que pareció que se lo arrebataba al marqués. Después de haberlo leído, comentó:

—Muy bien: lo firman gentes de todos los rangos y familias; así nadie podrá decir que sólo nos apoya un grupo exclusivo.

—¿Y vos, caballero? —prosiguió madame del Maine volviéndose hacia Harmental.

—Yo, señora, según lo que dispuso Vuestra Alteza, marché a Bretaña. En Nantes abrí el sobre que contenía las instrucciones. He conseguido que se nos unan los señores de Mont-Louis, de Bonamour, de Pont-Callet y de Rohan-Soldue. Bastará que España envíe algunos barcos a la costa para que toda Bretaña se levante.

—¿Lo veis?, ¿lo veis, príncipe? —exclamó la duquesa dirigiéndose a Cellamare.

—Está bien: pero esos cuatro hombres, por muy influyentes que sean, no son los únicos que necesitamos; hay otras gentes importantes que debemos atraer.

—También estos se han adherido, príncipe —hizo observar Harmental—. Tomad, aquí están las cartas en las que se comprometen...

Y sacando de sus bolsillos varios paquetes de pliegos abrió dos o tres al azar, que llevaban las firmas: «Marqués de Décourt», «La Rochefoucault-Gondral», «Conde de Erée»...

—Bien, príncipe —interpeló madame del Maine al embajador—, ¿os dais por vencido al fin? Ved, otras cartas: Lavanguyen, Bois-Davy, Fumée... ¿Y vos, Valef? Os he dejado para el último porque vuestra misión era la más importante.

—¿Qué diría Vuestra Alteza Serenísima de una carta escrita por el rey Felipe en persona?

—Diría que era más de lo que podía imaginar.

—Príncipe —dijo Valef pasando la carta a Cellamare—, vos conocéis la letra de Su Majestad... Comprobad si este escrito es auténtico.

—Por completo —asintió Cellamare haciendo con la cabeza un gesto afirmativo.

—¿A quién va dirigida? —preguntó madame del Maine.

—Al rey Luis XV, señora.

—Muy bien; se la daremos a Villeroy, que se encargará de ponerla a la vista de Su Majestad. Veamos lo que dice:

«El Escorial, 16 de marzo de 1718. »Desde que la Providencia dispuso que yo ocupase el trono de España, no he olvidado un solo instante las obligaciones que todo bien nacido tiene contraídas con su país de origen...»

—Esto, señores, va dirigido a los fieles súbditos de la monarquía francesa —dijo la duquesa interrumpiendo la lectura y saludando graciosamente a los que la rodeaban. Después prosiguió, impaciente por conocer el resto:

«No creo necesario subrayar las funestas consecuencias que ha de tener la última alianza que os han hecho concertar... También es inútil que vuelva a

repetiros que todas las fuerzas de España estarán siempre al servicio de la grandeza de Francia, dispuestas a humillar a sus enemigos, y a demostrar a Vuestra Majestad el aprecio sincero e inexpresable que siento hacia ella».

—¡Bien, señores!, ¿qué decís a esto?

—Su Majestad Católica hubiera podido unir a esta carta otra dirigida a los Estados Generales —observó el cardenal.

—Ésta la traigo yo —dijo Cellamare sacando a su vez un papel del bolsillo.

—Entonces, ¡no nos falta nada! —afirmó madame del Maine.

—Nos falta Bayona, la puerta de Francia —insistió Cellamare moviendo la cabeza.

En ese momento penetró Avranches en la sala y anunció al duque de Richelieu.

CAPÍTULO XVI

El duque de Richelieu

—¡Por fin! —exclamó la duquesa—. Señor duque, veo que no habéis cambiado; a lo que parece, vuestros amigos pueden contar con vos igual o menos aún que vuestras amantes.

—Al contrario, señora —respondió Richelieu a la duquesa, besándole la mano—; y el que me encuentre aquí demuestra a Vuestra Alteza que sé arreglármelas para cumplir con todos mis compromisos.

—¡Confesáis que el venir a verme ha sido para vos un sacrificio! —exclamó la duquesa, soltando una provocadora sonrisa.

—Mil veces mayor de lo que podáis suponer. ¿Adivináis a quién acabo de abandonar?

—¿A la señorita de Valois, quizás?

—A ésta la reservo para hacerla mi esposa cuando hayamos vencido y yo sea un príncipe español. No, señora; por Vuestra Alteza he dejado a las dos burguesitas más encantadoras que se pueda imaginar.

—¡Dos burguesas!... ¡Duque! —protestó madame del Maine.

—¡No las despreciéis! Dos mujeres encantadoras: madame Michelin y madame Renaud. ¿No las conocéis? La primera es una rubia deliciosa, y la otra una morena adorable, ojos azules, cejas negras...

—Perdón, señor duque, ¿puedo permitirme el recordaros que estamos reunidos para tratar formalmente de un asunto muy serio?

—¡Ah!, es verdad; estamos conspirando...

—¿Lo habíais olvidado?

—¡Claro está!, todas las veces que puedo. Pero veamos, señora: ¿cómo anda la conspiración?

—Tomad; si leéis estas cartas, sabréis tanto como nosotros.

—Perdonad, Alteza, que no lo haga; no leo ni siquiera las cartas que me dirigen a mí.

—¡Bien!, duque —intervino Malezieux—, estas son las cartas de compromiso en las que los señores bretones se muestran dispuestos a sostener los derechos de Su Alteza. Y este documento es un manifiesto de protesta.

—¡Oh! ¡Dadme ese papel! ¡Yo también protesto!

—Pero, ¿sabéis contra qué?

—No me importa, yo protesto de todo —y tomando el papel, estampó su nombre debajo de la última firma.

—Dejadle hacer, señora —intervino Cellamare—; el nombre de Richelieu es una buena recomendación.

—¿Y esta carta? —preguntó el duque señalando la de Felipe V.

—Esta carta —indicó Malezieux— es de puño y letra de Su Majestad Católica.

—¡Buena cosa! —aplaudió Richelieu—. ¿Y Vuestra Alteza piensa que se puede confiar en los Estados Generales? Yo, por mi parte, respondo de mi regimiento de Bayona.

—Lo sé —indicó Cellamare—, pero he oído decir que van a cambiarlo de guarnición.

—¿Es eso cierto?

—Por desgracia así es.

—Dadme papel y tinta: ahora mismo voy a escribir al duque de Berwick.

«Señor duque de Berwick, par y mariscal de Francia:

»Puesto que mi regimiento está dispuesto para emprender la marcha en cualquier momento, etcétera, etcétera...

Duque de Richelieu.»

La duquesa tomó la carta, la leyó y la pasó a su vecino, éste al siguiente, de modo que dio la vuelta a toda la mesa.

—Y ahora, veamos, bella princesa —prosiguió Richelieu—. ¿Cuáles son vuestros proyectos?

—Obtener del rey, por medio de estas dos cartas, la convocatoria de los Estados Generales.

—Pero, ¿creéis que conseguiremos la orden del rey?

—El rey firmará la orden; prometeré a Villeroy la Grandeza y el Toisón. Aunque la ayuda de madame de Villeroy sería más eficaz que la del propio mariscal.

—¡Hombre!, eso me hace recordar que... —murmuró Richelieu—. No os preocupéis; de eso me encargo yo. Conseguiré de ella todo lo que queramos, y como su marido no hace más que lo que ella quiere, en cuanto regrese el mariscal tendremos la convocatoria de los Estados Generales.

—¿Cuándo vuelve el mariscal?

—Dentro de ocho días.

—Señores —dijo la duquesa—, ya habéis oído. Entretanto cada uno debe proseguir la misión que se le haya asignado.

—¿Y qué día tendremos una nueva reunión? —preguntó Cellamare.

—Esto dependerá de las circunstancias —respondió la duquesa. Después, volviéndose hacia Richelieu—: ¿Podremos disponer de vos para lo que resta de la noche, duque?

—Pido perdón a Vuestra Alteza, pero es imposible; me esperan en la calle de Bons-Enfants.

—¡Cómo! ¿Habéis vuelto con la señora de Sabran?

—Nunca habíamos roto, señora. Yo no hago jamás las cosas a medias.

—¡Bien! Que Dios nos ayude a todos, y procuraremos tomar ejemplo de vos, señor duque. Creo que es hora de volver al jardín, si no queremos que extrañe nuestra ausencia.

—Con el permiso de Vuestra Alteza —dijo Laval—, es necesario que os retenga un momento más para daros cuenta de un problema que debo resolver.

—Hablad, conde, ¿de qué se trata?

—De los manifiestos, las memorias y las protestas. Habíamos convenido que los haríamos imprimir utilizando operarios que no supiesen leer.

—¿Y bien?

—Compré una prensa, y la instalé en la bodega de una casa mía situada detrás del Val-de-Gráce. Ayer la policía hizo un registro. Felizmente, los alguaciles de Voyer de Argenson no vieron nada que les inspirase sospechas.

—Traed la prensa a mi casa —indicó Pompadour.

—O a la mía —añadió Valef.

—No, no —opinó Malezieux—; una prensa es algo muy peligroso; mi consejo es que recurramos a un copista, a quien pagaremos bien para que guarde silencio.

—Sí, pero, ¿dónde hallar a ese hombre?

—Estoy pensando... —intervino Brigaud—. Creo que tengo lo que necesitamos: un autómata, que ni siquiera leerá lo que escriba.

—Además, para mayor precaución —indicó Cellamare—, podemos redactar los documentos más importantes en español. Conviene que el tipo en cuestión no ponga los pies en la embajada de España. Debemos comunicar con él por medio de un intermediario.

—Ahora sí que ya no nos retiene nada —cerró la reunión la duquesa—. Señor de Harmental, vuestro brazo, por favor.

Los enviados groenlandeses, convertidos en simples invitados de la fiesta, embarcaron en una góndola y salieron del pabellón por debajo de una florida galería adornada con las armas de Francia y de España, que había sustituido al puentecillo aéreo por el que habían entrado.

La diosa de la noche, vestida con un largo hábito de seda negra sembrado de estrellas de oro, les esperaba al otro lado del lago, acompañada de las doce horas en que se divide su imperio. El grupo comenzó a entonar una cantata apropiada al momento. A las primeras notas que moduló la solista, Harmental se sobresaltó, pues la voz de la cantante tenía tal parecido con otra que él muy bien conocía, que el caballero dio un respingo, movido por un impulso involuntario. Desgraciadamente no podía ver la cara de la diosa, ya que estaba por completo velada.

—¡Perdón!, señora... —se disculpó Harmental ante la duquesa, que le miraba extrañada—. Debo confesar que esa voz me trae recuerdos muy queridos...

—Esto prueba que sois un buen aficionado a la ópera, mi querido caballero, y que apreciáis como se merecen los talentos de mademoiselle Bury.

Harmental ofreció de nuevo su brazo a la duquesa, y ambos se dirigieron hacia el palacio.

En aquel instante se escuchó una débil exclamación. Harmental se volvió maquinalmente.

—No es nada —comentó Richelieu—, ha sido la pequeña Bury, que suele sufrir ligeros vahídos; no os preocupéis; en las mujeres esos accesos no son peligrosos...

Dos horas después, el caballero de Harmental se encontraba de vuelta en París, a donde regresó acompañado de Brigaud, y entraba en la buhardilla que había abandonado hacía seis semanas.

CAPÍTULO XVII

Celos. Un pretexto.

Lo primero que sintió Harmental al llegar a su habitación fue una sensación de bienestar indefinible. Se hubiera dicho que había abandonado la alcoba el día antes, ya que, gracias a los maternales cuidados de la buena señora Denis, todo se encontraba en su sitio. Corrió a la ventana, la abrió de par en par, y envió una intensa mirada de amor a través de los cerrados cristales de su vecina; sin duda Bathilda dormía.

Harmental permaneció asomado durante casi media hora, respirando a pleno pulmón el aire de la noche; después cerró la ventana, se acercó al piano y deslizó los dedos por encima de las teclas; luego cogió la carpeta donde guardaba el comenzado retrato de Bathilda. Al fin se acostó, y mientras conciliaba el sueño creía oír de nuevo la cantata que interpretaba la señorita Bury.

Por la mañana Harmental abandonó la cama de un brinco y corrió de nuevo a los cristales. Lucía un sol espléndido, pero la ventana de Bathilda seguía herméticamente cerrada.

El caballero se arregló, y una y otra vez se asomó a la calle con la esperanza de ver a la joven. Apoyado en el alféizar esperó más de una hora, pero en vano. Se diría que en el cuarto de la joven no hubiee nadie. Harmental tosió, cerró y abrió los postigos, pero todo fue inútil.

Poco a poco, a la extrañeza siguió la inquietud; ¿cuál podía ser el motivo que impulsara a la muchacha a abandonar el centro de su vida dulce y sosegada? ¿A quién preguntar? ¿Cómo informarse de lo ocurrido?

Madame Denis, que no había vuelto a ver a su huésped desde el día de la famosa comida, no había olvidado los cuidados que aquél le prodigara cuando se desmayó; eso hizo que le recibiera como al hijo pródigo.

La buena comadre informó a Raoul de que el día anterior había visto a Bathilda en su ventana, y Boniface se había encontrado con Buvat al volver del trabajo.

Era todo lo que Harmental quería saber; agradeció de nuevo a madame Denis sus bondades y se despidió.

En el descansillo Harmental encontró al abate Brigaud, que llegaba para hacerle a madame Denis su cotidiana visita. Harmental, que no pensaba salir de casa, le indicó que le esperaba en su habitación.

Se sentó ante el clavicordio y después de una brillante improvisación, cantó, acompañándose a su modo, la balada de *La noche* que había escuchado la víspera.

Cuando acabó los últimos compases oyó tras de él unos aplausos; se volvió y vio al abate Brigaud.

—¡Diablos!, abate, no sabía que erais tan gran melómano.

—Ni vos tan buen músico. ¡Cáspita! Una canción que sólo habéis oído una vez.

—La melodía me gustó y la retuve en la memoria.

—Y, además, fue tan admirablemente cantada, ¿no es así?

—En efecto; la señorita Bury tiene una voz preciosa.

—¿La voz fue lo que os gustó?

—Así es —convino Harmental.

—Entonces, no hace falta que vayáis a la ópera si queréis volverla a oír; vuestra ventana es un magnífico palco de proscenio.

—¡Cómo!, ¿la diosa de la noche?...

—Es vuestra vecina.

—¡Bathilda! —exclamó Harmental—. Por algo yo... ¡No me había equivocado!, ¡la reconocí! Pero, ¿cómo es que la pobre Bathilda...?

—Mi querido pupilo, ya que sois tan curioso, os voy a contar todo. El abate Chaulieu conoce a vuestra vecina; necesita de alguien que le copie sus poesías y como emplea al bueno de Buvat, por éste ha conocido a la señorita Bathilda. Es una joven de mucho mérito, no solo canta como un ruiseñor, sino que también dibuja como un ángel. El abate Chaulieu habló de ella con tanto entusiasmo a la señorita Delaunay, que ésta decidió encargarle los disfraces de la fiesta a la que asistimos ayer noche.

—Pero esto no explica que fuera Bathilda y no la señorita Bury la que cantó en Sceaux.

—Mademoiselle Delaunay la tuvo retenida tres días en el palacio, dando los últimos toques a los trajes. Anteayer, el director de la ópera hizo llamar a vuestro murciélago para comunicarle algo de importancia. Durante la ausencia de la Delaunay, Bathilda se sentó ante el clavicordio, comenzó por unos acordes, siguió con unas escalas, y sintiéndose inspirada, empezó a cantar no sé qué trozo de ópera. En aquel momento la señorita Delaunay entreabrió suavemente la puerta, escuchó el aria hasta el final, y luego se abrazó al cuello de la cantora y le pidió con lágrimas en los ojos que la sacase de un grave apuro. Mademoiselle Bury se había comprometido a interpretar al día siguiente la cantata de *La noche*, pero se encontraba gravemente indispuesta; no se podía contar con ella. Ya no habría balada de *La noche*, ni fiesta, ni nada, si Bathilda se negaba a salvar la situación. Madame del Maine llegó desesperada por lo que acababa de saber relativo a la enfermedad de la Bury. Como vos no ignoráis, caballero, cuando la duquesa se empeña en algo no hay forma de negarse. La pequeña Bathilda tuvo que rendirse, pero con la condición de que nadie había de saber que la que cantaba no era la señorita Bury.

—Entonces —preguntó Harmental—, ¿cómo es que vos lo sabéis?

—¡Ah!, por una circunstancia fortuita. Todo fue de maravilla hasta al final de la canción, pero en el momento en que la galera que nos conducía desde el pabellón de la Aurora llegaba a tierra firme, la pobre diosa de la noche dio un grito y se desmayó en brazos de sus vasallas las horas. Le quitaron el velo para echarle un poco de agua en el rostro; en ese momento pasaba yo y quedé sorprendido al ver a vuestra vecina en el puesto de mademoiselle Bury.

—¿Y la indisposición?... —preguntó Harmental lleno de inquietud.

—No fue nada; un mareo momentáneo, una emoción pasajera. En cuanto Bathilda se recuperó, se negó a permanecer ni un minuto más en el palacio de Sceaux. Pusieron un coche a su disposición. Debió de llegar a su casa una hora antes de que nosotros partiéramos.

—¿Una hora antes? Gracias, abate, es todo cuanto quería saber.

—Pues ya que es así, puedo irme.

—¿Cuándo volveré a veros?

—Probablemente mañana —respondió el abate.

Después de lo cual, Brigaud se retiró, con su inconfundible sonrisa en los labios, en tanto que Harmental volvía a abrir la ventana.

A las cuatro y algunos minutos Harmental vio a Buvat que torcía por la esquina de la calle de Temps-Perdu, del lado de la de Montmartre. No había duda: si Buvat volvía tan pronto era porque estaba inquieto por Bathilda. ¡Ella estaba enferma!

Por fin se notaban signos de vida en la casa de enfrente. Alguien levantó la cortina y apareció la ancha faz de Buvat con las narices pegadas al cristal; pero a los pocos instantes se volvió con viveza, como si alguien le hubiera llamado, y dejó caer nuevamente el visillo de muselina.

Harmental comió con cierto remordimiento: ¡cómo era posible que estando tan preocupado, sintiera tanto apetito!

Por mucho que insistiese Buvat, por mucho que ponderase lo agradable de la temperatura, todo fue inútil; su pupila no quiso abandonar su encierro. No así Mirza, que saltando por la ventana sin que nadie la invitase, se puso a corretear alegremente por la terraza, se metió en la gruta, volvió a salir, bostezó, sacudió las orejas, y reanudó sus cabriolas.

El caballero no desaprovechó la ocasión: llamó a la perra con el tono más cariñoso y más seductor que supo. Mirza, al oír la voz amiga, pegó un respingo. Al reconocer al hombre del terrón de azúcar, gruñó de alegría, y después, veloz como un rayo, se lanzó de un salto por la ventana de Buvat. A los pocos momentos Raoul sintió el suave rascar de sus patas en la puerta.

Ya dentro de la habitación, el simpático animalito soltó una serie de ladridos, muestra inequívoca de la alegría que le producía el inesperado retorno del vecino.

La visión de la perra hizo que Harmental se sintiera tan contento como si fuera la propia Bathilda quien lo visitaba. Puso el azucarero al alcance de Mirza, se sentó ante el bufete, y a vuela pluma, dejando hablar al corazón, escribió la siguiente nota:

«Querida Bathilda, me creéis culpable, ¿verdad? Es porque no conocéis las circunstancias extrañas en que me encuentro, y que me disculpan. Si pudiera tener la dicha de veros un instante, un solo instante, os podría explicar por qué hay en mí dos personalidades distintas: el joven estudiante de la buhardilla, y el gentilhombre de la fiesta de Sceaux. Abrid la ventana para que pueda veros, o vuestra puerta para que pueda hablaros; permitidme que vaya a pediros perdón de rodillas.

»Adiós, o mejor, hasta pronto, querida Bathilda; doy a vuestra simpática enviada todos los besos que querría depositar en vuestros preciosos pies.
Raoul».

Este mensaje pareció suficiente al caballero; de hecho, dado lo que se usaba en la época, resultaba muy apasionado. Lo dobló, y sin quitar ni añadir nada, lo ató, igual que hiciera con el primero, al collar de Mirza. Después abrió la puerta de la habitación e indicó con un gesto a Mirza lo que de ella esperaba. La perra no se lo hizo repetir dos veces; se lanzó por la escalera como si tuviese alas, atravesó la calle como un rayo y desapareció en la entrada de la casa de su ama.

Harmental esperó en vano toda la tarde y parte de la noche; a las once, la débil luz que se filtraba a través de las cortinas cerradas se apagó definitivamente.

El día siguiente amaneció sin que se dulcificase el riguroso trato a que el caballero se veía sometido. Toda la mañana la pasó Raoul dando vueltas en su cabeza a miles de proyectos a cual más absurdo. Era una osadía demasiado grande el presentarse en casa de Bathilda sin haber sido autorizado y sin contar con un pretexto válido; mejor era esperar, y Harmental esperó.

A las dos entró Brigaud y encontró a su amigo de un humor insoportable.

—Querido pupilo: leo en vuestra cara que os ha ocurrido algo muy triste.

—Simplemente me aburro y estoy dispuesto a mandar al diablo vuestra conspiración.

—¡Vamos, vamos!... ¿Os aburrís? ¿Y el clavecín? ¿Y las pinturas?

—¡Y qué demonios queréis que pinte! ¿Y a quién queréis que dé serenatas?

—Tenéis a las dos señoritas Denis. ¡Y a propósito!, ¿qué es de vuestra vecina?

—¡Bah!, mi vecina...

—Podíais hacer música juntos, ella que canta tan bien; eso os distraería.

—Primero tendría que conocerla. ¡Ya veis!, ni siquiera abre la ventana...

—Bueno, a mí me han dicho que es una joven encantadora. El buscar un pretexto es cosa vuestra.

—Estoy intentándolo desde ayer.

—A ver si yo os puedo ayudar. ¿No os acordáis de lo que dijo el conde de Laval sobre el registro que la policía efectuó en su casa de Val-de-Gráce, y de que tuvo que esconder la prensa y despedir a los obreros?

—Desde luego.

—Y ¿qué solución se decidió tomar?

—Sí, se recurriría a un copista.

—Pues bien, el copista en el que yo he pensado es precisamente el tutor de Bathilda. Os doy plenos poderes; id a la casa, ofrecedle ganar oro en cantidad, y las puertas se abrirán de par en par. Mejor excusa para conocer personalmente a la muchacha no podríais soñarla. Ya podréis cantar juntos cuanto queráis.

—¡Mi querido Brigaud! —exclamó Harmental saltando al cuello del abate—, ¡me salváis la vida, palabra de honor!

—¡Bueno, bueno...! ¿Es que ni siquiera me preguntáis a dónde tiene que ir el buen hombre a buscar el trabajo de copia?

—¿A casa de quién?

—A casa del príncipe de Listhnay, calle de Bac 110. Este nombre, por supuesto, me lo he inventado; se trata de Avranches, el ayuda de cámara de madame del Maine.

—Muy bien. Hasta la vista, abate.

Harmental se dirigió al instante hacia el portal de la casa de Bathilda.

CAPÍTULO XVIII

Contrapartida. El séptimo cielo.

La pobre niña amaba a Harmental con toda su alma, como se quiere a los diecisiete años; como se quiere por primera vez. Durante el primer mes de ausencia, había contado los días, a la quinta semana había contado las horas y en los últimos ocho días, los minutos. Fue entonces cuando el abate Chaulieu vino a buscarla para llevarla con la señorita Delaunay.

Si bien a Buvat le enorgullecía el que se hubiesen acordado de Bathilda para encargarle el diseño de los disfraces de la fiesta, no se sintió satisfecho cuando supo que tendría que interpretar un papel.

La corta separación le resultó muy dura; los tres días durante los cuales Bathilda estuvo ausente le parecieron tres siglos. El pobre pendolista parecía un cuerpo sin alma.

El primer día no pudo probar bocado; se encontraba muy solo en la mesa que desde hacía trece años compartía con su pequeña Bathilda.

Cuando al fin regresó su pupila, el viejo recuperó el sueño y el apetito; durmió como un tronco y comió como un ogro.

Bathilda estaba contentísima; aquel día era el último de la ausencia de Raoul. Buvat marchó a su oficina, la joven abrió de par en par su ventana y mientras estudiaba su cantata no perdía un solo instante de vista la casa de su vecino. Cuando llegó el coche que debía llevarla a Sceaux levantó por última vez el visillo: todo estaba cerrado en la habitación del joven.

Cuando llegó al palacio de la duquesa, la iluminación, el ruido, la música y, sobre todo, el miedo que le causaba el tener que cantar por vez primera en público, alejaron de su mente el recuerdo de Raoul. La señorita Delaunay le había prometido que la llevarían a su casa antes del amanecer.

Estaba pensando en lo que diría su amado en el momento del encuentro, cuando divisó a un grupo de gente que se acercaba desde el lago; eran los conspiradores que volvían de su reunión. Había llegado el momento de su intervención. Sintió que las fuerzas le flaqueaban; la emoción de cantar delante de tan distinguida concurrencia hizo que se le quebrara la voz. Pero su alma de artista se sobrepuso al recordar que iban a actuar con ella los mejores cantores y músicos de la ópera; se reconcentró, y consiguió cantar con tal perfección, que nadie notó la falta de la artista a quien sustituía.

Pero la sorpresa de Bathilda fue grande cuando, apenas había terminado su aria, al dirigir la mirada hacia el público, descubrió en medio del grupo que rodeaba a madame del Maine a un joven que se parecía muchísimo a Raoul; tanto que forzosamente tenía que ser el propio estudiante de la buhardilla. Lo que hirió en lo más profundo a la joven era el engaño a su buena fe y la traición a su amor; era que para abandonar su refugio de la calle de Temps-Perdu, para venir a mezclarse en las fiestas de Sceaux, el supuesto estudiante le hubiera mentido: engaño fue el pretendido viaje y mentira la desesperación del muchacho. Cuando Bathilda vio al que ella creía un ingenuo provinciano dar con elegancia y desenvoltura el brazo a madame del Maine, las fuerzas la abandonaron, sintió flaquear sus rodillas, y exhaló al desmayarse el doloroso grito que había llegado a lo más hondo del corazón de Raoul.

Cuando volvió a abrir los ojos, se encontraba a su lado la señorita Delaunay, la cual, después de prodigarle los más tiernos cuidados, insistió en que se quedase en Sceaux, pero a Bathilda le urgía verse lejos de aquel palacio donde tanto había sufrido. El coche que debía llevarla de vuelta a París estaba dispuesto; subió a él y partió.

Cuando llegó a su casa, Nanette, que estaba advertida, la esperaba. Tampoco Buvat se había querido acostar: deseaba abrazar a su pupila y que ésta le diese detalles de la gran fiesta, pero en vista de la tardanza tuvo muy a pesar suyo que irse a la cama, no sin recomendar a Nanette que le avisase tan pronto como Bathilda estuviese visible al día siguiente.

Para la muchacha fue una suerte que a su llegada Nanette estuviese sola; delante de Buvat no se hubiese atrevido a llorar. Ante la criada rompió en amargas lágrimas. Nanette creyó prudente dejar que escampase y no preguntar nada de momento; lo cual, por otra parte, hubiese sido en vano, pues bien se veía que la señorita estaba bien dispuesta a mantener la boca cerrada.

Pero la buena de Nanette no pudo resistir la curiosidad; miró por el ojo de la cerradura y vio cómo su dueña se arrodillaba ante el crucifijo sin dejar de sollozar, se incorporaba de nuevo, abría la ventana y miraba a la de enfrente. Ya no le cupo ninguna duda a Nanette; era un nublado de primavera. Se acostó más tranquila.

Bathilda durmió poco y mal; las primeras penas y las primeras alegrías del amor tienen siempre las mismas consecuencias. Se despertó con ojeras y toda dolorida. Como puede suponerse, Bathilda insistió en que se encontraba perfectamente; Buvat fingió creerlo, pero salió para el despacho muy preocupado. Cuando quedaron a solas, Nanette volvió a la carga:

—¿Todavía no se le ha pasado la pena a la señorita?

—No, mi buena Nanette.

—Si la señorita quisiera abrir la ventana, quizás le haría bien. Quizás la señorita no sabe que...

—Sí, Nanette; lo sé.

—Es que digo yo, señorita, ¡es tan guapo!, ¡y parece tan distinguido!

—Demasiado para la pobre Bathilda.

—¡Demasiado distinguido para vos! ¿Es que vos no valéis más que nadie en el mundo? Además, ¡vos sois noble!

—Soy lo que parezco; una pobre muchacha, con la que cualquier gran señor cree poder jugar. Así que ya lo sabéis: esta ventana no debe abrirse por nada del mundo.

—¿Queréis hacerle morir de angustia? Desde esta mañana no se aparta de la ventana, y tiene un aspecto de tristeza que da pena verle.

—¡A mí qué me importa su tristeza! ¡No quiero saber nada de ese joven! No lo conozco, ni siquiera sé su nombre. Nanette, ¿qué dirías si alguien te dijera que ese joven que parece tan sencillo, tan leal y tan bueno era un malvado, un traidor y un mentiroso?

—¡Dios mío!, señorita... yo diría que era imposible.

—Pues ese joven que vive en la buhardilla, que se asoma a la ventana vestido con sus ropas sencillas, ¡estaba ayer en Sceaux dando el brazo a madame del Maine, vestido con un brillante uniforme de coronel! ¿Qué te parece?

—Que por fin el Señor es justo y os envía a alguien digno de vos. ¡Virgen santísima! ¡Un coronel! ¡Un amigo de la duquesa del Maine!

—Pues que le aproveche.

—Dejadme abrir la ventana, señorita.

—Os lo prohíbo. Id a vuestros quehaceres y dejadme tranquila, y si viniera, os prohíbo que le dejéis entrar, ¿entendido?

Nanette salió dando un suspiro.

Una vez sola, Bathilda volvió a su llanto. Su dignidad ofendida le prestaba fuerzas, pero se sentía herida en lo más profundo de su corazón. La ventana continuó cerrada.

Después de comer se dio cuenta de que Mirza rascaba la puerta.

Mirza entró dando saltos, con muestras de una loca alegría; Bathilda comprendió que algo insólito le había ocurrido a la perrita; la observó con más atención y vió la carta atada en el collar.

Abrió el pliego, y por dos veces intentó descifrarlo; no lo consiguió; las lágrimas le nublaban los ojos. Hizo un esfuerzo, y al fin pudo leerla.

La carta, aunque decía mucho, no era del todo explícita. Raoul protestaba por su inocencia y pedía perdón. Hablaba de extrañas circunstancias que exigían el secreto. Pero lo que más importaba a Bathilda era que quien había escrito aquellas líneas confesaba estar loco de amor. La carta, sin tranquilizar del todo a la joven, le hizo un gran bien. Pero por un gesto de orgullo femenino, decidió no ceder hasta el día siguiente.

En cualquier caso, el efecto de la carta, aunque incompleto, era tan evidente que cuando Buvat volvió de su trabajo encontró a su pupila con mucho mejor aspecto.

Aquella noche Bathilda se acostó muy tarde; a pesar de la noche en vela que había pasado, no tenía ningunas ganas de dormir. Durante la velada la joven se sintió tranquila, contenta y feliz, porque la ventana de enfrente seguía abierta, y en esa persistencia adivinaba la ansiedad de su vecino.

Cuando al fin la rindió el cansancio, Bathilda soñó que tenía a Raoul a sus pies y que éste le daba tan buenas razones, que a la postre era ella la que se declaraba culpable y quien pedía perdón.

Se despertó convencida de que había sido demasiado severa y su primera intención fue abrir la ventana. Pero, ¿no significaría una rendición incondicional el hecho de abrirla ella misma? Esperaría a que entrase Nanette.

La criada, que había sido regañada el día anterior por culpa de la ventana, ni siquiera osó acercarse a ella. Cuando otra vez quedó sola, Bathilda se sintió desconsolada.

¿Qué hacer? Esperar, pero, ¿hasta cuándo? ¿Y si Raoul volvía a ausentarse?; y esta vez, quizás para siempre... Bathilda se sentía morir.

Nanette había ido a las compras al barrio de Saint-Antoine; su ausencia duraría por lo menos dos horas. ¿Qué hacer durante aquellas mortales horas? Hubiera sido tan agradable pasarlas en la ventana... Hacía un sol hermoso, a juzgar por los rayos que se filtraban a través de la cortina. Bathilda volvió a sacar la carta del corpiño donde la escondía; ya la sabía de memoria, pero daba igual; la volvió a leer. ¡Si al menos recibiese una segunda carta!

Era una buena idea; tomo a Mirza en brazos, la besó en el hocico, y abrió la puerta que daba al descansillo...

Un joven estaba parado delante de la puerta, con el brazo levantado hacia la campanilla.

Bathilda lanzó un grito de alegría, y el joven una exclamación de amor.

Una vez cerrada la puerta, Raoul dio unos pasos y se dejó caer a los pies de Bathilda.

Los dos jóvenes cambiaron una indescriptible mirada de amor; luego, al unísono, pronunciaron sus nombres, sus manos se enlazaron y todo quedó olvidado. Este suele ser el final de los disgustos, si los que se aman son jóvenes.

Así permanecieron durante algunos minutos. Por fin Bathilda sintió que las lágrimas humedecían sus ojos, y dijo con un suspiro:

—¡Dios mío! ¡Dios mío...!, ¡cuánto he sufrido!

—¿Y yo?, pobre de mí, que parecía culpable y soy del todo inocente.

—¿Inocente? ¿Del todo?

—Sí, inocente —replicó el caballero.

Entonces contó a Bathilda todo lo que de su vida tenía derecho a contar... Al final de la larga historia la muchacha supo que Raoul tenía orden de ir a Sceaux para dar cuenta del resultado de su misión a Su Alteza Serenísima la duquesa del Maine. El lector puede imaginar las lamentaciones, las palabras de amor y las protestas de fidelidad que siguieron.

Luego le tocó el turno a Bathilda; también ella tenía muchas cosas que contar, pero en ella no había ni reticencia ni misterios: no era la historia de una época de su existencia, sino la de toda su vida.

Harmental, de rodillas, bebía hasta la más insignificante palabra y no se cansaba de escuchar a su amada, plenamente dichoso de sentirse correspondido por Bathilda y orgulloso de que ella fuese digna de su amor.

Pasaron las dos horas como si fueran dos segundos. Buvat fue el primero que llegó a casa.

La reacción inicial de Bathilda fue de temor, pero Raoul la tranquilizó con una sonrisa: su visita tenía un pretexto. Los dos enamorados cambiaron un último apretón de manos y Bathilda franqueó la puerta a su tutor que, como de costumbre, lo primero que hizo fue besarla en la frente.

Buvat quedó estupefacto cuando vio que otro hombre, que no era él, había osado entrar en el apartamento de su pupila. Fijó su mirada en el intruso, creyendo reconocerle.

—¿Es al señor Buvat al que tengo el honor de hablar?

—El mismo, señor —respondió el buen hombre con una inclinación.

—¿Conocéis al abate Brigaud?

—Lo conozco —asintió Buvat—; un hombre que vale mucho, vale mucho...

—Tengo entendido que en cierta ocasión le pedisteis que os proporcionara trabajo de copia...

—Sí, señor, soy copista —dijo con una nueva inclinación.

—Pues bien, el querido abate, que es mi tutor, ha sabido de un excelente encargo para vos.

—Gracias, os lo agradezco. ¿Queréis sentaros, caballero?

—Sí, señor, con mucho gusto.

—¿Y cuál es ese trabajo?, por favor...

—El príncipe de Listhnay os lo dará. Vive en la calle de Bac, en el número 110. Creo que es español, mantiene correspondencia con la Gaceta de Madrid y envía crónicas con noticias de París.

—Pero, ¡esto es un hallazgo!, señor...

—Un verdadero hallazgo, vos lo habéis dicho, que os dará bastante trabajo, ya que toda la correspondencia es en español.

—¡Diablos!, ¡diablos! —murmuró Buvat.

—Pero creo que aun sin conocer la lengua, muy bien podéis hacer las copias.

—Señor, no sé qué deciros. ¿Puedo preguntar, si no es indiscreción, a qué hora podré visitar a Su Alteza?

—Pues ahora mismo, si queréis. ¿Os acordáis de las señas?

—Sí, calle de Bac número 110. Muy bien, allí me dirigiré.

—Pues entonces, hasta la vista. Y vos, señorita, recibid mi agradecimiento por la bondad con que me habéis hecho compañía en tanto esperaba al señor Buvat.

—Este joven es muy amable —comentó Buvat cuando Harmental hubo salido.

—Sí, muy amable —respondió Bathilda maquinalmente.

—Sólo hay una cosa que me extraña: me parece haberle visto en alguna parte. Y su voz tampoco me es desconocida.

En aquel momento entró Nanette, anunciando que la comida estaba servida. Buvat, que tenía prisa por marchar a casa del príncipe de Listhnay, salió con rapidez hacia el comedorcito.

—¿Vino el apuesto joven? —preguntó la criada.

—Sí, Nanette, y me siento muy dichosa.

Bathilda pasó a su vez al comedor.

Harmental no se sentía menos feliz que la joven. Estaba seguro de ser amado; se lo había dicho Bathilda. Y ésta pertenecía a la nobleza. No había, pues, razón alguna que se opusiera a aquel amor.

Cuando terminó la comida, después de rezar en acción de gracias, la muchacha fue, contenta y confiada, a abrir la dichosa ventana, tanto tiempo cerrada. Harmental ya estaba en la suya. A los pocos instantes los dos amantes se habían puesto de acuerdo: la buena Nanette sería la intermediaria.

Los dos jóvenes no se apercibieron del regreso de Buvat hasta que lo tuvieron en el mismísimo portal de la calle.

—¿Qué tal te ha ido, padrecito? —preguntó Bathilda.

—Muy bien, he visto a Su Alteza.

—¡Padrecito!, no debéis darle este tratamiento; el príncipe de Listhnay es solamente de tercera clase, y no tiene derecho a él.

—Por mí, como si fuera de primera, y no pienso quitarle el «Alteza». ¡Un príncipe de tercera clase! ¡Qué dices! Si mide casi seis pies, está lleno de majestuosidad, ¡y maneja los luises con pala! Me paga las copias a quince libras la página y ¡me ha dado veinticinco luises por adelantado!... ¡Vaya con el príncipe de tercera clase!

—Entonces, padrecito, ¿estáis contento?

—Muy satisfecho. Pero tengo que decirte una cosa.

—¿Qué cosa?

—Que al atravesar la calle de Bons-Enfants, para tomar el Pont Neuf, he tenido una especie de revelación. Me parece que el joven que vino antes era el mismo de la famosa noche que todavía tiemblo al recordar.

—¡Pero eso no tiene sentido!

—No, ya sé que no tiene ni pizca de sentido. Hija, me vas a perdonar: hoy no puedo hacerte la tertulia; he prometido al príncipe que empezaría esta misma noche a copiar. Buenas noches, querida niña.

—Buenas noches, padrecito.

Los enamorados pudieron continuar su interrumpida conversación. Dios sabe a qué hora cerraron sus ventanas.

CAPÍTULO XIX

El sucesor de Fénelon.

Pero la tierra, que para ellos había dejado de girar, seguía moviéndose para los demás, y los acontecimientos que debían volverlos a la cruda realidad en el momento más inesperado, seguían forjándose en silencio.

El duque de Richelieu había cumplido su promesa. El mariscal de Villeroy, que se había ausentado de las Tullerías por una semana, había sido reclamado por su esposa al cuarto día: la mariscala le decía en una carta que su presencia al lado del rey era más necesaria que nunca; el sarampión acababa de declararse en París y ya había contagiado a algunas personas del Palacio Real. No se hubiera podido encontrar mejor excusa.

Villeroy regresó enseguida; las muertes que tres o cuatro años antes habían afligido al reino fueron cargadas en la cuenta del sarampión, y el mariscal no quiso perder la ocasión de mostrar su vigilante celo. El mariscal, como ayo del rey que era, ostentaba el privilegió de no abandonar a éste a no ser por orden del propio monarca, y de permanecer en su compañía, cualquiera que pudiese ser el visitante; esta disposición rezaba incluso con el regente. Villeroy ejercía una gran influencia sobre el niño-rey, habituado a temer a todos y que sólo confiaba en la amistad de Villeroy y del señor de Fréjus.

Los conspiradores convinieron aprovecharse de que el lunes, a causa de sus prolongadas «cenas» del domingo, el regente no solía visitar al rey. Ese día podían entregar las dos cartas de Felipe V al pequeño Luis XV, y al señor de Villeroy le sería fácil hacerle firmar la orden de convocatoria de los Estados Generales, que sería cursada y publicada en el acto, de modo que el regente se encontrase ante un hecho consumado.

El duque de Orléans seguía su vida acostumbrada, absorto en su trabajo, en sus estudios, en sus placeres y, sobre todo, en sus conflictos familiares. Tres de sus hijas le daban disgusto tras disgusto.

Madame de Berry vivía públicamente en compañía de Riom, con el que podía temerse que cualquier día se casara.

La señorita de Chartres, por su parte, seguía en sus trece: tenía que ser monja; no abandonaba el convento de Chelles, donde su padre iba a visitarla todos los miércoles.

La otra de las tres hijas que tantos quebraderos de cabeza le causaban era la señorita de Valois, que el regente sospechaba era la amante de Richelieu, sin tener pruebas concretas de ello, a pesar de que su policía estaba sobre la pista de los presuntos amancebados.

Y para colmo, tenía que soportar a Dubois, que de ningún modo abandonaba su idea de ser arzobispo. Se había convertido en una idea fija.

La sede de Cambrai había quedado vacante por la muerte en Roma del cardenal de la Trémoille. Era uno de los arzobispados más ricos de la Iglesia gala: representaba más de ciento cincuenta mil libras de renta. Dubois no le hacía ascos al dinero, de modo que era difícil adivinar si lo que le atraía era el honor de ostentar una sede arzobispal que había ocupado el ilustre Fénelon o simplemente los beneficios materiales inherentes a ello.

A la primera ocasión que se le presentó, Dubois volvió a poner el asunto del arzobispado sobre el tapete. El regente le desafió a que encontrase un prelado dispuesto a imponerle las sagradas órdenes.

—¿Es ésta la única dificultad? —exclamó con alegría el futuro arzobispo—. No os preocupéis; tengo al que necesito.

—Imposible —opuso el regente, no creyendo que la bajeza cortesana pudiera llegar tan lejos.

—Lo vais a ver —insistió Dubois; y abandonó veloz el gabinete del duque.

Al cabo de unos instantes estaba de vuelta.

—¿Y bien? —le desafió el regente.

—Vuestro primer capellán en persona, monseñor. Ni más ni menos.

—¿Tressan?

—El mismo que viste y calza. Ahí le tenéis.

La puerta se abrió, y el lacayo anunció a monseñor el obispo de Nantes.

—Venid, monseñor —le invitó a pasar Dubois—. Su Alteza Real desea honrarnos a los dos; nombrándome a mí, como os he dicho, arzobispo de Cambrai, y escogiéndoos a vos para la consagración.

—Monseñor de Nantes —interpeló el regente a su capellán—, ¿es cierto que, bajo vuestra responsabilidad, estáis dispuesto a hacer de este abate un arzobispo? ¿Sabéis que es un simple tonsurado, que ni siquiera ha recibido el subdiaconado, ni el diaconado, para no hablar ya del sacerdocio?...

—¿Y eso qué importa? —le interrumpió Dubois—. Aquí tenéis a monseñor de Nantes que os puede decir cuántas órdenes se pueden conferir en un solo día.

—Pero no hay otro ejemplo de semejante escándalo.

—Sí lo hay: San Ambrosio.

—Tú no eres licenciado.

—Tengo la palabra de la universidad de Orléans.

—Te hacen falta testimonios, antecedentes.

—¿Y para qué está aquí Besons?

—Una certificación de buena conducta y costumbres...

—Me la firmará Noailles.

—¡Ah!, respecto a eso, te apuesto a que no.

—¡Bueno!, en ese caso, me la firmaréis vos.

—Os prevengo por adelantado que a la ceremonia de vuestra consagración faltará un invitado de gran importancia.

—¿Y quién será el guapo que se atreva a agraviarme de ese modo?

—¡Yo!

—¿Vos, monseñor? Vos estaréis en vuestra tribuna oficial.

—Os repito que no.

—Hasta el miércoles, señor de Tressan; hasta la ceremonia, monseñor.

Dubois salió contentísimo a comunicar a todos su nombramiento.

En un punto se equivocaba: el cardenal de Noailles se negó rotundamente a ser cómplice de aquella mascarada. Ni las amenazas ni los halagos sirvieron para decidirle a extender el certificado de buena conducta. Bien es verdad que fue el único que tuvo el valor de oponerse al escándalo que pondría en entredicho la santidad de la Iglesia de Francia.

El día señalado todo estaba a punto. Dubois fue consagrado.

El primer visitante que hizo su aparición en las habitaciones del nuevo arzobispo fue... ¡la Fillon!, que en su doble calidad de confidente de la policía y de alcahueta tenía entrada franca. Pese a la solemnidad del día los ujieres no se atrevieron a impedir el paso a la mujerzuela cuando dijo que la traían asuntos de la mayor importancia.

—¡Caramba! —exclamó Dubois al ver a su vieja amiga—, ¿qué es lo que os trae por aquí, buena pieza?

—Venía para haceros una revelación, pero pensándolo bien, prefiero callarme.

—Una revelación, ¿a propósito de qué? ¿Tiene algo que ver con España? —preguntó el novel arzobispo frunciendo el ceño.

—No se trata de política, sino de mujeres. Nada, compadre: una hermosa joven que quería presentarte; pero, puesto que te has hecho ermitaño, buenas tardes.

Y la Fillon se encaminó hacia la puerta.

—¡Ven acá! —la retuvo Dubois, dando por su parte cuatro pasos en dirección a su escritorio.

Tomó una bolsita que contenía cien luises y se la dio a la Fillon.

—Dos mil quinientas libras, me parece que es una bonita cantidad.

—Sí para un abate, no para un arzobispo.

—¡Pero desgraciada!, ¿es que no sabes hasta qué punto están empeñadas las finanzas del rey?

—¿Eso te preocupa, bribón? ¿Acaso no está aquí el señor Law, que volverá a llenar las arcas de millones?

—Bien está. Y resuelto el prólogo, dime ahora lo que de verdad te trae.

—Antes de que diga una sola palabra has de prometerme que a cierto amigo mío no hemos de tocarle ni un pelo de la ropa.

—¡Si es viejo amigo tuyo debe ser merecedor de que lo ahorquen cien veces!

—No digo que no, pero yo le debo favores; fue él quien me puso en camino para llegar a ser lo que soy.

—Bien, ¿qué quieres?

—Quiero la vida de mi capitán.

—La tendrás.

—¿Palabra de qué?

—¡Palabra de arzobispo!

—No me sirve.

—Palabra de Dubois.

—¡Eso está mejor! Y ahora, vamos al grano: mi capitán es el oficial más libertino-raído de todo el reino.

—La especie abunda. ¡Sigue!

—Se da el caso de que mi capitán, de un tiempo a esta parte, anda más rico que Creso. ¿Y qué moneda es la que tira a manos llenas?

—Lo supongo.

—¿Te imaginas de dónde viene?

—¡Sí, señor! Seguro que son doblones de España.

—Y de oro puro..., con la efigie de Carlos II..., doblones que valen cuarenta y ocho libras como un ochavo... y que brotan del bolsillo de mi querido capitán como de una fuente.

—¿Y desde cuándo ha comenzado a sudar oro tu capitán?

—Exactamente desde la antevíspera del día en que el regente hizo fracasar un intento de rapto en la calle de Bons-Enfants.

—Ya... ¿Y por qué has tardado tanto en venir a prevenirme?

—Porque primero había de explotar la mina; ahora los bolsillos del capitán comienzan a andar vacíos; es el momento propicio de enterarse en qué lugar los llenaba.

—Bien, madre Fillon... todos tenemos derecho a vivir, incluso tu capitán. Pero es necesario que me tengas informado de todos sus pasos.

—Día a día.

—¿Y de cuál de tus damiselas está enamorado?

—De la Normanda. Es la querida de su corazón.

—No olvides el trato; día a día he de saber lo que hace el capitán.

—Exactamente.

—¿Palabra de qué?

—Palabra de Fillon.

—¡Enhorabuena!

La Fillon se encaminó hacia la puerta; en el momento en que se disponía a salir, se cruzó con un lacayo.

—Monseñor, un hombre honrado pide hablar con Vuestra Eminencia. Es un empleado de la Biblioteca Real, que a ratos perdidos hace copias.

—¿Y qué quiere?

—Dice que haceros una revelación. Ha mencionado no sé qué relativo a España.

—Hacedle entrar. Y vos, comadre, entrad en ese gabinete.

—¿Para qué?

—Pudiera darse el caso de que nuestro escribiente y el capitán se conocieran.

La Fillon entró en el gabinete. Un instante después el lacayo abrió la puerta y anunció a Jean Buvat.

CAPÍTULO XX

El cómplice del príncipe de Listhnay.
La fábula de maese Bertrand y Raton.

El día anterior a las siete de la tarde, Buvat había llevado al número 110 de la calle de Bac el resultado de su trabajo, y recibió de las mismas augustas manos una nueva tarea. El príncipe de Listhnay, habiendo comprobado la habilidad y diligencia del copista, esta vez le dio un legajo mucho más abultado: había trabajo para por lo menos tres o cuatro días. Buvat volvió a su casa orgulloso por aquella prueba de confianza. Se puso en seguida a trabajar; inútil es señalar que el alegre estado de ánimo del calígrafo hacía que la obra le saliese perfecta. Una vez terminada la primera copia, encontró, entre esa y la segunda, un documento en francés, que seguramente se había traspapelado. El buen Buvat, esclavo de su deber, se dispuso a copiarlo escrupulosamente, aunque no viniera en la relación numerada de los papeles que tenía que trasladar:

«Confidencial.

»Para su Exc. Mgr. Alberoni en persona.

»Nada tan importante como asegurar la adhesión de las guarniciones de la región de los Pirineos y de los señores que residen en la zona.

»Atraerse a las tropas de Bayona, o apoderarse de la plaza.

»El marqués de P... es gobernador de D... Comunica que tendrá que triplicar los gastos con el fin de atraerse a la nobleza; serán necesarias espléndidas gratificaciones.

»*Carentan, en Normandía, es un punto importante. Habrá que atraer al gobernador de la ciudad y proveerle de fondos para que actúe como el marqués de P.. Habrá que dar gratificaciones a los oficiales de la guarnición.*

»*Durante el primer mes serán necesarias trescientas mil libras; después, cien mil libras al mes, que deberán llegar puntualmente».*

—Llegar puntualmente —repitió Buvat, interrumpiendo un instante su trabajo—. Es seguro que este dinero no lo paga el rey de Francia, que tan apurado está. A mí ya lleva cinco años que...

«*Estos gastos, que al llegar la paz ya no serán necesarios, pondrán al Rey Católico en condiciones de actuar con toda seguridad.*

»*Las tropas españolas sólo serán un auxilio. El grueso del ejército de Felipe V se encuentra en la propia Francia.*»

—¡Mira, mira, mira!... —murmuró Buvat—. ¡Y yo, el último en enterarme de que el rey de España nos había invadido!...

«*Pero hay que pensar en neutralizar por lo menos a la mitad del ejército del duque de Orléans. —Buvat sintió un escalofrío—. Este es el punto decisivo, al cual no se puede llegar si no es por medio del dinero. Será necesario dar una gratificación de cien mil libras a cada batallón y a cada escuadrón...*

»*Dado que serán muchas órdenes las que haya que cursar, conviene que el embajador español disponga de poderes que le permitan firmar en nombre de Su Majestad Católica...*

»*Es necesario impedir que el embajador francés salga de España; conviene retenerlo como rehén, en garantía de la seguridad de los que aquí se levanten.*»

—¡Cielo santo! —exclamó Buvat frotándose los ojos—. Se trata de una conspiración contra el regente y contra la seguridad del reino...

Buvat cayó en una profunda meditación. ¡Quién lo dijera! ¡Buvat mezclado en un asunto de Estado!

Dieron las once, y después la media noche. Buvat pensó que la almohada sería su consejera. Pero no pudo dormir; el pobre diablo daba vueltas y más vueltas en la cama, pero apenas cerraba los ojos, volvía a ver el maldito plan de la conspiración, escrito con letras de fuego en la pared.

Apuntó la aurora. Al menor ruido que se oía, Buvat se ponía a temblar. De repente, alguien golpeó en el portal de la calle; entonces creyó desmayarse. Cuando Nanette entró en su habitación el pobre hombre no pudo contener una exclamación lastimera:

—¡Ay!, Nanette... ¡Vivimos en una mala época!

No dijo más, y aun creyó que había hablado demasiado.

Tan preocupado estaba, que olvidó bajar a desayunar con Bathilda, cosa que a la muchacha no le importó demasiado; su amor aprovechó del mejor modo la ausencia del tutor.

A las diez Buvat salió como de costumbre hacia la oficina; puede suponerse que cuando se vio en la calle su miedo se transformó en terror. En cada cruce, en cada callejón, detrás de cada esquina, creía ver bandidos y policías emboscados que esperaban su paso para echarle las manos al cuello. Por fin, mal que bien, consiguió llegar a la Biblioteca, saludó con grave reverencia al ujier y se desplomó en su sillón de cuero. Había traído consigo el legajo del príncipe de Listhnay, no fuera la policía a registrar su casa. Los comprometedores documentos quedaron escondidos en lo más hondo de unos cajones de su mesa.

Procuró reanudar su monótona tarea como si nada hubiera pasado, pero en vano; su estado de turbación no le dejaba hacer una a derechas.

Su trabajo consistía en clasificar y etiquetar libros; una labor aburrida a la que Buvat se había entregado con una asiduidad y un interés tal que había merecido el elogio de sus superiores, y las burlas de todos sus buenos compañeros.

—*El Breviario de los enamorados*, impreso en Lieja en 1712, en casa de... no hay nombre del impresor. ¡Dios santo!, más desnudeces... Y digo yo, ¿qué diversión puede encontrar un cristiano al leer estos libros? ¡Mejor harían en hacerlos quemar por manos del verdugo! ¡Brrr...!, ¡de quién he ido yo a acordarme ahora! Pero, ¿será posible que el príncipe de Listhnay me haya hecho copiar a mí tamañas abominaciones?... Pasemos a otra cosa: *Angélica, o los placeres secretos*, con grabados, ¡y qué grabados! Londres... Se debiera prohibir que libros así pasasen la frontera... "*Atraerse la guarnición de Bayona o apoderarse de la plaza...*" ¡Vaya!, he escrito Bayona en lugar de Londres, y Francia en vez de Inglaterra, ¡maldito príncipe! A mí podrán detenerme y colgarme y descuartizarme, pero si lo arrestan y me denuncia, juro que... ¡Ay!, pobre de mí, pobre de mí...

—Señor Buvat —observó el jefe del negociado—, lleváis cinco minutos con los brazos cruzados y moviendo los ojos como alguien embobado...

—Estaba dando vueltas en mi cabeza a un nuevo método de clasificar...

—¿Un nuevo método de clasificar? ¿Acaso sois un perturbador? ¿Queréis llevar a cabo una revolución?

—¿Yo, una revolución? —exclamó aterrorizado Buvat—. Una revolución... ¡jamás, señor!, ¡nunca jamás! A Dios gracias todos conocen mi adhesión al regente...

—Está bien, pero seguid con vuestro trabajo, corre prisa; estos libros estorban y es necesario que mañana se hallen en sus estantes.

—Veamos... *La conjuración de monsieur de Saint-Mars*... ¡Diablos, diablos!... He oído hablar de esto; era un guapo gentilhombre que tenía correspondencia con España... ¡maldita España!, ¡qué necesidad tiene de mezclarse en nuestros asuntos! La conjuración de monsieur de Saint-Mars, seguida de la relación de su muerte y de la de monsieur de Thon condenado por encubridor. Por un testigo ocular... Por encubridor, ¡ay, ay, ay!... Así lo dice la ley... aquel que no revela es cómplice... De modo que ¡yo soy cómplice del príncipe de Listhnay!; y si le cortan la cabeza, también me la cortarán a mí... Pero yo declararé, ¡lo confesaré todo!... Pero entonces, en vez de encubridor, me convierto en denunciante... O sea que, o colgado, ¡o un canalla! No tengo más salidas...

—Pero, ¿qué diablos os pasa hoy, señor Buvat? —le preguntó un colega—. Estáis convirtiendo en hilachas vuestra corbata, ¿es que os aprieta?

—Ha sido sin darme cuenta... maquinalmente...

Y Buvat, después de darle otro tiento a la dichosa corbata, colocó en el estante adecuado *La conjuración de monsieur de Saint-Mars*, y agarró otro libro con la mano temblorosa.

—*La conspiración del caballero Louis de Roban*. ¡Vaya!, hoy es día de conspiraciones... Y éste, ¿qué demonios hizo? ¡Ah!, quiso sublevar la Normandía. Todavía me acuerdo; era el pobre muchacho que ejecutaron en 1674, cuatro años antes de que yo naciera. Bueno, yo no lo vi, pero mi madre sí. Pobre chico... mi madre me lo contaba a menudo. También ahorcaron a uno muy delgado, vestido de negro, ¿cómo se llamaba? Sí: Van den Eden; aquí hablan de él: "Copia de un proyecto de gobierno encontrado entre los papeles de monsieur de Roban y escrito de puño y letra por Van den Eden..." ¡Señor, misericordia!... Igual que me pasa a mí, seré colgado por haber copiado un proyecto de... no sé qué... ¡Ay, ay!... se me aflojan las tripas.

El pobre hombre no ganaba para sustos.

—*Acta levantada en ocasión de la tortura aplicada a Francisco-Affinius van den Eden*... ¡Yo me muero!... Algún día alguien leerá "Acta levantada en ocasión de la tortura aplicada a Jean Buvat..." «El año de mil y seiscientos y setenta y cuatro, nos, Claude Bagin, caballero de Bezons, y Augusto-Robert de Pomeron, fuimos llevados a la fortaleza de la Bastilla. Asistidos por Louis de Mazier, consejero y secretario del rey, etcétera, etcétera... reprochamos al acusado que no había dicho todo lo que sabía sobre la conspiración e intento de rebelión de los señores de Rohan y Lantremont.

»Respondió que había dicho cuanto sabía, y que, ajeno a todo, no había hecho sino copiar varios documentos.

»Entonces le hemos hecho aplicar el tormento de los borceguíes.»

—Señor, vos que sois culto —dijo Buvat a su inmediato superior—, ¿sabríais decirme en qué consiste un tormento llamado «de los borceguíes»?

—Querido señor Buvat —le respondió el jefe visiblemente halagado por el cumplido—, os puedo hablar con conocimiento de causa; el año pasado vi dar tormento a Duchauffour. Los borceguíes —continuó dándose importancia— son cuatro tablas parecidas a duelas de tonel. Primero os ponen la pierna derecha entre dos de esas planchas, que son atadas con dos cuerdas; luego hacen lo mismo con la otra pierna. Después de estos preparativos van metiendo, a golpes de mazo, cuñas entre los maderos de las piernas: cinco para el tormento ordinario, y diez en el extraordinario.

—Pero, ¡eso debe dejar las piernas en un estado deplorable!

—Las hace papilla, simplemente. A la sexta cuña, las piernas de Duchauffour se rompieron, y a la siguiente, los huesos salían por las aberturas mezclados con la sangre.

—Jesús, señor Ducoudray!, es horrendo...

—Simplemente la realidad, mi querido Buvat. Leed el relato del suplicio de Urbain Grandier; leedlo, y luego me contaréis qué os parece.

—Tengo aquí otro; el del pobre señor Van den Eden. —Buvat pasó las hojas del libro y leyó:

«A la primera cuña:

»El paciente declara que ha dicho la verdad, que no sabe más, y que es inocente...

»A la séptima cuña:

»Grita: "¡Estoy muerto!"

»A la novena cuña:
»Dice: «¡Dios mío!, ¡Dios mío!... ¿Por qué me martirizan así? Si saben que no puedo decir nada más... Si estoy condenado, ¿por qué no me matan de una vez?"

»A la décima cuña:
»«¡Oh, señores!... ¿qué queréis que diga? ¡Gracias, Dios mío!... Ya muero... ya muero"».

—¿Qué os ocurre?, ¿os encontráis mal, señor Buvat?
—¡Oh, señor Ducoudray! —gimió Buvat dejando caer el libro al suelo—, señor Ducoudray, me siento morir...
—Esto os ocurre por leer en vez de trabajar. Qué, ¿os sentís mejor?
—Sí, señor, y acabo de tomar una resolución irrevocable. Si el señor conservador preguntase por mí, por favor, señor Ducoudray, decidle que he salido para un asunto urgente.

Buvat cogió el legajo que guardaba en el cajón de su mesa, se caló el sombrero, asió su bastón y salió sin volverse, con un cierto aire augusto que le daba la propia desesperación.

—¿Sabéis adónde va? —preguntó uno de los empleados.
—No tengo la menor idea —respondió Ducoudray.
—¡El señor Jean Buvat! —anunció el ujier.
—Hacedle pasar —contestó Dubois.

El lacayo se hizo a un lado, y apareció Buvat en el umbral de la puerta.

—¡Entrad, entrad!... Cerrad la puerta, y dejadnos solos —añadió el ministro dirigiéndose al ujier—. Bien, señor. Habéis solicitado hablarme, y aquí me tenéis. ¿Quién sois?
—Jean Buvat, empleado de la Biblioteca Real.
—Y tenéis que hacerme alguna confidencia respecto de España...

—Eso es, monseñor, éste es el asunto: mi trabajo me deja seis horas libres por la tarde y cuatro por la mañana. Como Dios me ha dotado de una bonita y clara escritura, hago copias...

—Sí, comprendo —dijo Dubois—, y os han dado a copiar cosas sospechosas, que venís a contarme. ¿No es así?

Dubois saltó de su asiento y arrebató a Buvat el legajo de papeles que éste le mostraba. Una sola ojeada le bastó para percatarse de la importancia de aquellos documentos; entre ellos, todo el plan de los conjurados. Algunas de las hojas llevaban unida la copia en la hermosa letra de Buvat. Uno de los duplicados, incompleto, precisamente el del único documento en francés, terminaba con la última frase escrita por el buen hombre: «Actuar igual en todas las provincias».

Buvat seguía con ansiedad los cambios que experimentaban las móviles facciones de Dubois. Éste comprendió que aquel infeliz que le había puesto sobre la pista de tan gran secreto podría servirle para deshilvanar toda la madeja.

—Sentaos, mi querido señor Buvat, y charlemos como amigos. Buvat miró a Dubois con tal aire de estupefacción, que éste, en otro momento menos importante, hubiera soltado la carcajada. La faz del pendolista, que al entrar estaba tan blanca como un lirio, se había puesto roja como una amapola.

—Así, mi querido amigo, decís que hacéis copias...

—Sí, monseñor.

—¿Ganáis mucho en vuestro oficio?

—¡Oh, mi oficio no me da nada!; sin contar que desde hace cinco años el cajero me dice al final de cada mes que el rey no anda bien de dinero y no me puede pagar.

—Y vos, a pesar de eso, no dejáis de servir a Su Majestad. Eso está muy bien, señor Buvat, ¡está muy bien!

Buvat se levantó, saludó a monseñor, y volvió a sentarse.

—Y además, ¿quizás tengáis familia?

—No, monseñor, hasta el presente sigo soltero.

—Pero, al menos, algún pariente...

—Una pupila, monseñor; una jovencita con mucho talento, que canta como la señorita Bury, y que dibuja como el señor Greuze.

—¡Ah, ah!, ¿y cómo se llama esta muchacha?

—Bathilda... Bathilda de Rocher, monseñor; es una señorita de la nobleza, hija de un escudero de monseñor el regente, de la época en que todavía era duque de Chartres, y que tuvo la desgracia de que lo matasen en la batalla de Almansa.

—Así pues, señor Buvat, veo que habéis de sostener una carga.

—¿Es Bathilda a quien os referís? ¡Oh, señor! Bathilda no es ninguna carga; todo lo contrario, ¡pobre niña!

—Lo que quiero decir es que no sois rico.

—Rico, no; no lo soy.

—¿Y a cuánto asciende lo que se os debe?

—A cuatro mil seiscientas libras, doce sueldos y ocho denarios.

—¡Pero si eso no es nada!

—Sí que lo es, monseñor; es bastante, y lo peor es que el rey no me lo puede pagar.

—Mi querido Buvat, tengo algo que ofreceros.

—¿Qué es ello, monseñor?

—Tenéis la fortuna al alcance de vuestras manos. Otra ocasión como esta no se os volverá a presentar.

—Ya mi madre me decía que algún día tendría un golpe de suerte. Estoy a vuestra entera disposición, señor; ¿qué es lo que debo hacer?

—La cosa más sencilla que podáis imaginar. Vais a hacerme inmediatamente una copia de todos estos papeles. Luego los devolveréis a la persona que os los ha dado, con sus copias, como si nada hubiera pasado. Tomaréis todo lo que os den para copiar, me lo traeréis para que yo lo lea y me haréis una segunda copia. Y así, hasta que yo os avise.

—¡Pero monseñor! Me parece que actuando así traiciono la confianza del príncipe.

—¡Anda! ¿Y qué es lo que hacéis ahora?

—Monseñor: yo sólo he venido a preveniros del peligro que corría Su Alteza el regente; eso es todo.

—De modo —dijo Dubois en tono de burla— que pensáis que las cosas pueden quedar así.

—Eso es lo que deseo, monseñor.

—La pena es que... no es posible.

—Monseñor, yo soy un hombre honrado.

—Pero al no hablar os convertís en un cómplice.

—Cómplice, monseñor... Pero, ¿de qué crimen?

—¡Del crimen de alta traición! ¿Creéis que aquí nos chupamos el dedo? Hace ya mucho tiempo que la policía tiene sus ojos puestos en vos, señor Buvat.

—¿En mí, monseñor?

—Sí, en vos... Ya sabíamos que con el pretexto de que no os pagan vuestro salario os dedicabais a hacer copias de documentos subversivos, ¡y nada menos que desde hace cuatro días!

—Monseñor, yo sólo me di cuenta ayer; no entiendo el español.

—¿Acaso eso es español? ¡Mirad!... *Rien n'est plus important que d'assurer...* ¡Muchos están en galeras por motivos mucho menos graves!

—¡Piedad, monseñor!, ¡piedad!

—¿Piedad con un miserable como vos, señor Buvat? Voy a mandaros a la Bastilla y enviaré a la señorita Bathilda a Saint-Lazare.[22]

—¡A Saint-Lazare! ¡Bathilda en Saint-Lazare! Nadie tiene derecho a hacer una cosa así.

—Yo, señor Buvát, tengo ese derecho.

---

22   Convento-prisión donde eran recluidas las prostitutas.

190

—No, no lo tenéis. Bathilda es una señorita de la nobleza, hija de un hombre que ha dado la vida por Francia, y aunque tenga que hablar a Su Alteza...

—Antes de hablar con Su Alteza iréis a la Bastilla —dijo Dubois, mientras hacía sonar con todas sus fuerzas una campanilla—. Luego veremos lo que se hace con la joven. ¡Vamos a ver! —se dirigió al ujier que se había presentado—. ¡De prisa! Un alguacil y un simón... ¿Me vais a decir el nombre del príncipe?

—Se llama Listhnay.

—¡Ajá! ¡Pero veo que os negáis a darme sus señas!

—Vive en la calle de Bac, en el número 110.

—¡Pero os negáis a hacerme las copias!

—Ahora mismo, monseñor, ahora mismo las haré. Permitidme solamente que envíe a Bathilda una nota para que sepa que no voy a cenar. ¡Bathilda en Saint-Lazare!

—Sí, allá la enviaré o a algún sitio peor, si no me copiáis estos papeles, si no cogéis los otros, y si no venís aquí todas las tardes para sacar las copias.

—Pero, monseñor, no puedo estar aquí y en mi despacho al mismo tiempo.

—Está bien; os doy vacaciones por dos meses.

—¡Pero perderé mi puesto!

—Pues si no queréis perderlo, y con él vuestros libros, vuestro escritorio y vuestro sillón, ¡ni una palabra a nadie!

—Seré mudo.

—¡También para la señorita Bathilda!

—Con ella más que con nadie.

—Está bien, en ese caso te perdono.

—Gracias, monseñor...

—Y quizá te dé alguna recompensa por tu trabajo.

—Ya estoy en él, mirad, monseñor...

Cuando Dubois vio al pobre hombre enfrascado en los papeles, abrió con disimulo la puerta del gabinete en el que estaba la Fillon, y de puntillas la condujo a la salida.

—Y bien, compadre, ¿dónde está tu escribano?

—Míralo —dijo Dubois, mientras el infeliz trabajaba con una diligencia digna de mejor causa.

—¿Qué hace?

—¡Está redactando mi nombramiento de cardenal!

Dubois recomendó una vez más a la Fillon que tuviera los ojos bien abiertos, y la condujo fuera de la cámara.

CAPÍTULO XXI

Un capítulo de Saint-Simon. Una trampa.

Las cosas siguieron de aquel modo durante cuatro días. Buvat dejó de asistir a la oficina pretextando una indisposición. Las dos copias, una para Listhnay, la otra para Dubois, le daban más trabajo del que era menester.

A pesar del amor que absorbía toda la atención de Bathilda, ésta notó algo raro en su tutor. Varias veces le preguntó qué le ocurría, pero Buvat le contestaba que no le pasaba nada de particular. Tenía engañada a su pupila fingiendo que iba a la oficina como de ordinario, y Bathilda no había notado ningún cambió en sus costumbres.

Harmental recibía todas las mañanas la visita del abate; según Brigaud las cosas marchaban a pedir de boca.

El duque de Orléans, que no sospechaba nada, tenía invitados a la habitual cena del domingo a sus compañeros de francachelas y a sus queridas. Cerca de las dos de la tarde, Dubois entró en su gabinete.

—¿Sois vos, abate? Precisamente ahora iba a enviar a vuestra casa para preguntar si esta noche estaríais con nosotros.

—¿Tendréis esta noche invitados? —preguntó Dubois.

—¡Claro! ¿Acaso hoy no es domingo?

—En efecto, monseñor.

—Pues os esperamos; mira, ahí tenéis la lista de invitados.

—Está bien. ¿Quiere Vuestra Alteza echar una ojeada a la mía?

—¿También vos habéis confeccionado una lista?

—No, monseñor, me la han traído hecha.

—¿Qué significa esto? —preguntó el regente, al tiempo que leía uno de los papeles que le presentaba Dubois.

«Lista nominal de los oficiales que se han puesto a las órdenes del rey de España...

«Manifiesto de protesta de la nobleza.»

Vos confeccionad vuestras listas, monseñor; el príncipe de Cellamare también confecciona las suyas.

«Firmado sin distinción de rango ni de familia con el fin de que nadie pueda decir...»

—¿De dónde has sacado esto, buena pieza?

—Esperad, monseñor; debéis echar una ojeada a esto.

—¿«Plan de los conjurados...»? ¿Qué significa esto, Dubois?

—Paciencia, monseñor. Ved: aquí hay una carta de Felipe V en persona.

—«Al rey de Francia...» ¡Pero solamente son copias!

—Yo os diré dónde se encuentran los originales.

—Veamos, querido abate: «Desde que la Providencia dispuso que yo ocupase el trono de España, etcétera, etcétera... Ruego a Vuestra Majestad que convoque los Estados Generales de su reino». ¡Convocar los Estados Generales! ¿En nombre de quién? Felipe V es el rey de España, no es nuestro rey, ¡a ver si lo aprende de una vez!

—Monseñor, queda todavía una carta, y no es la menos importante.

Dubois presentó al regente un último documento, que el duque tomó con tanta presteza que lo rompió en dos pedazos. El regente unió los trozos y leyó:

—«Muy queridos y bien amados súbditos...»

—¡Eso es! Se trata de mi destitución. Y todas esas cartas deben ser llevadas al rey, ¿verdad?

—Mañana, monseñor.

—¿Por quién?

 Por el mariscal.

—¿Y cómo han podido convencerle de tamaña felonía?

—No es él, monseñor; es su mujer.

—¡Otra jugada de Richelieu! Pero, ¿quién os ha proporcionado estos papeles?

—Un pobre escribiente a quien se los habían dado a copiar. Al infeliz se los entregaba el príncipe de Listhnay...

—El príncipe... ¿de qué?

—Creo que lo conocéis.

—¡En mi vida he oído hablar de tal príncipe!

—No es otro que el bribón de Avranches, el ayuda de cámara de la duquesa del Maine.

—¡Bien! Ahora hemos de preocuparnos de lo principal.

—Sí, de Villeroy.

—Perfectamente. Mientras todo se ha reducido a calumnias o impertinencias contra mi persona, me daba igual. ¡Pero tratándose del reposo y de la tranquilidad de Francia!... ¡Señor mariscal Villeroy, nos veremos las caras!

—¡Qué! ¿Le ponemos la mano encima?

—¡Desde luego! Pero hemos de cogerlo infraganti.

—Nada más fácil; todos los días a las ocho de la mañana entra en las habitaciones del rey.

—Es verdad.

—Mañana, a las siete y media, vos debéis estar en Versalles.

—¿Y luego?

—Cuando llegue Villeroy os tiene que encontrar junto a Su Majestad.

—Y en presencia del rey le echaré en cara...

—El señor duque de Saint-Simon —anunció un lacayo.

—Hacedlo pasar —ordenó el regente. Dubois se despidió.

—Esta noche no hay cena —comunicó el ministro al ayudante de servicio—. Haced saber a los invitados que monseñor está enfermo.

—¿No creéis, monseñor —comenzó el duque de Saint-Simon—, que la despreocupación de Vuestra Alteza ha sido un buen asidero para la calumnia?

—Si sólo fuera la calumnia, mi querido duque, hace tanto tiempo que se ceba en mí, que ya debiera estar harta.

—Hace un rato, cuando salí de Vísperas[23]; en las gradas de Saint-Roch había un desgraciado que pedía limosna cantando y vendía unos pliegos de cordel con la letra del cantar. Tomad éste, monseñor, y leed. Creo que Vuestra Alteza reconocerá el estilo.

—Sin duda; lo ha escrito Lagrange-Chancel.

El regente, con un visible gesto de repugnancia, llevó los ojos al papel, y saltando las estrofas, llegó al final:

Ainsi les fils pleurant leur père
Tombent frappés des mêmes coups;
Le frère est suivi per le frére,
L'épouse devance l'époux;
Mais, ô coups toujour plus funestes!
Sur deus fils, nos uniques restes,
La faux de la Parque s'étend;
Le premier a rejoint sa race,
L'autre dont la couleur s'éfface,
Penche vers son dernier instant![24]

---

23   Oficio vespertino en la Iglesia Católica. (HN. Del E.).

24   *De este modo los hijos que lloraron al padre / Caen fulminados por un golpe semejante; / El hermano siguió al hermano, / La esposa llevó la delantera al esposo; / Pero aún ¡más golpes funestos! / Sobre los dos hijos que viven / También la guadaña de la Parca amenaza / Ya el primero se ha reunido con su raza, / El otro cuyo color palidece / Va acercándose hacia su último instante.* Sátira que aludía a la muerte temprana de los padres y abuelos de Luis XV, que se atribuía a maquinaciones del regente.

El regente quiso decir algo, pero le falló la voz. Dos gruesas lágrimas rodaron por sus mejillas.

—Monseñor —dijo Saint-Simon mirando al regente con una piedad llena de veneración—, quisiera que todo el mundo pudiese ver esas lágrimas. Si todos las contemplaran, yo dejaría de aconsejaros, porque entonces todos creerían en vuestra inocencia.

—Sí, mi inocencia —murmuró el regente—. ¡Y la vida de Luis XV dará fe de ella! ¡Los muy infames! Ellos, que mejor que nadie saben quiénes son los verdaderos culpables. ¡Ah, madame de Maintenon! ¡Ah, madame del Maine! ¡Ah, señor de Villeroy!...

A las nueve de la noche, el regente abandonó el Palacio Real y, en contra de su costumbre, fue a dormir a Versalles.

Al día siguiente, a las siete de la mañana, en el momento en que iba a levantarse el rey, penetró en la cámara real el primer mayordomo y anunció que S. A. R. monseñor el duque de Orléans solicitaba el honor de asistir a la ceremonia de su aseo. Luis XV, que estaba acostumbrado a no decidir nunca por sí mismo, se volvió hacia el señor de Fréjus, que le hizo una seña con la cabeza, queriéndole indicar que no recibiese a Su Alteza Real. Pero entonces, abandonando el lecho, fue por sí mismo a abrir la puerta.

El regente avanzó hacia el rey, que en aquellos días era un hermoso niño de largos cabellos castaños, ojos negros como la tinta, labios como cerezas y cuya tez sonrosada recordaba la de su madre, la duquesa de Borgoña. En su fisonomía había algo de la resolución de su bisabuelo Luis XIV.

El duque de Orléans dispensaba al rey el respeto debido al monarca, y la ternura y atenciones que se tienen con un niño al que se quiere. La visita de su tío era siempre esperada con impaciencia por el joven rey, en parte por motivos de infantil egoísmo: el regente llegaba generalmente cargado de costosos juguetes. En esta ocasión, el rey recibió a su tío con su habitual encantadora sonrisa y le ofreció la manita con un gesto muy gracioso.

—Estoy contento de veros, señor —dijo Luis XV con su dulce vocecita—. Adivino que venís a darme alguna buena noticia.

—Dos, señor —respondió el regente—. La primera es que acaba de llegar una enorme caja de Nuremberg que parece contener...

—¡Juguetes, muchos juguetes!, ¿verdad, señor regente? —exclamó el rey dando saltos de alegría y batiendo palmas—. ¿Y dónde habéis dejado la caja?

—En mis habitaciones, señor, pero haré que la traigan enseguida.

—¡Oh, sí!, os lo ruego.

—Vuestra majestad —intervino el señor de Fréjus— tendrá tiempo de ocuparse de sus juguetes en cuanto haya preguntado al señor regente cuál es la segunda noticia que ha de anunciaros.

—¡Es verdad! ¿Cuál es la segunda noticia?

—Un deber para Vuestra Majestad que ha de ser muy útil a Francia, que es muy importante, y que Vuestra Majestad, espero, realizará con gusto.

—¿Lo haremos aquí? —preguntó el rey-niño.

—No, señor; dejé el ejercicio en mi gabinete.

—¡Pues bien! Esta mañana, en lugar de pasear, iré con vos a vuestras habitaciones para ver los juguetes de Nuremberg, y luego nos pondremos a trabajar.

—Va en contra del protocolo, señor —observó el regente—, pero si Vuestra Majestad así lo desea...

—Sí, lo quiero —dijo Luis XV—, si me lo permite mi preceptor.

—Señor de Fréjus, ¿veis algún inconveniente? —preguntó el regente a Fleury.

—Ninguno, monseñor, todo lo contrario; es bueno que Su Majestad se acostumbre a trabajar. Sólo pido a monseñor permiso para acompañar a Su Majestad

—¡Cómo no, señor!, con sumo gusto.

—¡Qué alegría! —palmoteaba Luis XV—. ¡Enseguida! Mi casaca, mi espada, mi banda azul. ¡Señor regente, ya estoy!

Las habitaciones del rey y las del duque de Orléans estaban situadas en la planta baja, sólo las separaba una galería a la que daban ambas antecámaras. Al instante el rey y su tío se encontraron en el amplio gabinete del regente, iluminado por grandes puertas-ventanales que permitían salir directamente al jardín. El gabinete daba a otra salita más pequeña, que es donde el regente acostumbraba a trabajar y donde recibía a sus íntimos y a sus favoritas. Todo el séquito de Su Alteza se hallaba reunido en las habitaciones de éste, de acuerdo con los usos cortesanos, puesto que era la hora del despertar. En medio del gabinete estaba la codiciada caja, cuyo tamaño desmesurado había hecho que el joven rey diese un grito de alegría.

Dos ayudas de cámara, provistos de las necesarias herramientas, hicieron saltar en un instante la tapa del cajón, dejando a la vista la más fantástica colección de juguetes que nunca deslumbrara los ojos de un rey de nueve años.

Incluso el señor de Fréjus dejó que por unos instantes su real discípulo gozase de la dicha que iluminaba su cara.

Los cortesanos asistían a la escena en religioso silencio, cuando de pronto, en la antecámara, se escuchó una enorme algarabía.

La puerta se abrió y el lacayo anunció al marqués de Villeroy, que apareció en la puerta con el bastón en la mano, nervioso, moviendo la monumental peluca y preguntando a gritos por el rey. El regente dirigió una mirada de inteligencia a Lafare y una imperceptible sonrisa al mosquetero D'Artagnan. Las cosas iban de maravilla.

Después de haber dejado que el rey disfrutase durante unos momentos de la posesión visual de sus tesoros, el regente se le acercó y le recordó su promesa de trabajar en los asuntos de Estado. Luis XV, ya con la puntualidad que años más tarde le hiciera decir que la exactitud era la cortesía de los reyes, lanzó una última mirada a los juguetes, y avanzó resuelto hacia el pequeño gabinete cuya puerta había abierto el regente. El mariscal intentó seguir al joven monarca. Este era el momento que aguardaba el duque de Orléans.

—Perdón, señor mariscal —dijo Su Alteza impidiendo el paso a Villeroy—, los asuntos que tengo que tratar con Su Majestad precisan del secreto más absoluto; os ruego que me dejéis con él a solas durante unos minutos.

—¡A solas! —exclamó el mariscal—. ¡A solas! Sabéis, monseñor, que esto es imposible; yo, en mi calidad de ayo de Su Majestad, tengo el derecho y el deber de acompañarlo a cualquier sitio a donde vaya.

—En primer lugar —prosiguió el regente—, este derecho no se basa en ninguna ley escrita ni en ninguna costumbre inmemorial. Además, Su Majestad va a cumplir los diez años, y me ha autorizado para que comience a instruirlo en la difícil ciencia de gobernar; es natural, pues, que desde ahora, igual que vos y que el señor de Fréjus, también yo, de vez en cuando, pase algunas horas a solas con él.

—Pero, monseñor —insistió el mariscal, cada vez más alterado—, he de haceros observar que Su Majestad es mi alumno.

—Ya lo sé, señor —dijo el regente, con un tono de imperceptible burla—. Haced del rey un gran capitán, yo no os lo impido. Pero ahora simplemente se trata de un asunto de Estado que sólo a Su Majestad concierne.

—Imposible, señor, imposible... —protestó Villeroy, que perdía más y más la serenidad.

—¡Cuidado, señor mariscal!... —le interrumpió el duque de Orléans en tono altivo—. Creo que me estáis faltando al respeto.

—Monseñor —insistió el mariscal ya del todo fuera de sí—, Su Majestad no permanecerá un solo instante a solas con vos, puesto que... —Villeroy no encontraba las palabras.

—Puesto que... ¡Seguid!

—Puesto que soy el responsable de su persona —terminó el mariscal, que ante aquella especie de desafío no quiso dar la impresión de que cedía ante el regente.

Después de aquel inaudito diálogo se hizo en la sala un silencio impresionante.

—Señor de Villeroy —habló calmosamente Su Alteza—. Temo que estáis equivocado de medio a medio, o que hayáis olvidado a quién estáis hablando. Marqués de Lafare —prosiguió el regente, dirigiéndose ahora al capitán de los guardias—, cumplid con vuestro deber.

Sin esperar más, el duque de Orléans penetró con el rey en el gabinete, y cerró la puerta tras de sí.

Al instante el marqués de Lafare se acercó al mariscal y le pidió la espada.

El mariscal quedó por unos instantes aturdido. Hacía tanto tiempo que vivía sumergido en su propia impertinencia, que había llegado a creerse inviolable. Quiso decir algo, pero la voz le falló. A una intimación más imperativa que la primera, desprendió su espada del cinto y la entregó al marqués de Lafare.

Alguien abrió una de las puertas-ventana; al pie de la misma se veía una silla de manos; dos mosqueteros de las compañías grises empujaron hacia ella al mariscal. La portezuela fue cerrada, y D'Artagnan y Lafare se colocaron a ambos lados. Custodiada por los dos y seguida por los mosqueteros, la silla y su contenido se dirigieron hacia la Orangerie y penetraron en un aposento apartado; tras ella solo siguieron el marqués de Lafare y su ayudante D'Artagnan.

Todo había ocurrido con tanta rapidez que el mariscal no había tenido tiempo de serenarse. El pobre hombre se creía irremisiblemente perdido.

—Señores —exclamó pálido como un muerto—, espero que no voy a ser asesinado.

—No, señor mariscal —contestó Lafare—, tranquilizaos; se trata de algo mucho más sencillo y menos trágico.

—¿De qué se trata?

—Se trata, señor mariscal, de las dos cartas que pensabais entregar al rey esta mañana.

El mariscal sintió que un estremecimiento le recorría la espalda y llevó su diestra al bolsillo donde guardaba las cartas.

—Señor duque —le hizo observar Lafare—, aunque pretendáis deshaceros de los originales, estamos autorizados a deciros que el regente tiene las copias. Además, debéis saber que nadie nos reprochará que os quitemos esas cartas, aunque para ello hayamos de utilizar la fuerza.

—¿Me aseguráis, señores, que el regente tiene las copias?

—¡Os damos nuestra palabra de honor! —dijo D'Artagnan.

—En este caso —replicó Villeroy—, no veo razón alguna que me aconseje intentar destruir esas cartas. Si había aceptado entregarlas al rey fue sólo por complacer a alguien.

—De eso no nos cabe duda, señor mariscal —asintió muy serio Lafare.[25]

—Aquí están las cartas —dijo Villeroy entregándoselas.

Lafare rompió el sello con las armas españolas, y se aseguró de que efectivamente se trataba de los papeles que le habían encargado requisar.

—Mi querido D'Artagnan —continuó el marqués—, llevad al mariscal a su destino. Recomendad, por favor, a las personas que le acompañen que tengan con él todos los respetos debidos por su rango.

La silla volvió a ser cerrada. El cortejo siguió hasta la verja, donde esperaba una carroza tirada por seis caballos. D'Artagnan tomó asiento al lado del mariscal. La banqueta de enfrente fue

---

25 Juego de palabras intraducible. Con la palabra *complaisant* se hace referencia en francés al marido consentidor.

ocupada por un oficial de mosqueteros y un gentilhombre de la casa del rey, cuyo nombre era Libois. La carroza iba escoltada por veinte mosqueteros, cuatro en cada portezuela y los doce restantes tras el coche. D'Artagnan hizo una señal y la comitiva partió al galope. Lafare volvió a palacio, llevando las dos cartas de Felipe V.

CAPÍTULO XXII

El principio del fin. El «Lit de justice»

Eran las dos de la tarde del día que tan aciago fue para el mariscal de Villeroy. Harmental aprovechaba la ausencia de Buvat —al que todos creían en la Biblioteca—, arrodillado a los pies de Bathilda, repitiéndole por milésima vez que la quería y que no amaría a nadie más que a ella. Nanette interrumpió a los tórtolos para avisar a Raoul que alguien le esperaba en su casa para un asunto de importancia. Harmental se acercó a la ventana y vio que el abate Brigaud se paseaba como una fiera enjaulada. El caballero tranquilizó con una sonrisa a Bathilda y volvió a su alojamiento.

—¿Qué es lo que ocurre? —preguntó Harmental.

—¿Es que no os habéis enterado?

—No sé nada, absolutamente nada. Contádmelo, ¿qué ha pasado? A juzgar por vuestra cara es algo grave...

—¿Grave? ¡Dios mío! ¡Sí que lo es! Hemos sido traicionados. Han arrestado al mariscal de Villeroy esta mañana en Versalles, y las dos cartas de Felipe V se encuentran en poder del regente.

—¿Qué decís, abate?... ¿Queréis repetirlo? ¿Es que estoy atontado, o que no oigo bien?

El abate volvió a reiterar, palabra por palabra, la triple noticia.

Harmental escuchó el triste relato de Brigaud, de cabo a rabo, y comprendió que la situación había llegado a un punto crítico.

—¿Eso es todo? —preguntó con una voz en la que no se percibía la menor alteración.

—Por el momento es todo —respondió el abate.

—¿Y cuál es vuestra opinión?

—Que el juego se enreda, pero que la partida no está perdida. El mariscal de Villeroy no era un elemento clave de la conspiración. El único que resulta implicado es el príncipe de Cellamare, pero éste, gracias a su condición de diplomático, no tiene nada que temer.

—¿Quién os ha dado la noticia?

—Valef, que lo sabía por el señor del Maine.

—¡Bien! Es necesario que veamos a Valef.

—Le he citado en vuestra casa.

—¡Raoul! ¡Raoul! —gritaba en aquel momento una voz en la escalera.

—Aquí, aquí —dijo Harmental, descorriendo el cerrojo de la puerta y haciendo entrar al recién llegado.

—Gracias, querido amigo —saludó el barón de Valef—, ya pensaba que Brigaud se había equivocado de dirección, y me disponía a volver por donde había venido. ¡Y bien!, supongo que sabéis que la conspiración se ha ido al diablo.

—¿Qué decís, barón? —exclamó Brigaud.

—Como lo oís. Incluso temí no poder venir yo personalmente a daros la noticia. Estaba con el príncipe de Cellamare cuando vinieron a llevarse sus papeles.

—¿Se llevaron los papeles del príncipe?

—Todos, excepto los que habíamos podido quemar, que desgraciadamente eran pocos. Todos los demás, Dubois en persona cargó con ellos.

—¿Dubois ha ido a casa del embajador?

—El mismo que viste y calza. Estábamos el príncipe y yo hablando tranquilamente de nuestros asuntillos, mientras revisábamos los papeles de un baúl, quemando éste, guardando aquél, cuando el ayuda de cámara ha entrado y nos ha avisado que una compañía de mosqueteros tenía rodeada la casa, y Dubois y Leblanc querían hablar con el embajador. El príncipe vació en la chimenea el contenido entero del baúl; me hizo pasar a un gabinete excusado; tuve el tiempo justo de esconderme antes de que Dubois y Leblanc penetraran en la habitación en busca de Cellamare, y éste, para dar tiempo a que se quemaran los papeles, se colocó frente a la chimenea, procurando ocultar la hoguera con los faldones de la bata de casa que vestía.

«—Monseñor —saludó el príncipe—, ¿puedo saber a qué debo la buena fortuna de vuestra visita?

»—¡Bah!, una tontería —contestó Dubois—. Simplemente, que Leblanc y yo queremos oler vuestros papeles. De los cuales, estas dos cartas del rey Felipe V nos han hecho llegar el aroma.»

—¿Y qué contestó el príncipe? —preguntó Harmental.

—Quiso alzar la voz, evocó el derecho de gentes... Pero Dubois, a quien no le faltan dotes de buen dialéctico, le ha hecho notar que si alguien había violado el derecho de gentes era él mismo, al encubrir una conspiración abusando de sus privilegios diplomáticos. Entretanto, Leblanc, sin encomendarse a Dios ni al diablo, andaba ya hurgando en los cajones del escritorio; Dubois hacía lo mismo en los demás muebles. Para colmo de desgracias, Dubois dirigió en aquel momento la mirada hacia el fuego y se dio cuenta de que entre las cenizas aparecía un papel todavía intacto; se lanzó sobre él y logró rescatarlo en el momento en que las llamas iban a empezar a quemarlo. No sé lo que contenía aquel papel, pero sí sé que Cellamare se ha puesto pálido como un muerto.

«—Puesto que hemos encontrado casi todo lo que deseábamos —ha dicho Dubois— y no tenemos tiempo que perder, ahora precintaremos vuestra casa.

»—¡Sellos en mi casa! —ha protestado el embajador—. Leblanc tomó de una bolsa algunas tiras de papel, el lacre y los sellos, y comenzó la operación de precintado. Primero, el escritorio y el armario. Una vez puestos los sellos en esos dos muebles, avanzó hacia la puerta del gabinete donde yo me encontraba encerrado.

»—Señores —dijo Dubois a dos mosqueteros que en aquel momento aparecieron—, aquí tenéis al señor embajador de España, al que acuso de alta traición contra el Estado; tened la bondad de acompañarle al coche que le espera y de conducirle al lugar que ya sabéis. Si opone resistencia, llamad a ocho hombres para que os ayuden.»

—¿Y qué hizo el príncipe? —preguntó Brigaud.

—El príncipe siguió a los dos oficiales, y cinco minutos después, yo me encontraba encerrado y bajo sellos.

—¡Pobre barón! —exclamó Harmental—. Pero, ¿cómo diablos os las habéis arreglado para escapar?

—¡Ahora viene lo bueno! Dubois llamó al ayuda de cámara del príncipe y le preguntó:

«—¿Cómo os llamáis?

»—Lapierre, monseñor, para serviros —respondió el criado, temblando como un azogado.

»—Querido Leblanc; explicad, os lo ruego, al señor Lapierre cuál es el castigo para los que quebrantan un sello.

»—Galeras —respondió Leblanc en el tono amable que le conocéis.

»—Mi querido señor Lapierre —continuó Dubois, más dulce que la miel—, si tocáis aunque sea con la punta de los dedos una de esas tiritas de papel, o uno de esos sellos, estáis acabado. Si por el contrario queréis ganar cien luises, custodiad fielmente los sellos que recién pusimos y dentro de tres días recibiréis los cien hermosos luises.

»—¡Prefiero los luises! —dijo el granuja de Lapierre.

»—¡Pues bien! Firmad esta carta, y quedaréis nombrado custodio del gabinete del príncipe.

»—¡A vuestras órdenes, monseñor! —respondió Lapierre, y firmó.
»Dubois desapareció seguido de su acólito. Cuando Lapierre hubo visto que el coche se alejaba, volvió al gabinete.

»—¡Deprisa, señor barón!, ya se han ido, ¡aprovechad para escapar!

»—¿Y por dónde diablos quieres que me marche? »

—Mirad hacia arriba.

»—Ya veo... el respiradero.

»—¡Procurad llegar a él! Poned una silla sobre otro mueble, lo que sea... el respiradero da a la alcoba.

»—¿Y luego?

»—Cerca está la escalera de servicio, que llevará al señor barón a la cocina; por ella saldrá al jardín y podrá escapar por la puerta pequeña; quizá la grande esté vigilada.

»Seguí al punto las instrucciones de Lapierre, y luego vine aquí de un salto, esto es todo».

—¿Dónde se han llevado al príncipe de Cellamare? —preguntó Harmental.

—¿Acaso lo sé yo? —replicó Valef—. A prisión, sin duda.

En aquel momento se oyeron los pasos de alguien que subía por la escalera. Se abrió la puerta, y Boniface asomó su cara mofletuda.

—Perdón, excusadme, señor Raoul; no es a vos a quien busco, sino a papá Brigaud.

—¿Qué queréis?

—Yo nada. Es la madre Denis quien os llama; quiere preguntaros por qué convocan mañana al Parlamento.

—¡El Parlamento se reúne mañana! —exclamaron al unísono Valef y Harmental.

—¿Y con qué fin? —se preguntó Brigaud—. ¿Dónde te has enterado tú?

—¿Dónde va a ser? En casa de mi procurador. ¡Diablos! Maître Joulu[26] había ido a las oficinas del primer ministro, y en aquel preciso instante llegaban las órdenes de las Tullerías.

—Algún golpe de Estado se prepara —murmuró Harmental.

---

26 Los abogados y procuradores franceses reciben el tratamiento de «maître».

—Corro a casa de madame del Maine para prevenirla —dijo Valef.

—Y yo —indicó Brigaud a casa de Pompadour para averiguar más noticias.

—Yo me quedo —dijo Harmental—. Si hago falta, ya sabéis dónde estoy.

Harmental dejó pasar cinco minutos y salió a su vez, pero hacia casa de Bathilda. La muchacha estaba inquieta. Eran las cinco de la tarde y Buvat no había regresado todavía.

Al día siguiente, a las siete de la mañana, Brigaud vino en busca de Harmental; el joven ya estaba vestido y le esperaba. Bien envueltos en sus capas, con el ala del sombrero abatida, siguieron la calle de Clery, luego la plaza de la Victoire y el jardín del Palacio Real.

Todas las avenidas que llevaban a las Tullerías estaban protegidas por destacamentos de caballería ligera y mosqueteros; los mirones abarrotaban la plaza del Carroussel. Brigaud y su compañero se mezclaron con la muchedumbre; les abordó un oficial de los mosqueteros grises, bien embozado en su capa, que resultó ser Valef. Brigaud le preguntó:

—¡Y bien!, barón, ¿sabéis algo nuevo?

—Abate —dijo Valef—, os estábamos buscando. Por aquí andaban Laval y Malezieux por si os veían.

—¿No se ha producido ninguna demostración hostil? —preguntó Harmental.

—Hasta ahora, ninguna. El duque del Maine y el conde de Toulouse fueron convocados para el consejo de regencia que ha de celebrarse antes del Lit de justice.[27] A las siete y media

---

27 Literalmente «lecho de justicia». Era el nombre que daban al lujoso trono que ocupaba el rey cuando presidía personalmente una sesión del Parlamento.

estaban los dos, acompañados de madame del Maine, en las Tullerías.

—¿Se sabe lo que le ha ocurrido al príncipe de Cellamare?

—Se lo han llevado a Orléans en un coche de cuatro caballos.

—¿Y no se sabe nada de aquel papel que Dubois pescó en las cenizas?

—Nada.

—¿Qué piensa madame del Maine?

—Que se prepara algo contra los príncipes legitimados,[28] a los que se va a desposeer de algún privilegio.

—Y en cuanto al rey...

—¿No sabéis? Parece que existía un pacto entre el mariscal y el señor de Fréjus; si alejaban a uno, el otro debía abandonar también a Su Majestad. Desde ayer por la mañana no se sabe nada de Fréjus. De forma que el pobre niño, que había tomado bastante bien la pérdida de su mariscal, después de la de su obispo se muestra inconsolable.

—¿Y por quién lo sabéis?

—Por el duque de Richelieu, que ayer, sobre las dos, llegó a Versalles para hacer su visita al rey y encontró a Su Majestad desesperado. Contando al rey cincuenta tonterías logró hacerle reír.

—¡Mirad, mirad!... —señaló Harmental—. Parece que algo se mueve. ¿Habrá terminado el consejo de regencia?

En efecto, algo ocurría en el patio de las Tullerías; los coches del duque del Maine y del conde de Toulouse, dejando el lugar donde aguardaban, se aproximaron al pabellón del Reloj. Al instante se vio aparecer a los dos hermanos. Cambiaron algunas palabras, después cada uno subió a su carroza, y salieron por

---

28   Hijos ilegítimos de Luis XIV, legitimados posteriormente por concesión del propio rey.

el portón de la verja que daba al río. Al rato, nuestros amigos vieron a Malezieux, que parecía buscarlos.

—¡Y bien! —preguntó Valef—, ¿sabéis algo de lo que ocurre?

—Temo que todo esté perdido —respondió Malezieux.

—¿Habéis visto que el duque del Maine y el conde de Toulouse han abandonado el consejo de regencia?

—Estaba en el muelle cuando pasaba el coche. El duque ha hecho que uno de los lacayos me entregara esta nota:

«No sé qué traman contra nosotros, pero el regente nos ha invitado, a Toulouse y a mí, a que abandonemos el consejo. Aquella invitación parecía una orden. Puesto que toda resistencia era inútil, hemos tenido que obedecer. Procurad ver a la duquesa, que debe encontrarse en las Tullerías, y decidle que me retiro a Rambouillet, donde esperaré el desarrollo de los acontecimientos.

»Vuestro, afectuosamente,

Louis Auguste».

—¡Qué cobarde! —exclamó Valef.

—¡Mirad la clase de gente por la que arriesgamos nuestras cabezas! —murmuró Brigaud.

—Un momento, abate —le interrumpió Harmental—. ¡El diablo me lleve! ¡Es él! ¡No os alejéis de aquí, señores!...

—Mirad, mis princesas —peroraba el individuo en cuestión, ilustrando sus palabras con unas líneas que trazaba en el suelo con la punta de su bastón, mientras a cada uno de sus movimientos su larga espada rozaba las piernas de los vecinos—, esto es un «lecho de justicia»; sé mucho de ello, porque lo vi con ocasión de la muerte del difunto rey, cuando abrieron su testamento. Mirad: todo pasa en una gran sala, larga y cuadrada; la forma no importa. El trono del rey lo ponen aquí, los pares en este lado, y el Parlamento en el otro.

—Dime, Honorine —interrumpió una de las dos damiselas—, ¿te divierte mucho el cuento este?

—Mira, Eufémie: por lo visto el caballero piensa tenernos así hasta las cinco de la tarde, con una tortilla y tres botellas de vino blanco. ¡Te prevengo, galán, que si no nos das de comer como habías prometido, te dejamos plantado!

—¡A comer, a comer! —gritaron a la vez las dos semidoncellas—. ¡Nada de miserias!

—¿Qué queréis? El mundo está lleno de ellas. Mirad, probablemente una miseria, y bien grande, está sufriendo ahora el señor del Maine. Por lo que a mí respecta tengo el estómago tan cerrado que me sería imposible tragar un solo bocado. ¿No me habíais pedido que os llevara a un espectáculo? Mirad, ahí tenéis uno muy bonito... Quien mira se alimenta.

—Capitán —dijo Harmental dando en el hombro a Roquefinnette—, ¿podría hablar con vos dos palabras?

—Cuatro, caballero, cuatro, y con el mayor placer. Esperad aquí, gatitas —añadió dirigiéndose a las damiselas—, y si alguien intenta... ya sabéis, hacedme una señal. Caballero, ya os había visto, pero no me correspondía a mí el abordaros.

—Capitán, quería saber si, llegado el caso, podría encontraros en el lugar de costumbre.

—¡Siempre, caballero, siempre!... Soy como la yedra: allí donde me pego, allí me quedo, y como la yedra, soy planta trepadora; cuando los valores van de baja, yo subo a lo más alto. Y ahora estoy en el mismísimo desván.

—¿Cómo, capitán? —dijo Harmental riendo y llevando su mano al bolsillo—. ¿Andáis en apuros y no sois capaz de acordaros de vuestros amigos?

—¿Pedir yo prestado? —respondió el capitán, deteniendo con un gesto la liberal disposición del caballero—. ¡Alto ahí! Cuando realizo un servicio, está muy bien. Si hago un trato, ¡maravilloso! Pero debéis disculparme: veo que mis dos cabezas locas se impacientan.

Si tenéis necesidad de mí, ya sabéis dónde encontrarme. Adiós, caballero, hasta la vista.

Como sólo eran las once, y el Lit de justice con toda seguridad no terminaría hasta las cuatro, el caballero pensó que en lugar de quedarse en la plaza del Carroussel, haría bien en dedicar a su amor las tres o cuatro horas de que disponía.

Harmental encontró a la pobre niña más y más inquieta. Buvat no había regresado desde que se marchara el día anterior. Nanette se había enterado en la Biblioteca que llevaba cinco días sin aparecer por allí. Bathilda sentía instintivamente que la amenaza de una desgracia, oculta pero inevitable, se cernía sobre ella.

Para los enamorados el tiempo pasó con la rapidez de siempre. Los dos jóvenes se separaron, después de convenir que si averiguaban algo nuevo, inmediatamente se lo comunicarían uno al otro.

Al salir de la casa el caballero volvió a encontrar a Brigaud. El Lit de justice había concluido; corrían vagos rumores de que se avecinaban terribles medidas.

Al poco rato llegó Pompadour. Explicó que al parecer el Parlamento había querido oponerse, pero que al final, todos se habían doblegado a la voluntad del regente. Las cartas del rey de España habían sido leídas y causaron una gran indignación. Se había decidido que los duques y los pares ocuparan en el orden jerárquico un lugar inmediatamente inferior al de los príncipes de sangre. La categoría de los príncipes legitimados quedaba asimilada a la de simples pares, con excepción del duque de Toulouse, al que se reconocían, de por vida, todos sus privilegios y prerrogativas.

Madame del Maine quedaría vigilada: se le comunicó que debía abandonar sin demora sus habitaciones de las Tullerías.

En la habitación de Harmental se encontraban reunidos éste, Pompadour y Brigaud. De pronto, el abate, cuyo oído era muy fino, llevó el dedo índice a sus labios. A los pocos instantes se abría la puerta y penetraban en la estancia un soldado de las guardias francesas al que acompañaban una linda modistilla y otro personaje.

Eran el barón de Valef y Malezieux.

La modistilla apartó la manteleta negra que ocultaba su rostro; era madame del Maine.

CAPÍTULO XXIII

El hombre propone. David y Goliat.

—¡Vuestra Alteza aquí, en mi casa! —exclamó Harmental—. ¿Qué he hecho yo para merecer tal honor?

—Ha llegado el momento, caballeros —dijo la duquesa—, de poner a prueba la adhesión de aquellos que nos estiman. Pero nunca podrá decirse que si madame del Maine expone la vida de sus amigos, ella no comparte los riesgos. ¡A Dios gracias, soy la nieta del gran Condé! Y me siento digna de mi abuelo.

—Vuestra Alteza sea dos veces bienvenida —dijo Pompadour—, porque nos saca de un gran apuro. Todos queríamos ponernos a vuestras órdenes, pero no nos atrevíamos a ir al Arsenal, que sin duda alguna debe estar vigilado por la policía.

—Lo mismo pensé yo —asintió la duquesa—. Por eso, en lugar de esperaros, he resuelto venir a vuestro encuentro.

—Veo con alegría que los acontecimientos de esta horrible jornada no han abatido a Vuestra Alteza —dijo Malezieux.

—¿Acobardarme yo, Malezieux? ¡Supongo que, conociéndome, no lo habéis pensado ni por un instante! ¡Abatida! Al contrario... nunca me he sentido más fuerte y con mayor empeño. ¡Oh, si yo fuera un hombre!...

—Para cinco hombres abnegados no hay nada imposible, señora. Pensemos que el regente no se conformará con lo que ha hecho. Mañana, pasado mañana, esta tarde quizás, podemos ser arrestados todos. Dubois va diciendo por ahí que el papel que salvó del fuego en casa de Cellamare no era otra cosa que la lista de los conjurados.

—Pero será difícil intentar cualquier cosa: después del fracaso, el regente está prevenido —observó Malezieux.

—Al contrario —replicó Pompadour—, resultará más sencillo; pensará que hemos abandonado nuestros planes, y bajará la guardia.

—Prueba de ello —recalcó Valef— es que el regente está tomando ahora menos precauciones que nunca. Desde que la señorita de Chartres es la abadesa de Chelles va a verla una vez por semana y atraviesa el bosque de Vincennes llevando solamente al cochero y a dos lacayos, y eso, a las nueve de la noche...

—¿Y en qué día hace la visita? —preguntó Brigaud.

—Los miércoles —respondió Malezieux.

—¿El miércoles? ¡Es mañana! —observó la duquesa.

—Pues bien... Si me autorizáis, reuniré siete u ocho hombres, esperaré en el bosque, lo raptaré, y en tres o cuatro días llegaré a Pamplona —propuso Valef.

—Un momento, querido barón —protestó Harmental—, he de recordaros que es a mí a quien corresponde esa empresa.

—Todo lo que puedo hacer por vos, querido Harmental, es dejar que decida Su Alteza, puesto que ambos queremos servirla.

—Que así sea, y yo decido —la princesa hablaba al caballero— que el honor de la empresa os pertenece. Un hijo de Luis XIV y la nieta del gran Condé ponen su destino en vuestras manos. Yo confío en vuestra abnegación y en vuestra valentía. Para vos, mi querido Harmental, todo el peligro y todo el honor.

—Acepto reconocido el uno y el otro, señora —contestó Harmental, besando con respeto la mano que le tendía la duquesa—. Mañana, o habré muerto, o el regente irá camino de España.

—Caballero, ¿estáis seguro de volver a encontrar a los hombres que os escudaron la otra vez? —preguntó Valef.

—Sí, lo estoy; por lo menos, a su jefe.

—¿Cuándo le veréis?

—En un cuarto de hora estaré en su casa.

—¿Cómo sabremos que consiente en ayudaros?

—Podemos vernos en los Champs Élysées. Malezieux y yo —dijo la princesa— iremos en un coche sin blasones ni lacayos. Pompadour, Valef y Brigaud se nos unirán por separado. Esperaremos las noticias de Harmental para tomar las últimas disposiciones.

—Está bien —asintió el caballero—. Mi hombre vive precisamente en la calle de Saint-Honoré.

—Quedamos de acuerdo —concluyó la duquesa—. Dentro de una hora, todos en los Champs Élysées.

La duquesa volvió a tomar el brazo de Valef y ambos salieron. Malezieux los siguió a los pocos instantes para no perderlos de vista. Los últimos en abandonar la casa fueron Brigaud, Pompadour y Harmental.

El caballero se presentó en el albergue de la Fillon, con una tranquilidad impropia de su peligrosa situación, y se informó de si el capitán Roquefinnette estaba visible.

La alcahueta le preguntó si había sido él quien dos meses antes preguntara por el capitán. El caballero, creyendo que así allanaría obstáculos, en el caso de que los hubiera, respondió afirmativamente. La Fillon llamó a una de sus pupilas y le ordenó que condujese al visitante a la habitación número 72, en el quinto piso.

—¡Entrad! —autorizó Roquefinnette con su voz de chantre.

El caballero deslizó un luis en la mano de la guía, abrió la puerta, y se encontró cara a cara con el capitán.

El cuarto hacía juego con los malos tiempos que estaba pasando Roquefinnette, que aparecía tumbado en un mal catre y se alumbraba con un cabo de vela.

—¡Vaya, vaya!... —dijo Roquefinnette en tono de burla—. Con que sois vos, caballero... Os esperaba.

—¿Me esperabais, capitán? ¿Y qué os ha inducido a pensar que vendría a visitaros?

—Los acontecimientos, señor...

—No os entiendo.

—Quiero decir que por lo visto hemos decidido declarar la guerra abierta y que por eso venimos a reclutar al pobre capitán Roquefinnette, que tendrá que luchar como un lansquenete[29]...

—Algo hay de eso, querido capitán. Vuestro único error consiste en pensar que os había olvidado. Si nuestro plan hubiese tenido éxito habría venido a entregaros vuestra recompensa, igual que ahora lo hago para pediros ayuda. Ahora se trata de aprovechar que el regente atraviesa sin escolta el bosque de Vincennes cuando vuelve de ver a su hija. Hemos de raptarlo y llevarlo a España.

—Perdón, pero antes de proseguir, caballero, os prevengo que siendo nuevo el trato, habrán de ser nuevas las condiciones.

—Eso no se discute, capitán. Las condiciones las pondréis vos. Lo importante es saber si disponéis de los hombres.

—Dispongo de ellos.

—¿Estará todo a punto mañana a las dos?

—Lo estará.

—¿Algo más?

—Sí, señor, hay algo más: dinero para comprar caballos y armas.

—Hay quinientos luises en esta bolsa; tomadla.

—Está bien; os daré cuenta del dinero.

—Quedamos en que nos veremos en mi casa a las dos.

—Allí estaré.

—¡Adiós, capitán!

—Hasta la vista, caballero. No os extrañará que esta vez sea un poco exigente.

—Es muy natural.

Harmental bajó la interminable escalera sin mayores incidentes.

---

29 Soldado de baja categoría que, por lo general, actúa como mercenario. (N. Del E.).

Cuando llegó a la encrucijada donde se había señalado la cita vio un coche parado a un lado del camino; dos hombres paseaban a cierta distancia. Al divisar a Harmental, una mujer sacó con impaciencia la cabeza por la ventanilla del coche. El caballero reconoció a madame del Maine, a la que acompañaban Malezieux y Valef. Es inútil indicar que los dos paseantes eran Pompadour y Brigaud.

En pocas palabras Harmental relató lo ocurrido. La duquesa le dio a besar su mano y los hombres estrecharon las suyas.

Quedó convenido que al día siguiente, a las dos, la duquesa, Laval, Pompadour, Valef, Malezieux y Brigaud, irían a casa de la madre de Avranches, que vivía en el arrabal de Saint-Antoine, en el número 15, y que allí esperarían el resultado de la operación.

Eran las diez de la noche. Aquel día Harmental apenas había visto a Bathilda. Se dirigió a su casa y creyó ver la sombra de una mujer en el quicio del portal de la casa de su amada. Avanzó hacia ella y reconoció a Nanette.

Buvat no había aparecido aún; la pobre mujer esperaba, muy asustada, por si veía a Buvat o al caballero. Harmental subió rápidamente las escaleras. La pobre muchacha estaba angustiada.

—¡Dios mío, Dios mío! —exclamó Bathilda después de haber hecho entrar al joven—. Pensaba que también a vos os había ocurrido algo...

—Bathilda —contestó el caballero con una triste sonrisa, y con una mirada llena de ternura—, mi querida Bathilda... en algunas ocasiones me habéis dicho que veíais en mí algo misterioso que os asustaba...

—¡Sí, sí!... Este es el tormento de mi vida, mi único temor...

—La mano que tengo en la mía puede conducirme a la mayor felicidad o a la más profunda tristeza. Bathilda, decidme: ¿estáis dispuesta a compartir conmigo lo bueno y lo malo, la suerte y la desgracia?

—Todo con vos, Raoul. Todo... ¡todo!

—Pensad en lo que os comprometéis, Bathilda. Quizás sea una vida feliz y brillante la que nos esté reservada, pero también puede ser el destierro, quizás el cautiverio... puede incluso ocurrir que yo haya muerto antes de que vos lleguéis a ser mi esposa.

—Raoul, vos sabéis que os amo. Vuestra vida es la mía; vuestra muerte, mi muerte. Una y otra están en manos de Dios; ¡hágase su voluntad!

Ante el crucifijo los jóvenes se abrazaron, cambiaron el primer beso, y volvieron a jurar ser el uno para el otro.

Cuando Harmental dejó a Bathilda, Buvat no había regresado todavía.

Hacia las diez de la mañana el abate Brigaud entró en casa de Harmental. Le traía veinte mil libras, parte en oro y parte en libranzas españolas. Nada había cambiado desde la víspera. La duquesa del Maine seguía considerando a Harmental su salvador.

Brigaud y el caballero abandonaron la casa; el primero, para reunirse con Valef y Pompadour; Harmental para volver a casa de Bathilda.

La inquietud de la joven había llegado a su punto culminante. Buvat seguía sin aparecer. Su pupila no había dormido; había pasado la noche llorando. Cuando dirigió la mirada hacia su amado, comprendió que una expedición análoga a la que tanto la había asustado estaba en perspectiva: el mismo traje oscuro, las pistolas en el cinturón, las altas botas de montar, y la espada; vistos aquellos signos inequívocos, no cabía duda: Raoul se aprestaba a correr nuevos peligros.

Primero trató de hacer hablar al caballero; pero ante la firmeza de Harmental, que le aseguró que se trataba de un secreto que no podía revelarse, la pobre muchacha no insistió. Nanette acababa de llegar de la Biblioteca. Allí tampoco sabían nada de Buvat. La infeliz Bathilda se arrojó en brazos de Raoul deshecha en llanto.

Harmental le hizo partícipe de sus temores. Los papeles que el príncipe de Listhnay había dado a Buvat para copiar eran de gran importancia política. Buvat podía haber sido descubierto y arrestado.

Harmental se acordó de que a las dos tenía citado al capitán Roquefinnette para cerrar el nuevo trato. Se levantó; Bathilda perdió el color. ¿Volvería a ver a su amado? Harmental le prometió despedirse de ella en cuanto hubiese despachado con la persona que esperaba. Veinte veces volvieron los jóvenes a jurarse ser el uno para el otro, antes de separarse..., tristes, pero confiando en ellos mismos, y seguros de sus corazones.

Roquefinnette se apeó del caballo en tres tiempos, con una precisión que recordaba los tiempos en que se hallaba al frente de su escuadrón. Ató las riendas a los barrotes de una ventana, se aseguró de que las pistolas estaban en sus fundas, y penetró en la casa.

Igual que la víspera, su rostro aparecía grave y pensativo. La mirada de sus ojos y sus apretados labios eran la estampa de la resolución. Harmental le acogió con una sonrisa.

—Veo, mi querido capitán, que sois la puntualidad en persona.

—Es una costumbre militar, caballero, que no debe extrañar en un viejo soldado.

—Por algo confío en vos. ¿Tenéis dispuestos a vuestros hombres?

—Os dije que sabría dónde encontrarlos.

—¿Dónde los habéis dejado?

—En el mercado de caballos de la puerta de Saint-Martin.

—¿No corren el peligro de ser reconocidos?

—¿Cómo queréis que ocurra eso, en medio de trescientos campesinos que compran y venden caballos? ¿Reconoceríais vos a diez o doce hombres vestidos como los demás? El capitán prosiguió:

—Cada uno ha comprado el caballo que le convenía, ofreciendo el precio que ha querido y regateando con el vendedor; yo di treinta luises a cada uno. Pagarán su caballo, lo ensillarán, colocarán en las fundas las pistolas, montarán en la cabalgadura y a las cinco en punto estarán en el bosque de Vincennes en un lugar convenido. Allí se les explicará lo que tienen que hacer. Se les dará el resto de su paga, yo me pondré a la cabeza de mi banda, y daremos el golpe. En el caso, bien entendido, de que nosotros lleguemos a un acuerdo.

—¡Muy bien, capitán! Vamos a discutir las condiciones como buenos amigos. Para comenzar, doblaré la suma que recibisteis la vez anterior.

—No es por ahí —le interrumpió Roquefinnette—. Yo no quiero dinero.

—¡Cómo! ¿No queréis dinero, capitán?

—Ni aunque fuera todo el tesoro del rey.

—Entonces, ¿qué es lo que queréis?

—Una posición.

—¿Qué queréis decir?

—Quiero decir, caballero, una buena posición, un grado militar que esté en armonía con mis largos servicios. Desde luego, esa posición no la quiero en Francia. Aquí me conocen demasiado, comenzando por el señor teniente de la policía. Pero en España, por ejemplo, me iría de perillas; es un bello país, con mujeres bonitas y doblones por todas partes. Decididamente, ¡quiero un grado en España!

—Eso será posible, pero depende del grado a que aspiráis.

—Ya os dije en otra ocasión que si el asunto hubiera sido mío, yo lo hubiera llevado a mi manera y el resultado habría sido otro. Las cosas ahora se han puesto muy serias y por eso os hablo de esta forma.

—¡Que me ahorquen si os entiendo, capitán!

—Pues es muy fácil: las pretensiones aumentan en razón de los servicios que uno puede rendir. Por lo visto, yo he llegado a ser un personaje importante en esta historia. De modo que o me tratáis de acuerdo con lo que exijo o le voy con el cuento a Dubois.

Harmental se mordió los labios hasta hacerse sangre, pero comprendiendo que se las tenía que ver con un viejo marrullero, acostumbrado a venderse al mejor postor, consiguió refrenarse.

—De modo que vos queréis ser coronel.

—Esta es mi idea —corroboró Roquefinnette.

—Vamos a suponer que os hago esa promesa. ¿Quién os asegura que cuento con la necesaria influencia para poder cumplirla?

—Si me confiarais una misión que me permitiera ir a Madrid, allí yo mismo arreglaría las cosas.

—¡Estáis loco! No se os puede confiar una misión de tanta importancia...

—Pues así será o no hay nada de lo hablado. Yo seré el que lleve al regente a Madrid, o éste seguirá en su Palacio Real.

—¡Pero esto es una traición! —exclamó indignado Harmental.

—¿Una traición, caballero? ¿Cuáles son los compromisos que yo haya dejado de cumplir? ¿Cuáles los secretos que he divulgado? ¿Yo un traidor? ¡Por mil dioses, caballero!... Vos habéis venido a buscarme; me habéis pedido nuevamente que os ayude. Ya os previne de que mis condiciones serían otras. ¡Bien! Estas condiciones ya las conocéis; tomadlo o dejadlo. ¿Esto es una traición?

—Y aunque yo fuera tan loco que aceptase, ¿creéis que la confianza que el caballero de Harmental inspira a Su Alteza Real la duquesa del Maine puede delegarse en el capitán Roquefinnette?

—¿Qué tiene que ver la duquesa del Maine con nuestro arreglo? Vos estáis encargado de un asunto; mis exigencias, llamémoslas así, os ponen en una situación que os impide realizar la operación personalmente y me cedéis vuestro puesto. Eso es todo.

—Es decir, vuestro pensamiento es quedaros a solas con el regente, por si éste ofrece doble recompensa para que le dejéis en Francia.

—Quizás —dijo Roquefinnette en tono burlón.

—Tened cuidado —le previno Harmental—. Conocéis secretos muy importantes. Para vos puede ser más peligroso el retiraros de la empresa que seguir en ella.

—¿Y qué puede ocurrirme si me niego a colaborar?

—Una palabra más en ese tono, capitán, ¡y prometo que os salto la tapa de los sesos!

—¿Vos me saltaréis la tapa de los sesos? ¿Vos? El ruido del tiro atraería a los vecinos, acudiría la ronda, se me preguntaría qué era lo que había ocurrido, y yo, de no estar muerto del todo, tendría que decirlo.

—Tenéis razón, capitán; ¡desenvainad vuestra espada! —Harmental, apoyando su pie en la puerta, sacó la suya y se puso en guardia.

Era un espadín de ceremonia, una delgadísima lámina de acero con la empuñadura de oro. Roquefinnette se echó a reír.

—¡Defendeos, capitán! ¡Diablos!, ¿queréis que os asesine? ¿Qué piensas tú, Colichimarda? —Esta pregunta la hacía el capitán a su largo espadón.

Con un movimiento tan rápido como el rayo, Harmental marcó la cara del capitán, dejándole en la mejilla una herida sangrante parecida a un latigazo.

Entonces comenzó entre los dos hombres un duelo terrible, obstinado y silencioso. Una explicable reacción hacía que ahora fuese Harmental el totalmente sereno mientras que a Roquefinnette se le agolpaba la sangre en la cabeza. La enorme tizona amenazaba al caballero; pero el acero de éste la perseguía, la empujaba, danzaba alrededor de ella como una víbora. Por fin llegó el momento en que una de sus paradas no llegó a tiempo por una fracción de segundo y el caballero sintió la punta del acero enemigo que le rozaba el pecho.

Harmental dio un salto y se pegó a su adversario, de modo que chocaron las dos cazoletas de la empuñadura. Roquefinnette comprendió que en el cuerpo a cuerpo su larga espada le ponía en desventaja. Dio un salto hacia atrás, pero su talón izquierdo resbaló sobre el suelo encerado. Harmental aprovechó la ocasión y clavó su acero hasta el puño en el pecho del capitán. Éste quedó un instante inmóvil, abrió los ojos, soltó la espada, llevó sus manos a la herida que sangraba y cayó al suelo.

—¡Diablo con el espadín! —fueron sus últimas palabras.

Murió en el acto. La delgada lámina de acero había atravesado el corazón del gigante.

El caballero quedó espantado. Sus cabellos se erizaron y sintió que el sudor perlaba su frente. No se atrevía a moverse. Le parecía estar soñando.

¿Cómo se las arreglaría ahora para reconocer, entre trescientos campesinos, a los diez o doce falsos palurdos[30] que tenían que raptar al regente?

En aquel momento, el caballo del difunto capitán comenzó a relinchar. Harmental no tenía ya nada que hacer en la habitación. Abrió el escritorio, llenó sus bolsillos con todo el oro que pudo, bajó rápidamente la escalera, y saltando sobre el impaciente caballo se lanzó a galope tendido por la calle de Gros-Chenet, desapareciendo por la esquina del bulevar.

---

30 Usado en tono despectivo para designar como toscas y ordinarias a personas del campo. (N. del E.)

CAPÍTULO XXIV

El salvador de Francia.

Mientras la terrible catástrofe ocurría en la buhardilla de madame Denis, Bathilda, inquieta al ver tanto tiempo cerrada la ventana de su vecino, abrió la suya, y lo primero que vio fue el caballo gris ceniciento atado a los barrotes. Como la llegada del capitán le había pasado inadvertida, creyó que la montura era de Raoul y volvió a ser presa de sus terrores y pensamientos.

Bathilda seguía en la ventana con el corazón palpitante y los ojos errantes de un lado a otro. De repente dio un grito de alegría, por la esquina de la calle de Montmartre avanzaba Buvat al paso más rápido que le permitían sus cortas piernas.

Hemos de volver atrás en nuestro relato si queremos conocer el motivo de tan larga ausencia.

Buvat, impulsado por el temor a la tortura, había revelado el complot, y Dubois, mediante amenazas, le había obligado a que copiase todos los documentos que le entregaba el príncipe de Listhnay. De este modo el regente pudo conocer todos los proyectos de los conjurados, desbaratados con el arresto del mariscal Villeroy. La convocatoria del Parlamento fue el golpe de gracia para los conspiradores.

El lunes por la mañana Buvat llegó al Palacio Real con el nuevo legajo de papeles que Avranches le había entregado la víspera. Las piezas importantes eran un manifiesto redactado por Malezieux y Pompadour, más algunas cartas de señores bretones que se adherían a la conspiración.

Buvat trabajó hasta las cuatro de la tarde. Cuando ya tenía el bastón y el sombrero en la mano para marcharse, compareció Dubois y lo condujo a una habitación de pequeñas dimensiones. Una vez en ella, le preguntó qué tal le parecía. Engañado por tanta amabilidad, Buvat le contestó que la encontraba muy agradable.

—Tanto mejor —respondió Dubois—, me parece muy bien que os guste, porque es la vuestra.

—¡La mía! —exclamó Buvat aterrado.

—Sí, la vuestra. ¿Qué hay de malo en que yo desee tener bajo mi vigilancia a un hombre tan importante como vos?

—Es que... ¿voy a vivir en el Palacio Real?

—Todo el tiempo que sea necesario.

—Pero... —el pobre Buvat estaba horrorizado—, ¿acaso soy vuestro prisionero?

—Prisionero de Estado, vos lo habéis dicho, mi querido Buvat. Pero tranquilizaos; vuestro cautiverio no será largo, y mientras dure, se cuidará de vos como merece el salvador de Francia, porque vos habéis salvado a Francia, señor Buvat.

—¡He salvado a Francia! —exclamó Buvat—, y heme aquí prisionero... ¡Oh!, mi cuartito... mi terraza... —murmuró dejándose caer anonadado en un sillón.

Dubois lo dejó solo y ordenó que se situara un centinela en la puerta.

El ministro, que ahora conocía todos los planes de los conspiradores, deseaba que éstos llegaran hasta el fondo y le brindaran la ocasión de acabar, de una vez por todas, con aquellas intrigas que ya le tenían harto.

A última hora de la tarde, alrededor de las ocho, Buvat oyó ruido en la puerta; una especie de repiqueteo metálico, que le causó gran inquietud. La puerta se abrió. El pobre hombre, tembloroso, vio a dos enormes criados, de librea, que traían una mesa completamente servida. El ruido metálico que Buvat había oído era el tintineo de los platos y de los cubiertos de plata.

Pensó que habían decidido asesinarle con un tipo de muerte distinta a la de Juan sin Miedo o del duque de Guisa: a Buvat lo envenenarían, como al Gran Delfín. En vista de ello, resolvió no probar bocado, a pesar de lo apetitosos que parecían los platos. Después de tomar aquella heroica decisión, el pobre hombre se convenció a sí mismo de que no tenía hambre ni sed. Estaba dispuesto a dejarse morir de inanición.

Los dos criados se pusieron de acuerdo con una sola mirada; se trataba de dos tunantes que a las primeras de cambio reconocieron al infeliz que tenían delante.

—Señor —dijo uno de ellos en tono convincente—, comprendemos vuestros temores. Y con el fin de disiparlos, cada vez que os traigamos de comer y de beber probaremos delante vuestro todos los platos y los dos licores. Será para nosotros un placer el poder devolveros de este modo la tranquilidad.

—Señores —les respondió Buvat, avergonzado al ver que sus pensamientos habían sido descubiertos—, sois muy amables; pero, ¡de verdad!, es que no tengo ni sed ni hambre.

—No importa, señor —insistió el otro bergante—. Deseamos, mi compañero y yo, que no os quede ninguna duda al respecto. ¡Está decidido! Haremos la prueba que os hemos prometido. Comtois, amigo mío —prosiguió el que estaba en el uso de la palabra, sentándose en el lugar que debía de haber ocupado Buvat—, hacedme el favor de servirme un par de cucharadas de este potaje, un alón de esta gallinota con arroz y dos dedos de pastel. Así está bien. ¡A vuestra salud!

—Buen provecho, señor —contestó el bueno de Buvat, contemplando con sus saltones ojos al sinvergüenza que cenaba impunemente a su costa—; soy yo el que debo estaros agradecido; me gustaría conocer vuestro nombre para conservarlo en mi memoria.

—Señor —contestó cortésmente el criado—, me llamo Bourguignon y éste es mi compañero Comtois, que será el que mañana haga la prueba. Vamos, Comtois, amigo mío, ponme un trozo de ese faisán y un buen vaso de champagne. ¿No veis que para tranquilizar al señor debo probar todos los platos y beber de todos los vinos? A vuestra salud...

—¡Dios os lo pague, señor Bourguignon!

—Ahora, Comtois, traedme el postre, para que ya no le quede ninguna duda al señor.

—Os juro —dijo Buvat— que ya no tengo ninguna.

—No, señor, no; os pido perdón, pero todavía queda algo: Comtois, amigo mío, no dejéis que el café se enfríe; quiero tomarlo como debiera haberlo tomado el señor Buvat, y estoy seguro de que a él le gustaría caliente.

—Hirviendo —respondió Buvat—. Lo bebo hirviendo, ¡palabra de honor!

—¡Ah! —dijo Bourguignon terminando su taza y levantando beatíficamente los ojos al cielo—. Teníais razón, señor; bien caliente está mejor.

Acabado el festín, Bourguignon se levantó y retrocedió de espaldas hasta la puerta, que los dos bromistas habían tenido buen cuidado de dejar bien cerrada mientras duraba la comida. Su compañero se llevaba la mesa con lo que quedaba de aquella bendición.

—Si tenéis necesidad de alguna cosa, ahí tenéis tres campanillas: una en la cabecera de la cama, y las otras dos sobre el dintel de la chimenea. Las de la chimenea son para llamarnos a nosotros; la de la cabecera de la cama, para avisar al ayuda de cámara.

—Gracias, señor, sois muy amable. Yo procuraré no tener que molestar a nadie.

Nada excita tanto el apetito como la vista de una buena comida de la que se ha respirado el aroma; la que había pasado ante los ojos de Buvat, el infeliz no la había visto antes ni en sueños. El pobre hombre comenzaba a sentir unos insoportables tirones en el estómago y se reprochaba su exceso de desconfianza, pero ya era tarde. En vista de lo cual, recordó el proverbio que dice «Quien duerme bien se alimenta», y resolvió que intentaría dormir, puesto que no había cenado.

Pero en el momento de llevar a vías de efecto su resolución, Buvat se sintió presa de sus temores: ¿aprovecharían sus enemigos el momento en que conciliara el sueño para hacerle desaparecer? Miró en todos los armarios, en los cajones, detrás de las cortinas, y cuando estaba en cuatro patas buscando debajo de la cama, oyó pasos detrás de él. La posición en la que estaba le dejaba totalmente indefenso. Quedó como estaba, temblando de miedo y con la frente cubierta por un sudor frío.

—Perdón —dijo una voz al cabo de unos minutos de intenso silencio—, perdón. ¿Busca el señor su gorro de noche?

Buvat se sintió descubierto; volvió la vista hacia el individuo que acababa de dirigirle la palabra y se encontró frente a un hombre vestido completamente de negro, que llevaba doblados sobre el antebrazo varios objetos de tela, que el prisionero reconoció como prendas de vestimenta humana.

—Sí, señor —dijo Buvat—, estoy buscando mi gorro de noche.

—¿Por qué no ha llamado el señor, en lugar de tomarse el trabajo de buscarlo por sí mismo? Yo soy el que ha tenido el honor de ser asignado como ayuda de cámara del señor y le traigo su gorro y su ropa de noche.

El lacayo extendió sobre la cama un camisón de tela rameada, y un gorro de fina batista adornado con una cinta de color de rosa, de lo más coquetón que pueda imaginarse.

—¿Quiere el señor que le ayude a desnudarse? —preguntó el criado.

—No, señor... ¡no! —se excusó Buvat, cuyo pudor se alarmaba fácilmente, pero temiendo que su negativa pudiera ofender al criado, la acompañó con su más seductora sonrisa—. Tengo la costumbre de hacerlo yo solo. Muchas gracias, señor, muchas gracias.

El ayudante se retiró, y Buvat volvió a encontrarse solo.

Pasó una noche muy agitada, y sólo cuando amanecía logró conciliar el sueño. Pero su descanso estuvo poblado de pesadillas y de las visiones más insensatas. Le libró de ellas la entrada del ayuda de cámara, que le preguntaba a qué hora quería desayunar.

La idea de que tenía que tragar cualquier cosa hizo que Buvat se estremeciera de pies a cabeza. No fue capaz de contestar sino con un murmullo indescifrable.

Buvat no tenía la costumbre de desayunar en la cama; saltó del lecho y sin tardar se aseó. Estando en eso, aparecieron los señores Bourguignon y Comtois trayendo el desayuno con el mismo aparato que la noche anterior.

Entonces se repitió la escena: la única variante fue que esta vez comió Comtois mientras Bourguignon servía. Pero cuando llegaba el café, Buvat no pudo resistir por más tiempo y declaró que su estómago solicitaba algo de alimento; tomaría gustosamente el café y un panecillo.

Apenas vio que la puerta se cerraba, Buvat se lanzó sobre el ligerísimo refrigerio, y sin siquiera mojar el uno en el otro, se comió el pan y bebió el café. Después, reconfortado por la colación, comenzó a ver las cosas desde un punto de vista menos pesimista.

Buvat no carecía de cierto sentido común; en su tardo entendimiento comenzó a germinar la idea de que, si por algún motivo de índole política se le privaba de libertad, era simplemente por precaución y no porque quisieran hacerle ningún daño. Prueba de ello eran los cuidados que se le prodigaban. Además, Buvat empezaba inconscientemente a experimentar la bienhechora influencia del lujo, que se introduce por todos los poros del cuerpo y ensancha el corazón. La única cosa que todavía le preocupaba era el pensar que su desaparición debía de tener a Bathilda mortalmente inquieta.

El resultado de las reflexiones fue que la mañana le resultó mucho más soportable que la tarde anterior. Por otro lado, su estómago, sosegado por el café y el panecillo, sólo le hacía sentir un moderado apetito, sensación más bien placentera cuando se tiene la seguridad de que se va a comer bien. Añadamos a eso el atractivo panorama que se divisaba desde la ventana del prisionero; sólo así comprenderemos que éste viera llegar la hora del almuerzo casi sin sentirlo.

A la una en punto la puerta se abrió y, como la víspera, apareció la mesa bien repleta. Buvat hizo saber a los dos criados que ya se sentía perfectamente tranquilizado en cuanto a las intenciones de su ilustre anfitrión, y que daba las gracias a los señores Comtois y Bourguignon por la demostración que cada uno le había hecho; de modo que esta vez les rogaba que se limitaran a servirle. Los dos criados torcieron el gesto, pero no tuvieron más remedio que obedecer.

Buvat se comió todos los platos, bebió de todos los vinos y tomó su café, lujo que él ordinariamente sólo se permitía los domingos. Como remate, paladeó un vasito de licor de madame Anfoux.

Buvat, es preciso decirlo, quedó en un estado muy cercano al éxtasis. Por la tarde, la cena transcurrió del mismo modo. De forma que, cuando el ayuda de cámara entró para desdoblar el embozo de la cama, se encontró con un hombre completamente distinto al de la noche anterior: en vez de andar a cuatro patas, Buvat se había arrellanado en un cómodo sillón, tenía puestos los pies sobre los morillos de la chimenea, y su cabeza reposaba en el respaldo de la poltrona, mientras, con los ojos semicerrados, cantaba entre dientes con una inflexión de voz en la que se adivinaba una infinita nostalgia:

Laissez—moi aller,
Laissez—moi jouer,
Laissez—moi aller jouer sous la coudrette.

La mejoría que su estado de espíritu había experimentado en veinticuatro horas era obvia.

Esta vez Buvat se tendió voluptuosamente en la cama, y se quedó dormido a los cinco minutos. Soñó que era el Gran Turco y que, como el rey Salomón, poseía trescientas mujeres y quinientas concubinas.

Se despertó fresco como una rosa, sin otra preocupación que el ansia de tranquilizar a su Bathilda; por lo demás, se sentía perfectamente feliz.

Le habían dicho que, si lo deseaba, podía escribir a monseñor el arzobispo de Cambrai, en vista de lo cual cortó una pluma con sumo cuidado y con su más bella escritura redactó una instancia en la que preguntaba si su cautividad iba a ser muy larga, y si podía recibir a Bathilda, o por lo menos escribirle para tranquilizarla y hacerle saber que nada le faltaba.

La redacción de la instancia le ocupó toda la mañana, hasta la hora del almuerzo. Cuando se sentó a la mesa entregó la misiva a Bourguignon. Un cuarto de hora después, el mismo criado regresó para comunicar al preso que monseñor había salido, pero que la instancia había sido entregada a la persona que con él compartía el despacho de los negocios públicos; esa persona había ordenado que en cuanto el prisionero hubiese terminado de comer lo llevasen a su presencia.

Guiado por Bourguignon, Buvat llegó a una especie de laboratorio situado en el sótano. Allí, envuelto en una simple bata, le esperaba un hombre de unos cuarenta años que no le era del todo desconocido y que manipulaba frascos y retortas ante un horno encendido. En cuanto vio a Buvat, el hombre levantó la cabeza y mirándole con curiosidad le preguntó:

—¿Sois vos el llamado Jean Buvat?

—Para serviros —respondió inclinándose.

—La instancia que habéis dirigido al abate, ¿la habéis escrito vos?

—De mi propia mano, señor.

—Tenéis una bonita escritura.

Buvat volvió a saludar, con una sonrisa de falsa modestia.

—El abate me ha hablado de los servicios que os debemos —continuó el desconocido.

—Monseñor es demasiado bueno —respondió Buvat—, no valen la pena.

—¡Cómo que no valen la pena! Todo lo contrario; la valen, ¡y mucho! Tanto es así, que si queréis pedir algo al regente yo me encargo de transmitir vuestra demanda.

—Entonces, si sois tan amable, tened la bondad de decir a Su Alteza Real que cuando esté mejor de dinero haga lo posible por pagarme lo que me debe.

—¿Cómo lo que os debe? ¿Qué queréis decir?

—Quiero decir que tengo el honor de estar empleado en la Biblioteca Real, pero que desde hace seis años, a la hora de cobrar, siempre me dicen que no hay dinero en caja.

—¿Y a cuánto asciende lo que se os debe?

—A cinco mil trescientas y algunas libras, más una fracción en sueldos y denarios.

—Y vos deseáis ser pagado, claro está.

—No os oculto, señor, que sería para mí una gran alegría.

—¿Eso es todo lo que pedís?

—Exactamente.

—Pero, ¡en fin!, por el servicio que le habéis hecho a Francia, ¿no pedís nada?

—Si acaso, señor... reclamo el permiso para enviar una nota a mi pupila diciéndole que no esté inquieta por mi ausencia, ya que solamente estoy prisionero en el Palacio Real. Pido también, si no es abusar de vuestra amabilidad, que la dejen venir a visitarme; pero si esto ya es demasiado, me conformaré con la carta.

—Vamos a hacer algo mejor que eso. Las causas por las cuales os debíamos retener ya no existen; os devolvemos la libertad, de modo que podéis ir vos mismo a tranquilizar a vuestra pupila.

—¡Cómo! señor... ¿Ya no estoy prisionero?

—Podéis marcharos cuando queráis.

—Señor, hoy mismo escribiré mi petición al regente por lo de los atrasos.

—Y mañana seréis pagado.

—¡Ah! señor, ¡cuán bondadoso sois!

—Id, señor Buvat, id en paz... Vuestra pupila os espera.

—Tengo mucho gusto en haberos conocido. ¡Ah!, perdón; si no es indiscreción, ¿cómo os llamáis?

—Llamadme señor Felipe.

—Hasta que tenga el honor de volveros a ver, que Dios os guarde, señor Felipe.

—Adiós, señor Buvat. Un instante: he de dar una orden; si no, no os dejarían salir.

El señor Felipe tocó la campanilla y un ujier apareció.

—Haced venir a Ravanne.

El lacayo salió. Dos segundos después se presentaba el joven oficial de guardias.

—Ravanne —le indicó el señor Felipe—, conducid a este hombre honrado hasta la puerta de palacio. Está libre; puede ir donde él quiera.

—Sí, monseñor. Venid, señor, os espero.

En la puerta, el centinela quiso detener a Buvat.

—Por orden de Su Alteza Real el señor regente, este caballero está libre.

—Perdón, señor —balbuceó Buvat—, ¿la persona con la que he hablado era el regente?

—Monseñor el regente en persona —respondió Ravanne.

—¡No es posible! —exclamó Buvat—. Me ha dicho que se llamaba Felipe.

—Exactamente: Felipe de Orléans.

—Es verdad, señor, es verdad; Felipe es su nombre propio. Es un hombre muy bueno, el regente. Cuando pienso que unos infames pillos querían conspirar contra él, ¡contra el hombre que me ha prometido pagarme todo lo que se me debe! ¡Merecen ser colgados! ¿No pensáis vos así?

—Señor —contestó Ravanne riendo—, yo no tengo opinión en los asuntos importantes. ¡Bien! Monseñor parte dentro de media hora hacia la abadía de Chelles, y querrá darme algunas órdenes antes de su marcha. Lo siento, pero he de dejaros. ¡Adiós!

—Más lo siento yo, señor —dijo Buvat, haciendo al militar una reverencia.

—¡Oh!, padrecito, ¡padrecito! —repetía Bathilda entre sollozos, mientras subía la escalera cogida del brazo de Buvat, y parándose en cada peldaño para besarle—. ¿De dónde venís? ¿Qué os ha ocurrido? ¿Qué habéis hecho desde el lunes? ¡En qué inquietud nos habéis tenido a Nanette y a mí! ¡Os deben de haber pasado cosas increíbles!

—¡Ah sí!, completamente increíbles.

—¡Dios mío! Contádmelo, padrecito: ¿de dónde venís ahora?

—Del Palacio Real.

—Vos, ¡de casa del regente! ¿Y qué hacíais en casa del regente?

—Estaba prisionero.

—¡Prisionero! ¿Vos?

—Sí, prisionero de Estado.

—¿Y por qué?

—Porque he salvado a Francia.

—¡Dios mío! ¡Dios mío! ¿Es que os habéis vuelto loco? —exclamó Bathilda espantada.

—Imagínate: había una conspiración contra el regente, ¡y yo estaba mezclado en ella!

—¡Vos!

—Sí, yo, pero sin saberlo. ¿Te acuerdas del príncipe de Listhnay? Pues era un falso príncipe, hija mía, ¡un falso príncipe!

—Entonces, las copias que hacíais para él...

—Eran manifiestos, proclamas, actas incendiarias. Preparaban una revuelta general: Bretaña... Normandía... los Estados Generales... el rey de España... ¡He sido yo quien lo ha descubierto todo!

—¡Vos! —exclamó Bathilda cada vez más asustada.

—Sí, yo. Y monseñor el regente me acaba de llamar « ¡el salvador de Francia! ». Y me ha prometido que me van a pagar todos los atrasos que me deben. ¡Casi puedo decir que el regente es mi amigo!

—Padre mío, padre mío... habéis hablado de conspiradores, ¿sabéis el nombre de alguno de ellos?

—El principal de todos es el duque del Maine. Además del conde de Laval, un tal marqués de Pompadour, el barón de Valef, el príncipe de Cellamare, y ese desgraciado abate Brigaud. ¡He copiado la lista completa!...

—Padrecito... —insistió Bathilda con un hilo de voz—. Entre los nombres, ¿habéis visto... el nombre... el nombre de... el caballero... de Harmental?

—¡Ah! Creo que sí —respondió Buvat . El caballero de Harmental es el jefe de la conjura.

—¡Oh! ¡Desgraciado!, ¡desgraciado de vos! —exclamó Bathilda retorciéndose los brazos—. ¡Habéis matado al hombre que amo!

Pensando que quizás le daría tiempo de avisar a Raoul del peligro que le amenazaba, Bathilda atravesó la calle de dos saltos; jadeante y sudorosa, empujó la puerta del cuarto del caballero, que cedió al primer toque. A la vista de la muchacha apareció el cadáver del capitán, tendido sobre el suelo y nadando en un charco de sangre.

Se precipitó entonces hacia la puerta gritando auxilio, pero al llegar al descansillo cayó al suelo dando un terrible alarido. Los vecinos acudieron en tropel; Bathilda había perdido el conocimiento. Al caer, su cabeza había dado en el filo de la puerta y presentaba una brecha de bastante importancia.

Entraron a Bathilda en la casa de madame Denis, que se dispuso a prestarle los primeros auxilios.

En cuanto al capitán Roquefinnette, puesto que no llevaba encima ningún papel por el que se le pudiera identificar, su cuerpo fue trasladado al depósito de cadáveres, donde tres días después lo reconoció la Normanda.

CAPÍTULO XXV

Dios dispone.

Harmental, como sabemos, había partido al galope. Siguiendo los bulevares llegó hasta la puerta de Saint-Martin, donde torció a la izquierda; al instante se encontraba en el mercado de los caballos.

Pero tal como había indicado el malogrado capitán, ninguna señal permitía distinguir a los hombres de su cuadrilla, vestidos como iban igual que los demás y que, por otra parte, no se conocían unos a otros. Harmental buscó desesperadamente, pero todos los rostros eran iguales para él. La situación era desoladora: el caballero tenía al alcance de su mano todos los medios para llevar a feliz término su misión, pero al matar al capitán había perdido el hilo conductor.

En medio de sus apuros oyó que daban las cinco. De ocho a nueve el regente debía volver de Chelles. No había un minuto que perder.

Harmental era hombre de soluciones rápidas. Dio una última vuelta por el mercado, y convencido de que nunca llegaría a distinguir a sus hombres entre tanto rostro inexpresivo, puso su caballo al galope, siguió otra vez por los bulevares, llegó al arrabal de Saint-Antoine, se apeó ante la casa número 15, subió en cuatro trancos hasta el quinto piso, abrió la puerta de la buhardilla y se encontró cara a cara con madame del Maine, el conde de Laval, Pompadour, Valef, Malezieux y Brigaud.

Todos dejaron escapar un grito de sorpresa al verle.

El caballero contó lo que había ocurrido, y pidió ayuda a Pompadour, Valef y Laval. Los tres se pusieron en el acto a su disposición; irían con él hasta el final del mundo y le obedecerían en todo.

Nada estaba perdido todavía. Cuatro hombres resueltos podían reemplazar muy bien a diez o doce vagabundos mercenarios. Los caballos estaban en la cuadra y los cuatro iban armados.

Avranches estaba allí; podían contar con otro hombre abnegado. Se mandó a buscar antifaces de tela negra, para ocultar al regente el rostro de los raptores. Se acordó que el punto de reunión sería Saint-Mandé y cada uno partió por su lado, para no despertar sospechas. Una hora después los cinco hombres volvían a reunirse y se emboscaban en el camino de Chelles, entre Vincennes y Nogent-sur-Marne. En aquel momento daban las seis y media en el reloj del castillo.

Avranches se había informado de que el regente pasó a las tres y media camino de Chelles, sin que ninguna guardia lo escoltase. Iba en un coche de caballos con tiro a la Daumont: dos jinetes y un postillón.

A las ocho y media la noche había cerrado por completo. El natural nerviosismo de los conjurados había dado paso a la impaciencia.

A las nueve creyeron oír un ruido. Avranches se echó de bruces en el suelo y pegó su oreja al terreno; así llegó a él, muy claramente, el ruido de las rodadas de un coche. Al instante surgió, a unos mil pasos de distancia, el brillo de una luz parecida a una estrella. Los conjurados sintieron un estremecimiento: seguramente era la antorcha del postillón. Unos segundos después ya no había duda: el coche, con sus dos linternas, era perfectamente visible. Harmental, Pompadour, Valef y Laval cambiaron un último apretón de manos, se cubrieron los rostros con los antifaces y cada uno ocupó el lugar que tenía asignado.

Harmental comprobó la posición de cada uno de sus compañeros; Avranches estaba en el camino, haciéndose el borracho; Laval y Pompadour a cada lado de la calzada, y Valef, en medio de ella, verificaba que las pistolas salían fácilmente de sus fundas.

El coche seguía avanzando. El postillón había rebasado a Pompadour y a Laval, cuando tropezó con Avranches, el cual, enderezándose de pronto, asió de la brida al caballo, arrancó la antorcha de manos del jinete y la apagó. A la vista de esto, los dos conductores intentaron virar en redondo, pero ya era tarde. Pompadour y Laval se habían lanzado sobre el coche y mantenían a los jinetes bajo la amenaza de sus pistolas, mientras Harmental y Valef se acercaban a las portezuelas, apagaban las linternas, y hacían comprender al regente que si no quería morir, debía abandonar toda veleidad de resistencia.

Contra lo que esperaba Harmental, que conocía la valentía del regente, éste se limitó a decir:

—Está bien, señores... No me hagáis daño. Iré donde queráis.

Harmental y Valef dirigieron su mirada hacia la carretera y vieron que Pompadour y Avranches perseguían a los dos jinetes. Raoul abandonó su caballo y montó en el delantero del tiro, Laval y Valef se colocaron a cada lado del carruaje, y la comitiva partió al galope tomando la ruta que llevaba a Charenton.

Pero llegados al final de la alameda, Harmental encontró el primer obstáculo; la barrera, por casualidad o de modo premeditado, estaba cerrada. Era preciso abandonar aquel camino y tomar otro.

La nueva avenida que seguían conducía a una plazoleta desde la que arrancaba otro camino que llegaba derecho a Charenton. No había tiempo que perder; era preciso atravesar la plazoleta. Por un instante Harmental creyó distinguir unas sombras que se movían en la oscuridad, pero al momento aquella visión desapareció como por ensalmo y el coche prosiguió su ruta sin impedimentos.

Llegados a la encrucijada, Harmental se dio cuenta de algo muy extraño: una especie de vallas cerraban todos los caminos que de ella salían. Era evidente que algo grave ocurría. Harmental paró el coche, quiso dar marcha atrás y retroceder por donde habían venido, pero una valla igual a las otras se había cerrado detrás de él. En el mismo instante se dejaron oír las voces de Laval y de Valef.

—¡Estamos rodeados! ¡Sálvese quien pueda!

Ambos abandonaron el carruaje, hicieron saltar a sus caballos por encima de las barreras, y se perdieron en la oscuridad. No pudo hacerlo así Harmental, que montaba un caballo de tiro. Viendo que era el único recurso que le quedaba, clavó con furia las espuelas en los ijares del caballo y se abalanzó, con la cabeza baja y una pistola en cada mano, dispuesto a embestir contra la barrera más próxima. Pero apenas había recorrido diez pasos cuando una bala de mosquetón alcanzó a su caballo en la cabeza y el corcel cayó derribado, arrastrando a Harmental, que quedó con una pierna apresada bajo el cuerpo de su montura.

De la oscuridad surgieron ocho o diez caballeros, echaron pie a tierra y se arrojaron sobre Harmental; dos mosqueteros le asieron por los brazos y otros cuatro le sacaron de debajo del caballo. El pretendido regente bajó del coche; era un criado disfrazado con ropas de su amo. Su puesto fue ocupado por Harmental; dos oficiales tomaron asiento a su lado. Otro caballo fue enganchado, y el coche se puso de nuevo en marcha, escoltado por un escuadrón de mosqueteros. Un cuarto de hora después, las ruedas del carruaje hacían retemblar las maderas de un puente levadizo; una pesada puerta giraba en sus goznes y Harmental se encontró en una galería sombría, al final de la cual esperaba un oficial que llevaba las charretas de coronel.

Era el señor de Launay, gobernador de la Bastilla.

Si nuestros lectores desean saber cómo se había descubierto el complot, bastará que recuerden la conversación que Dubois mantuvo con la Fillon. La comadre sospechaba que Roquefinnette se hallaba mezclado en algún negocio turbio y había confiado sus recelos al ministro, a condición de que se dejase con vida a su capitán. Pocos días después había visto a Harmental en su casa. Subió tras él y desde la habitación vecina a la del malogrado capitán, mediante el simple ardid de un agujero en el tabique, pudo oír todo lo que el caballero había hablado.

CAPÍTULO XXVI

La memoria de un primer ministro.

C uando Bathilda abrió los ojos se encontró acostada en la habitación de la señorita Émilie Denis; Mirza estaba tumbada a los pies de la cama. Las dos hermanas se encontraban a cada lado de la cabecera, y Buvat, anonadado por el dolor, se había sentado en un rincón con la cabeza entre las manos.

Al principio la joven no podía coordinar sus pensamientos; se llevó la mano a la sien herida.

Sorprendida al despertar de su doloroso sueño en una casa extraña, la muchacha dirigió una mirada de interrogación a las personas que la rodeaban; Mirza alargó su fino pescuezo en demanda de una caricia. Entonces Bathilda comenzó a recordar. El primer pensamiento que volvió a su mente fue el de su afán por llegar a tiempo de salvar a su amor. Por fin articuló unas palabras:

—¿Y él? ¿Dónde está?, ¿qué le ha ocurrido?

Nadie respondió; ninguna de las tres personas sabía qué decirle.

—Padrecito, ¿no os da lástima vuestra pobre Bathilda?

—¡Niña querida!... Si mi vida bastara... Tú vas a ser la que ahora no me querrás, y con razón, porque soy un miserable. ¡Debí adivinar que ese joven te amaba, y arriesgarme, sufrirlo todo, antes que...!

—¡Padrecito! ¡Procurad tan sólo saber lo que le ha ocurrido! ¡Por favor!

No era cosa fácil seguir la pista de Raoul, sobre todo para un investigador tan novel como Buvat. Se enteró por un vecino de que había partido, a lomos de un caballo gris que llevaba más de media hora atado a la verja de una ventana, y que había tomado por la calle

243

de Gros-Chenet. Todas las noticias eran vagas e inciertas. De forma que, después de dos horas de búsqueda, Buvat volvió a casa de madame Denis, sin tener otra cosa que decir a Bathilda sino que Raoul se dirigió a alguna parte siguiendo los bulevares.

Buvat encontró a su pupila más agitada; la crisis prevista por el doctor se preparaba. Bathilda tenía los ojos febriles, el rostro enrojecido y no hablaba casi nada. Madame Denis había enviado otra vez por el médico.

La buena mujer no podía sospechar que el abate Brigaud pudiera estar mezclado en ningún tipo de conspiración, pero lo que acababa de oír, que su huésped no era un estudiante sino un guapo coronel, empezó a hacerla dudar.

En esto llegó el médico. Cuando vio a Bathilda puso mala cara.

La enferma parecía más calmada; una sangría le había hecho bien. Madame Denis había abandonado la habitación y Émilie velaba, sentada junto al fuego de la chimenea, leyendo un libro que había sacado de su bolsa. En la puerta resonaron varios golpes precipitados. Émilie comentó:

—Esa no es la voz del señor Raoul, es la del abate Brigaud.

Bathilda se estremeció: el abate hablaba en la habitación vecina y a la joven le pareció oír el nombre de Raoul; pensó que el abate traía noticias. Apoyó su oreja en el tabique y, como si su vida dependiese de ello, escuchó lo que decían.

Brigaud contaba a madame Denis lo que había pasado. Madame del Maine devolvió a todos los conspiradores la palabra empeñada y había sugerido a Malezieux y a Brigaud que huyeran. Ella se había retirado al Arsenal. Brigaud venía a decir adiós a sus amigos; pensaba huir a España.

En medio de su relato, el abate creyó que cuando contaba la catástrofe sufrida por Harmental, en la habitación contigua había resonado un grito, pero él ignoraba la presencia de Bathilda en la casa y apenas prestó atención.

Brigaud se despidió. Boniface se empeñó en acompañarle hasta la barrera que guardaba la entrada en la ciudad.

Cuando abrían la puerta que daba al descansillo, oyeron la voz del portero que trataba de impedir el paso a alguien. Bajaron para enterarse del motivo de la disputa y encontraron a Bathilda, con el pelo suelto, descalza y cubierta solamente por un blanco camisón, que intentaba salir a la calle, a pesar de los esfuerzos que el portero hacía para evitarlo. Su fiebre se había tornado en delirio, quería irse con Raoul, le llamaba a gritos, decía que morirían juntos. Las tres mujeres la cogieron en brazos. De repente las fuerzas fallaron a la enajenada joven; su cabeza cayó hacia atrás y otra vez volvió a perder el conocimiento.

De nuevo se mandó aviso al médico. Lo que era de temer había sucedido: se había declarado la fiebre cerebral.

Toda la noche la pasó Bathilda en pleno delirio: hablaba con Raoul. De vez en cuando pronunciaba el nombre de Buvat, acusándole siempre de haber matado a su amor. El pobre hombre se acercaba al lecho, besaba la mano febril de su pupila que le miraba sin reconocerle, y se retiraba hecho un mar de lágrimas.

Buvat había tomado una resolución extrema. Iría a ver a Dubois, le contaría todo, y como recompensa, en lugar de sus atrasos, pediría el perdón para Harmental. Era lo menos que podían conceder a un hombre a quien el mismo regente había llamado «salvador de Francia».

Las agujas del pequeño reloj de pared señalaban las diez. Era la hora en la que Buvat solía encaminarse al Palacio Real para dedicarse a su malhadada labor de copista. Las amables palabras que el regente le dirigiera hacían pensar al buen hombre que se le dispensaría una buena acogida.

La ocasión no hubiera podido ser peor escogida. Dubois, que en los últimos días apenas si había podido descansar, sufría horriblemente por causa de la enfermedad que algunos años después había de llevarle a la tumba. Además, estaba de muy mal humor, porque sólo habían podido coger a Harmental. Precisamente acababa de ordenar a Leblanc y a Argenson que activasen el proceso todo lo que pudieran, cuando el mayordomo, que tenía la costumbre de ver llegar todos los días al copista, anunció al señor Buvat.

—¿Quién sois vos? —le preguntó Dubois como si nunca le hubiese visto.

—Monseñor, ¿no me reconocéis? Vengo a daros mi parabién por el descubrimiento de la conspiración.

—Ya recibo bastantes cumplidos, señor Buvat; gracias de todos modos.

—El caso es, monseñor, que yo venía a pediros una gracia.

—¡Una gracia! ¿Y a santo de qué?

—Pero, monseñor —dijo Buvat, balbuceando—, pero, monseñor, acordaos que me habíais prometido una recompensa.

—¡Una recompensa! Una recompensa, ¡a ti, pedazo de alcornoque!

—¿Es posible? ¡Si fue en este mismo gabinete donde monseñor me dijo que tenía la fortuna en la punta de mis dedos!

—¡Pues bien! Hoy te digo que tienes tu vida en tus piernas, ¡porque si no desapareces de mi vista ahora mismo...!

Buvat no se lo hizo repetir. Pero a pesar de lo rápido que corría aún pudo oír a Dubois que ordenaba al mayordomo que lo matase a palos si volvía a presentarse en el Palacio Real.

El buen hombre decidió pasar por la oficina de la Biblioteca, al menos para excusarse con el conservador y explicarle los motivos de su ausencia. Todavía le faltaba pasar por lo peor: al abrir la puerta de su oficina encontró a un desconocido sentado en su mesa. Buvat había perdido su trabajo por salvar a Francia.

Eran muchos los acontecimientos desgraciados como para poderlos resistir todos juntos. Buvat volvió a su casa tan enfermo casi como Bathilda.

CAPÍTULO XXVII

Boniface.

Entretanto, Dubois aceleraba el proceso de Harmental, esperando que sus revelaciones le procuraran armas contra aquellos a quienes quería destruir, pero el caballero se había encerrado en un total mutismo en lo relacionado con sus compañeros de conspiración. En cuanto a él le concernía, confesaba todo: dijo que había obrado movido por un deseo de vengarse del regente, por causa de la injusticia que con él se había cometido al privarle del mando de su regimiento.

Uno tras otro habían sido arrestados Laval, Pompadour y Valef, que fueron conducidos a la Bastilla, pero antes habían tenido tiempo de ponerse de acuerdo en cuanto a lo que tenían que decir: los tres se obstinaban en negar todo lo que les comprometía. En lo tocante a Harmental, declararon que era un hombre de honor al que se había hecho víctima de una injusticia.

Dubois estaba furioso. Le sobraban pruebas en el asunto de la fallida convocatoria de los Estados Generales, pero el caso ya había sido explotado a fondo en el Parlamento, que había conocido las cartas de Felipe V, y después de la degradación de los príncipes legitimados la cosa había quedado en punto muerto. Ahora, cuando se podían producir acusaciones mucho más graves, la obstinación de Harmental en no acusar a los verdaderos culpables destruía las esperanzas del ministro. Toda su cólera se volvía en contra del caballero.

Mientras el proceso seguía su marcha, la enfermedad de Bathilda había seguido también un curso progresivo. La pobre niña se había visto a dos pasos de la muerte. Pero al final, la juventud y la fortaleza de la muchacha habían triunfado sobre el mal. A la exaltación del delirio había sucedido un profundo abatimiento y la postración completa.

Todos, el médico el primero, creían que la convaleciente había perdido la memoria de lo ocurrido y que, si recordaba algo, lo confundía con los sueños de su delirio.

Pero todos estaban equivocados, empezando por el médico. Algo que aconteció cierta mañana lo demostraba con creces.

Creyendo que Bathilda dormía la habían dejado sola. Boniface, según había tomado por costumbre desde que estaba enferma, asomó la cabeza por la entreabierta puerta para informarse de su estado. Mirza lanzó un gruñido, y 'Bathilda se volvió; al ver a Boniface pensó que quizás lograría sacar de éste algo de lo que los demás callaban; es decir, lo que le había ocurrido a Harmental. Invitó a pasar al muchacho y le ofreció sus pálidos deditos. Boniface dudó antes de aprisionarlos entre sus manazas coloradas. Luego, bajando la cabeza, confesó con una voz que revelaba su arrepentimiento:

—Sí, señorita Bathilda, teníais mucha razón: sois una verdadera señorita, y yo no soy más que un patán. Nunca hubierais podido quererme a mí; necesitabais un apuesto caballero.

—Al menos tal como vos deseabais, Boniface. Pero os puedo querer de otro modo.

—¿Es verdad, señorita Bathilda, es verdad? Si así es, queredme como gustéis, pero queredme un poco.

—Puedo quereros como a un hermano.

—¡Oh! Decidme, señorita Bathilda, ¿qué es necesario para ello?

—Amigo mío...

—¡Amigo mío! ¡Me llamáis amigo! A mí, que he dicho tantos horrores de vos...

—Amigo mío, todo lo que hayáis dicho os lo perdono. Hoy podéis reparar vuestra falta, y hacer que os quede eternamente agradecida. Basta que me lo contéis todo.

—¡Todo! ¿Qué queréis saber?

—Decidme, primero...

—Bathilda se detuvo.

—¿Qué?

—¿Es posible que no lo adivinéis?

—¡Claro! Queréis saber lo que le ha ocurrido al caballero de Harmental...

—¡Sí...! Por lo que más queráis, decídmelo...

—¡Pobre muchacho!... —murmuró Boniface.

—Dios mío... ha muerto... —Bathilda se incorporó en el lecho con los ojos extraviados.

—No, felizmente no; pero está prisionero.

—¡Me lo figuraba! —respondió Bathilda dejándose caer de nuevo en la cama—. Está en la Bastilla, ¿verdad?... pero no ha muerto. ¡Bien! Seré fuerte; tendré valor. Ya ves, Boniface: ahora no lloro.

—¡Me tuteáis!

—Pero quiero saberlo todo —prosiguió Bathilda con exaltación creciente—, hora a hora, minuto a minuto, para que el día en que haya de morir, pueda yo también morir con él. Si es necesario, en el momento..., en el terrible momento... tú me llevarás al lugar... ¡Lo harás Boniface! He de verle... una vez..., una vez más..., aunque sea en el cadalso.

—Os lo juro... —murmuró Boniface intentando inútilmente contener sus sollozos.

—Me lo has jurado.

—Silencio, alguien viene.

Era Buvat el que entraba. Boniface aprovechó su llegada para escabullirse.

—¿Cómo van los ánimos?

—Mejor, padrecito, mejor —respondió Bathilda—. Me van volviendo las fuerzas, y en algunos días podré levantarme.

Buvat besó a la joven y subió a su casa. Bathilda quedó otra vez a solas.

Entonces pudo respirar con desahogo, se sentía más tranquila. Boniface, gracias a su oficio de pasante de un procurador del Châtelet,[31] podía enterarse de la marcha del proceso; cada tarde el muchacho le llevaba noticias a Bathilda. Al cabo de dos semanas la joven comenzó a levantarse y a pasear por la habitación, con gran alegría de Buvat, de Nanette y de toda la familia Denis.

Un día Boniface, contra su costumbre, volvió de casa del maître Joulu a las tres. Entró en la habitación de la enferma tan pálido y tan descompuesto que Bathilda comprendió que las nuevas eran malas. Se levantó y fijó sus ojos en él.

—Todo ha terminado... ¿verdad?

—¡Y por su culpa! En cierto modo, por ser tan testarudo. Le ofrecían el perdón si declaraba el nombre de los conjurados. Pero él, terco como una mula, obró por su cuenta, y de ahí no hay quien lo saque.

—Lo han condenado...

—Desde esta mañana, señorita; desde esta mañana está condenado...

—¿A muerte?

Boniface asintió con la cabeza.

—¿Cuándo es la ejecución...?

—Mañana a las ocho de la mañana.

—Bien —fue el único comentario de Bathilda.

—Todavía hay una esperanza.

—¿Qué esperanza...?

—Si antes de mañana se decide a denunciar a sus cómplices.

---

31   Antiguo edificio donde se hallaban los tribunales de la jurisdicción criminal

La muchacha se echó a reír, pero con una risa tan extraña, que Boniface se estremeció de pies a cabeza.

—Boniface, es preciso que yo salga.

—¡Vos, señorita Bathilda! ¡Vos salir! Salir a la calle para vos es mataros.

—Necesito salir, he dicho. Búscame un coche de alquiler.

—Dentro de cinco minutos lo tendréis aquí. Boniface salió corriendo.

Bathilda llevaba puesta una bata blanca de amplio vuelo; la ajustó a la cintura con un ceñidor y se echó un chal sobre los hombros.

Cuando estaba en la puerta apareció madame Denis.

—¡Por Dios!, mi querida niña, ¿qué vais a hacer?

—Madame Denis, tengo que salir.

—¿Pero, a dónde vais a ir?

—¿No sabéis que lo han condenado? Con decirme mañana que había muerto, todo quedaba arreglado, ¿verdad? ¡Y vos habríais sido su asesina! Porque yo quizás pueda salvarlo.

—¿Vos, niña mía? ¿Cómo podríais hacerlo?

—He dicho que quizás pueda. Dejadme intentarlo por lo menos.

—Id con Dios, hija mía —la dejó hacer madame Denis, sugestionada por el tono de convicción de la joven—; que Él os acompañe.

Bathilda bajó la escalera con paso lento pero firme, atravesó la calle, y subió los cuatro pisos de su casa de una tirada. No había estado en la habitación desde el día de la catástrofe. Al ruido que provocó, salió Nanette, que no pudo reprimir un chillido: creía ver el fantasma de su joven señora.

—¿Vos salir en el estado en que os encontráis? ¿Os habéis vuelto loca? ¡Buvat! ¡Señor Buvat! ¡La señorita quiere salir! Venid a impedirlo.

Bathilda se volvió hacia su tutor, dispuesta a recurrir, en caso necesario, al ascendiente que ejercía sobre el pobre viejo; no fue necesario. Buvat parecía al borde de la desesperación; sin duda conocía la fatal noticia. Cuando vio a su pupila, rompió en sollozos.

—Padre, no os desesperéis todavía: lo que ha ocurrido hasta ahora ha sido obra de los hombres; lo que todavía falta pertenece a Dios Padre. Él tendrá piedad de nosotros.

—¿Pero qué vas a hacer tú, hija mía?

—Voy a cumplir con mi deber.

Abrió un pequeño armario, tomó un portafolios negro, lo abrió, y extrajo una carta.

—¡Es verdad!, hija mía... Había olvidado esa carta.

—Adiós, padre; adiós, Nanette; rogad los dos para que me acompañe la suerte.

Boniface esperaba en la puerta con el coche.

—¿Voy con vos, señorita Bathilda?

—No, amigo mío —Bathilda le tendió la mano—, esta tarde, no; mañana quizás...

—¡Al Arsenal! —ordenó Bathilda.

CAPÍTULO XXVIII

Las tres visitas

Cuando llegó al Arsenal, Bathilda preguntó por la señorita Delaunay, quien la condujo ante madame del Maine.

—Sois vos, hija mía... —dijo la duquesa con voz ausente y aspecto alterado—. Está bien acordarse de los amigos cuando éstos han caído en desgracia. En la época que vivimos, no es frecuente.

—¡Ay!, señora —respondió Bathilda—, vengo a ver a Vuestra Alteza Real para hablaros de un asunto mucho más desgraciado todavía. Sin duda Vuestra Alteza ha perdido algunos de sus títulos, algunas de sus prebendas. Pero aquí acabará todo; nadie osaría atentar contra la vida o contra la libertad del hijo de Luis XIV o de la nieta del gran Condé.

—Contra la vida no creo —objetó la duquesa—, pero contra la libertad, no respondería de ello. Sobre todo, ahora que ese estúpido abate Brigaud se ha dejado prender en Orléans disfrazado de buhonero, y al presentarle una falsa declaración que dicen que yo había presentado, se vacía de golpe, confiesa de plano, y nos compromete terriblemente a todos.

—Aquel por el que vengo a implorar no ha revelado nada y ha sido condenado a muerte por haber guardado silencio.

—Querida niña —exclamó la duquesa—, venís a hablarme del pobre Harmental; lo conozco bien. ¡Él sí es un auténtico gentilhombre! No sabía que vos lo conocíais.

—Mucho más que eso —intervino la señorita Delaunay—, Bathilda y el caballero se aman.

—¡Pobre niña! ¡Dios mío! ¿Qué podría hacer yo?

—Yo sé lo que podéis hacer. He venido a pedir a Vuestra Alteza una sola cosa: que me introduzcáis cerca del regente por medio de alguna de sus antiguas relaciones. Lo demás lo haría yo.

—Pero, hija mía, ¿no ha llegado a vuestros oídos lo que se cuenta del duque de Orléans? Vos, tan joven y tan bonita...

—Señora —repuso Bathilda en un tono de suprema dignidad—, lo único que sé es que mi padre le salvó la vida y murió por él.

—¿Qué decís? Así, la cosa cambia —murmuró la duquesa—. Veamos... Sí, ¡ya está! Delaunay, llamad a Malezieux.

—Malezieux, aquí tenéis a esta joven; la vais a conducir a casa de la duquesa de Berry, a quien la recomendaréis de mi parte. Es necesario que vea al regente enseguida; dentro de una hora a lo sumo. Se trata de salvar la vida de un hombre; pensad que es la vida de Harmental y que yo daría cuanto poseo por salvarlo.

—Os he comprendido, señora.

—¿Lo veis, mi pequeña? —dijo la duquesa, con una triste sonrisa—. He hecho todo lo que podía. No perdáis tiempo; dadme un beso e id a ver a mi sobrina; es la favorita de su padre. Vamos, Delaunay —prosiguió la duquesa, que, en efecto, esperaba ser arrestada de un momento a otro—, continuemos con nuestro equipaje.

Entretanto, Bathilda, acompañada por Malezieux, había vuelto a subir en su coche y tomado el camino del Luxemburgo. A su llegada a la residencia de la duquesa de Berry, fue introducida en un pequeño gabinete, donde se le rogó que esperase. Malezieux volvió a los pocos instantes precedido por la hija predilecta del regente.

Ésta, que tenía un corazón excelente, se había emocionado al oír el relato que le había hecho Malezieux.

—¡Pobre niña! —murmuró—. ¿Por qué no vinisteis hace ocho días?

—¿Y por qué hace ocho días, y no ahora? —preguntó Bathilda llena de ansiedad.

—Porque hace ocho días hubiese tenido el placer de conduciros personalmente a presencia de mi padre, pero hoy me es completamente imposible.

—¡Imposible! ¿Dios mío! ¿Y por qué? —exclamó Bathilda.

—¡Claro! Vos no podéis saber que he caído en total desgracia hace dos días. Por muy princesa que sea, también soy mujer y, como vos, he tenido la desgracia de enamorarme. Ya sabéis que a las mujeres de sangre real no nos pertenece nuestro corazón; ha de ser como una especie de piedra propiedad de la corona, y es un crimen disponer de él sin autorización del rey y de su primer ministro. Esta mañana me he presentado en palacio y no me han dejado entrar.

—¡Qué desgracia!... Vos erais mi última esperanza. No conozco a nadie que me pueda llevar a ver al regente, ¡y mañana, señora, mañana, a las ocho de la mañana, van a ajusticiar al hombre que amo como vos amáis al señor de Riom!

—Hay que hacer algo... ¡Riom!, venid en nuestra ayuda —pidió la duquesa a su marido, que acababa de entrar en aquel momento—. Un sobrino de Lauzun debe saber encontrar remedio a todas las dificultades. ¡Vamos, Riom!, buscad una solución.

—Tengo una —dijo Riom, sonriendo—. Pero comprometo a vuestra hermana.

—¿A cuál?

—A la señorita de Valois.

—¿A Aglaé? ¿Y cómo es eso?

—¿No sabéis que anda por ahí una especie de duende que tiene el privilegio de poder llegar hasta vuestra hermana, igual de día que de noche, sin que se sepa ni cómo ni por dónde lo hace?

—¡Richelieu! Es verdad —exclamó la duquesa de Berry—. Richelieu puede sacarnos del apuro. Riom, haced llamar a madame de Mouchy, y rogadle que acompañe a la señorita a casa del duque. Madame de Mouchy es mi primera dama de honor —explicó la duquesa, mientras Riom iba a cumplir lo que se le había encomendado—, y se asegura que Richelieu le debe algún agradecimiento.

—¡Gracias!, señora —exclamó Bathilda besando las manos de la duquesa—, gracias mil veces. Veo que todavía puedo tener esperanzas. Pero, ¿encontraré al señor duque de Richelieu en casa?

—Sería una casualidad. ¿Qué hora es? ¿Las ocho apenas? Seguramente habrá cenado en alguna parte y volverá para asearse. Diré a madame de Mouchy que os acompañe mientras él llega. ¿Verdad que es encantadora? —indicó la duquesa a su dama de honor, que en aquel momento penetraba en el gabinete—. Supongo que no os importará acompañar a esta niña en tanto llegue el duque.

—Haré todo lo que me ordene Vuestra Alteza —respondió madame de Mouchy.

Un cuarto de hora después, Bathilda y madame de Mouchy llegaban al hotel de Richelieu. Contra lo que pudiera esperarse, el duque estaba en casa. Madame de Mouchy se hizo anunciar. Fue introducida al instante; Bathilda la siguió. Las dos mujeres encontraron a Richelieu ocupado con Raffé, su secretario, en quemar un montón de cartas inútiles, y en poner algunas de ellas a buen recaudo.

—¡Dios bendito!, señora —exclamó el duque al ver aparecer a la visitante—. ¿A qué debo el placer de teneros en mi casa a las ocho y media de la noche?

—Al deseo de veros hacer una buena acción, duque.

—¡Ah! En ese caso, es necesario que os deis mucha prisa.

—¿Es que pensáis abandonar París? ¿Esta misma noche?

—No esta noche, pero mañana saldré de viaje: voy a la Bastilla.

—¿Qué broma es esta?

—Os ruego que me creáis, señora. No bromeo nunca cuando se trata de cambiar mi querido hotel, que es un sitio muy bueno para vivir, por el alojamiento del rey, el cual me consta, porque lo conozco, que es bastante incómodo; ésta será la tercera vez que voy a él.

El duque presentó una carta a madame de Mouchy, quien tomándola, pudo leer:

«Inocente o culpable, debéis huir inmediatamente. Mañana seréis arrestado; el regente acaba de decir, delante de mí, que por fin tiene cogido al duque de Richelieu».

—¿Creéis que el autor de la carta sea persona bien informada?

—Sí, conozco su escritura.

—¡Bien! Ahora os voy a explicar mi asunto en dos palabras: ¿iréis a darle las gracias a la persona que os ha mandado el aviso?

—Puede ser —dijo el duque, dejando escapar una sonrisa.

—Pues es preciso que le presentéis a la señorita.

—¿Señorita? —exclamó extrañado el duque volviéndose hacia Bathilda—. ¿Y quién es esta señorita?

—Una pobre muchacha que ama al caballero de Harmental, al que van a ejecutar mañana, y que quiere pedir gracia al regente.

—¿Amáis al caballero de Harmental, señorita? —preguntó el duque de Richelieu.

—¡Oh!, señor duque... —balbuceó la joven poniéndose colorada.

—No os turbéis, señorita; es un joven muy noble, y yo daría diez años de mi vida por poder salvarlo. ¿Creéis poder lograr que el regente se muestre en vuestro favor?

—Creo que sí, señor duque.

—¡Está bien!, creo que ayudar en esta obra meritoria me traerá suerte. Madame —prosiguió el duque, dirigiéndose a la señora de Mouchy—, la señorita verá al regente dentro de una hora.

—¡Oh!, ¡señor duque! —exclamó Bathilda.

—Señorita, lo que voy a hacer por vos no lo haría si la vida de un hombre enamorado no estuviese en juego. El secreto que voy a descubriros compromete la reputación y el honor de una princesa de sangre real, pero la ocasión es grave y merece que se sacrifiquen algunas conveniencias. Juradme que no diréis a nadie —excepto a la persona con quien no podáis tener secretos, porque sé que con algunas personas no se pueden tener secretos—, juradme repito, que nunca diréis a nadie, excepto a él, en qué forma habéis entrado en casa del regente.

Se presentó un lacayo.

—Señor duque —indicó Bathilda—, si no queréis perder tiempo, tengo una carroza de alquiler en la puerta.

El duque, habiendo ofrecido el brazo a Bathilda, bajó con ella la escalinata, la hizo subir al coche, ordenó al cochero que se detuviera en la esquina de la calle Saint-Honoré con la de Richelieu, y tomó asiento al lado de la joven. El duque de Richelieu iba tan despreocupado y divertido como si de aquella aventura no dependiese el que un caballero se pudiera librar de una suerte que muy bien dentro de quince días fuera la suya propia.

CAPÍTULO XXIX

El armario de las confituras.

L a carroza se detuvo, y el cochero abrió la portezuela. El duque se apeó, ayudó a descender a Bathilda y, sacando una llave del bolsillo, abrió la puerta de la casa número 218 que hacía esquina con las dos calles que se han mencionado.

—Os pido perdón, señorita —se disculpó el duque, ofreciendo el brazo a la muchacha—, por conduciros por una escalera tan mal alumbrada; son precauciones que he de tomar para no ser reconocido.

Después de haber subido una veintena de peldaños, el duque se detuvo, y con una segunda llave abrió la puerta que daba al descansillo. Richelieu, moviéndose con gran sigilo, penetró en la antecámara, encendió una bujía y volvió a la escalera para encender el fanal que había en ella; a continuación cerró la puerta, dando dos vueltas al cerrojo.

—Ahora, seguidme —indicó el duque a la muchacha, mientras le alumbraba el camino con la luz que llevaba en la mano—. Señorita —dijo de pronto—, ¿puedo confiar en vuestra palabra?

—Ya os la he dado, señor duque, y ahora os la ratifico. ¡Sería muy ingrata si faltase a ella!

El duque de Richelieu movió un panel de madera, poniendo así al descubierto una abertura practicada en el muro, tras de la cual se veía el hueco de un armario. El duque dio tres golpecitos suaves en la madera. Al instante se escuchó el ruido de una llave que rechinaba en una cerradura y, enseguida, una luz se filtró entre las rendijas de aquella especie de cajón. Una suave voz musitó:

—¿Sois vos?

Ante la respuesta afirmativa del duque, tres planchas del fondo se separaron, dejando una abertura suficiente para pasar a la habitación. El duque y Bathilda se encontraron frente a la señorita de Valois, que no pudo reprimir un grito al ver que su amante iba acompañado por otra mujer.

—No temáis, querida Aglaé —la tranquilizó el duque, tomando la mano de la señorita de Valois—. Estoy seguro de que dentro de unos instantes me perdonaréis el que haya traicionado nuestro secreto.

—Pero, duque, ¿podéis explicarme?...

—Inmediatamente, mi bella princesa: alguna vez me habéis oído hablar del caballero de Harmental, ¿no es así? ¡Pues bien! Lo han condenado a muerte; mañana debe ser ejecutado, y esta joven le ama. Su perdón depende del regente, pero ella no sabe cómo llegar hasta vuestro padre... Esta bella enamorada llegó a pedirme auxilio en el momento preciso en que yo recibía vuestro aviso. ¿Me comprendéis ahora?

—¡Oh!, sí —exclamó con dulzura la señorita de Valois—. Teníais razón, señor duque; os agradezco vuestra, digamos, «traición». Sed bienvenida, señorita. Decidme lo que puedo hacer por vos.

—Deseo ver a monseñor —dijo Bathilda—, y Vuestra Alteza puede conducirme ante el único que puede salvar la vida a mi amado.

—¿Esperaréis mi regreso, duque? —preguntó inquieta la princesa.

—¿Acaso lo dudáis?

—Entonces, volved de nuevo al armario de las confituras; tengo miedo de que alguien pueda sorprenderos aquí. Llevaré a la señorita con mi padre y volveré enseguida.

Ofreció la mano a Bathilda diciéndole:

—Señorita, todas las mujeres que amamos somos hermanas. Vos y Armand habéis hecho bien en contar conmigo. Seguidme.

Las dos mujeres atravesaron la serie de salones cuyos ventanales dan a la plaza del Palacio Real y luego, torciendo a la izquierda, se encaminaron a la habitación del regente.

—¡Ay! ¡Dios mío!... Me falta el valor.

—Vamos, señorita... No temáis; mi padre es bueno. Entrad y arrojaos a sus pies. Dios y su corazón harán el resto.

Tras estas palabras, viendo que Bathilda aún dudaba, abrió la puerta, empujó a Bathilda suavemente y volvió a cerrar. Después, regresó en busca de su adorado Armand.

La muchacha, cogida por sorpresa, ahogó una exclamación, y el regente, que daba incesantes paseos a lo largo del gabinete, se volvió hacia la joven; Bathilda cayó de rodillas, sacó la carta de su pecho, y la tendió hacia Su Alteza.

El regente, que era muy corto de vista, no se dio cuenta exacta de lo que ocurría; sólo vio que de la sombra salía una especie de fantasma blanco, que poco a poco tomaba la forma de una mujer, de una bella y suplicante joven.

—¡Por Dios!, señorita —exclamó el regente, muy sensible a las muestras del ajeno dolor—. Decidme, en nombre del Señor, qué puedo hacer para ayudaros. Venid, tomad asiento, ¡os lo ruego!

—No, monseñor... —murmuró Bathilda—. A vuestros pies debo estar, porque vengo a pediros una gracia.

—¿Una gracia?

—Dejadme deciros, primero, quién soy. Quizás luego me atreva a hablar a Vuestra Alteza.

Y mostró la carta en la que tenía puestas sus esperanzas.

El regente cogió el papel, y sin quitar la vista de la joven se acercó a una vela que ardía sobre la chimenea. Reconoció su propia escritura; volvió a mirar a la joven, y luego leyó:

«Señora, vuestro esposo ha muerto por Francia y por mí. No hay poder humano que nos lo pueda devolver. Si alguna vez necesitáis cualquier cosa, recordad que Francia y yo somos vuestros deudores.

Con todo el afecto de

Felipe de Orléans».

—Reconozco que yo soy el que escribió esta carta, señorita —habló el regente—; pero, para vergüenza de mi memoria, no me acuerdo a quién fue dirigida.

—Ved la dirección, monseñor —indicó Bathilda, tranquilizada a medias por el aspecto bonachón del regente.

—¡Claire de Rocher!... —exclamó el regente—. Sí, en efecto; me acuerdo ahora. Escribí esta carta desde España, después de la muerte de Albert en la batalla de Almansa. ¿Cómo es que ahora está en vuestras manos?

—Monseñor, yo soy la hija de Albert y de Claire.

—¡Vos, señorita! ¡Vos! ¿Y qué ha sido de vuestra madre?

—Murió.

—¿Hace mucho tiempo?

—Catorce años.

—Pero feliz, supongo, y sin que le faltase nada.

—Desesperada, monseñor, y faltándole todo.

—Pero, ¿por qué no acudió a mí?

—Vuestra Alteza todavía estaba en España.

—¡Santo Dios! ¡Qué pena!... Seguid contándome, señorita; no podéis imaginar cuánto me interesa. ¡Pobre Claire! ¡Pobre Albert! Se adoraban el uno al otro. Ella no podría sobrevivirle... Es natural. ¿Sabíais que vuestro padre me salvó la vida en Nerwinde?, ¿lo sabíais?

—Sí, señor, y eso es lo que me ha dado el valor para presentarme ante vos.

—Pero vos, pobre niña; vos, pobre huérfana, ¿con quién vivís ahora?

—Fui acogida por un amigo de la familia, por un pobre escribiente que se llama Jean Buvat.

—Jean Buvat? Pero... ¡no digáis más! Conozco a ese hombre. ¡Jean Buvat! El pobre diablo que descubrió la conspiración y que luego me hizo una reclamación en persona... Un puesto en la Biblioteca, ¿no es eso?, unos atrasos que le deben...

—Así es, monseñor.

—Señorita, parece que todos los que están relacionados con vos están destinados a ser mis salvadores. Me habéis dicho que queríais pedirme una gracia; os escucho.

—¡Dios mío! —oraba en silencio Bathilda—. ¡Dame fuerzas!

—¿Es tan difícil lo que vais a pedirme, que no os atrevéis?

—Señor, es la vida de un hombre que ha merecido la muerte.

—¡El caballero de Harmental, acaso!

—¡Ay!, monseñor... Vuestra Alteza lo ha dicho.

La frente del regente mostraba señales de evidente preocupación. Bathilda espiaba las reacciones del príncipe, intentaba reprimir los latidos desenfrenados de su corazón y hacía esfuerzos inauditos para no desmayarse.

—¿Es pariente vuestro, un amigo de la infancia?

—¡Es mi vida! ¡Es mi alma!, monseñor, ¡yo lo amo!

—Pero tened en cuenta que si le perdono, habré de perdonar también a todos los demás, ¡y entre ellos hay algunos mucho más culpables todavía!

—No pido que le perdonéis, monseñor... Sólo la vida...

—Pero si conmuto su pena por la de prisión perpetua, no volveréis a verle.

—Entraré en un convento, donde toda la vida rezaré por vos y por él.

—Eso no puede ser —observó el regente.

—¿Por qué, monseñor?

—Porque hoy me han pedido vuestra mano, y yo la he concedido.

—¿Mi mano, monseñor? ¿Habéis concedido mi mano? ¡Y a quién! Santo Dios...

—Leed esta carta.

El regente entregó a Bathilda un papel que tomó de su escritorio.

—¡Raoul! —exclamó Bathilda—. ¡Es la letra de Raoul! ¡Oh, Dios mío! ¿Qué es esto?

—Leed —repitió el regente.

Y Bathilda, con voz alterada, leyó estas líneas:

«*Monseñor:*

»*He merecido la muerte, lo sé, y no voy a pediros la vida. Estoy dispuesto a morir el día fijado, pero de Vuestra Alteza depende que la muerte no sea para mí tan amarga. De rodillas os suplico una última gracia.*

»*Amo a una joven, con la que me hubiese casado de haber vivido. Permitid que la haga mi esposa cuando voy a morir. Al abandonar yo este mundo quedará totalmente desamparada. Será para mí el mejor consuelo saber que la dejo protegida por mi nombre y por mi fortuna. De la iglesia, monseñor, iré al patíbulo.*

»*No neguéis esta gracia a un moribundo.*

Raoul de Harmental».

—He accedido a su petición —prosiguió el regente—, es justa. Esa gracia, como él dice, endulzará sus últimos momentos...

—Señor, ¿es todo lo que le concedéis?

—Vos lo habéis visto: él mismo se hace justicia, y no pide más.

—¡Es inhumano, monseñor! ¡Es terrible! Volverlo a ver y perderlo para siempre... Monseñor, ¡monseñor!... Su vida, os lo suplico... Si estoy lejos de él, sabré por lo menos que vive...

—Señorita —pronunció el regente, en un tono que no permitía la réplica, mientras garrapateaba algunas palabras en un papel—, aquí tenéis una carta para el señor de Launay, gobernador de la Bastilla.

—Su vida, monseñor, ¡su vida! ¡De rodillas vuelvo a suplicaros!

El regente tiró de un cordón. Un ayudante apareció en la puerta.

—Llamad al marqués de Lafare.

—Sois cruel, monseñor —protestó la pobre Bathilda levantándose—. Permitid, al menos, que muera con él.

—Señor de Lafare, acompañad a la señorita a la Bastilla. Tomad esta carta para el señor de Launay. Hablad con él y decidle que las órdenes que aquí doy deben ser cumplidas al pie de la letra.

A continuación, sin prestar oídos al último grito de desesperación de Bathilda, el duque de Orléans desapareció por una de las puertas del gabinete.

CAPÍTULO XXX

Matrimonio in articulo mortis.

L afare acompañó a la joven, que apenas podía andar, y la hizo subir en uno de los coches que siempre estaban dispuestos en el patio del Palacio Real. El carruaje emprendió la marcha al galope por la calle de Cléry, y siguiendo por los bulevares, tomó el camino de la Bastilla.

Durante el camino Bathilda no despegó los labios; al llegar frente a la fortaleza sintió que se estremecía toda. Un centinela les dio el «quién vive», a continuación fue bajado el puente levadizo, y una vez dentro del patio, el coche se detuvo ante las escaleras que conducían a las habitaciones del gobernador.

Un criado sin librea abrió la portezuela. Lafare ayudó a descender a Bathilda, a medias desfallecida, y la introdujo en un salón donde la joven permaneció mientras él iba a hablar con el gobernador.

Al cabo de diez minutos Lafare volvió a entrar, acompañado de Launay. Bathilda levantó maquinalmente la cabeza y miró a ambos con ojos extraviados. El marqués le ofreció el brazo.

—Señorita, la iglesia está preparada y el sacerdote espera.

Bathilda, sin pronunciar palabra, se levantó, pálida y fría como si ya hubiese muerto; para poder dar los pocos pasos necesarios tuvo que apoyarse fuertemente en el brazo de su acompañante; dos hombres que llevaban antorchas les mostraban el camino.

En el momento en que Bathilda entraba en la capilla por una de las puertas laterales, vio aparecer por la otra al caballero de Harmental, acompañado por Valef y Pompadour; eran los testigos de su esposo.

Todos los accesos del templo se hallaban custodiados por hombres de las guardias francesas, con las armas en la mano y totalmente inmóviles.

Los dos enamorados corrieron uno hacia el otro: Bathilda, pálida y agonizante; Raoul sereno y tranquilo. Ante el altar, Harmental tomó a su prometida de la mano y la condujo hasta los dos reclinatorios que les esperaban; los dos jóvenes se arrodillaron.

El altar estaba iluminado por cuatro cirios, cuya luz lúgubre hacía más tenebroso aún el ambiente de aquella capilla cargada de recuerdos tétricos, y daba a la ceremonia el aspecto de un oficio de difuntos. El sacerdote comenzó la misa. Era un anciano de cabellos blancos, cuyo rostro melancólico indicaba que su trabajo cotidiano dejaba profundas huellas en su alma: era el capellán de la Bastilla desde hacía veinticinco años.

En el momento de bendecir a los esposos, les dirigió una homilía, según es costumbre, pero sus palabras, contra lo acostumbrado, sólo hablaban de la paz del cielo, de la misericordia divina y de la resurrección eterna. Bathilda sentía que los sollozos contenidos iban a ahogarla. Raoul, dándose cuenta del martirio que sufría la muchacha, la tomó de la mano y la miró con tan triste y profunda resignación que la pobre niña, haciendo un poderoso esfuerzo, consiguió que las lágrimas, en vez de brotar de sus ojos, se derramaran en su corazón. En el instante de la bendición, la muchacha reclinó su cabeza en el hombro de su esposo. El sacerdote, creyendo que la joven iba a desmayarse, se detuvo.

—Terminad, padre, terminad —murmuró Bathilda.

El sacerdote pronunció las palabras sacramentales, a las que los dos contestaron con un «Sí, quiero» en el que pusieron el alma entera.

La ceremonia había acabado. Harmental preguntó al señor de Launay si su mujer podría acompañarle en las horas que le quedaban de vida. El gobernador contestó que nada se oponía a ello. Entonces Raoul dio un afectuoso abrazo a Valef y a Pompadour, estrechó la mano a Lafare, y agradeció al señor de Launay las atenciones que con él había tenido durante el tiempo que había permanecido en la Bastilla. Después, sosteniendo a Bathilda, que parecía a punto de desplomarse, la llevó hacia la puerta por donde él había penetrado en la capilla. Los dos hombres de las antorchas precedían a Raoul y a Bathilda. En la puerta de la celda aguardaba un carcelero; descorrió los cerrojos, se apartó a un lado para dejar paso al prisionero y a la joven, y volvió a dar la vuelta a la llave. Los dos esposos quedaron a solas.

Bathilda, que ante la gente había contenido el llanto, pudo al fin dar rienda suelta a su dolor: un grito desgarrador escapó de su pecho; sollozando con desesperación, retorciéndose los brazos, cayó desplomada en una butaca. Raoul se arrojó a sus pies, intentaba consolarla, pero él mismo se sentía tan afectado por el dolor de su esposa, que al fin sus lágrimas se mezclaron con las de la muchacha. La pena había llegado a fundir aquel corazón de hierro: Bathilda sintió al mismo tiempo el llanto y los besos de su adorado.

Llevaban apenas media hora juntos, cuando oyeron pasos que se acercaban a la puerta y el ruido de la llave en el cerrojo. Bathilda se estremeció y se abrazó frenéticamente a su esposo. Raoul adivinó el pensamiento atroz que atormentaba a su mujer y la tranquilizó. No podía ser todavía lo que ella pensaba; la ejecución estaba fijada para las ocho de la mañana y no eran más que las once. En efecto, fue el señor de Launay el que apareció.

—Señor —dijo el gobernador—, tened la bondad de seguirme.

—¿Solo? —preguntó Harmental, abrazando a Bathilda.

—No, con vuestra esposa —respondió el gobernador.

—¿Has oído? ¡Juntos!, ¡juntos! —exclamó la muchacha—. ¡Vamos a donde quieran! Si ha de ser para los dos, ya no importa. Señor, ¡mostradnos el camino!

Raoul abrazó una vez más a su esposa, le dio un beso en la frente, y haciendo acopio de toda su altivez, siguió al señor de Launay, sin que en su cara se reflejase la terrible conmoción que sin duda sentía.

Los tres atravesaron una serie de corredores alumbrados por la luz mortecina de algunos candiles. Luego bajaron los peldaños de una escalera de caracol y se encontraron ante la puerta de salida de uno de los torreones. Aquella salida daba al patio de recreo de los presos no incomunicados. En el patio aguardaba un coche enganchado a dos caballos; en la oscuridad se veían brillar las corazas de una docena de mosqueteros.

Una luz de esperanza se encendió en el corazón de los enamorados. Bathilda había pedido al regente que conmutase la pena de muerte por la de cadena perpetua; quizás el príncipe se había compadecido. El coche y la escolta los llevarían a alguna prisión del Estado. El señor de Launay hizo al cochero una seña para que se acercase y ofreció la mano a Bathilda para ayudarla a subir. La joven dudó un instante, volviéndose con inquietud para ver si Raoul la seguía. Al instante su marido estaba a su lado.

El coche arrancó y ambos esposos, rodeados por la escolta de mosqueteros, atravesaron un postigo, luego el puente levadizo. La comitiva se encontró fuera de la fortaleza.

Raoul y Bathilda se arrojaron uno en los brazos del otro. No había duda, el regente había perdonado la vida a Harmental y además consentía que su esposa compartiera el cautiverio. En su alegría, una idea triste cruzó por la mente de Bathilda; con la espontánea efusión de que solamente son capaces los seres que aman, un nombre afloró a sus labios: Buvat.

En aquel momento el coche se detuvo. El postillón asomó su cabeza por la portezuela.

—¿Qué quieres? —le preguntó Harmental.

—¡Diablos!, mi amo... quisiera que me digáis a dónde vamos.

—¡Cómo!, a dónde vamos... ¿Es que no te han dado órdenes?

—La orden era traeros al bosque de Vincennes, entre el castillo y Nogent-sur-Marne, ¡y aquí estamos!

—¿Y nuestra escolta? —preguntó el caballero—. ¿Qué ha sido de ella?

—¿Vuestra escolta? Nos ha dejado en la barrera del castillo.

—¡Dios mío! —exclamó Harmental, en tanto Bathilda, a quien la esperanza había cortado la respiración, unía las manos en una silenciosa súplica—. ¡Dios mío!... ¿Será posible?

El caballero se apeó de un salto y miró con avidez a su alrededor; después ayudó a descender a Bathilda y ambos dieron un grito en el que se mezclaba el agradecimiento y la alegría.

¡Eran tan libres como el aire que respiraban!

En un rasgo de humor el regente había ordenado que el ex prisionero fuese llevado precisamente al lugar donde el caballero, creyendo raptar al duque, sólo consiguió secuestrar al bergante de Bourguignon.

Fue la única venganza que se tomó Felipe el Bondadoso.

Cuatro años después de estos acontecimientos, Buvat, que había sido repuesto en su trabajo de la Biblioteca y cobrado los atrasos, tenía la satisfacción de poner su mejor pluma en la mano de un precioso niño de tres años. Era el hijo de Raoul y Bathilda.

Los dos primeros nombres que el niño aprendió a escribir fueron los de Claire Gray y Albert de Rocher.

Pronto supo también escribir otro nombre: el de Felipe de Orléans, regente de Francia.

Post—Scriptum

Quizás el lector tenga interés en saber lo que fue de los personajes que han representado un papel secundario en la historia que acabamos de relatar, después de la catástrofe que significó la pérdida de los conjurados y la salvación del regente. Vamos a contarlo en pocas palabras.

El duque y la duquesa del Maine, a los que se quería quitar las ganas de seguir conspirando, fueron arrestados en los lugares donde habían buscado refugio. El duque en Sceaux, y la duquesa en la casita de la calle de Saint-Honoré. Fueron conducidos, él al castillo de Doullens, y la duquesa al de Dijon, desde donde fue trasladada a la fortaleza de Châlons. Ambos fueron puestos en libertad algunos meses después; el uno porque negó en redondo haber participado en el complot, y la otra en gracia por la confesión completa que hizo de todas sus culpas.

La señorita Delaunay fue conducida a la Bastilla. Su cautiverio se vio endulzado por los amores que en la fortaleza sostuvo con el caballero de Mesnil. Una vez puesta en libertad, su querido compañero de prisión le fue infiel. La pobre abandonada pudo decir, igual que Ninon o Sophie Arnould —no recuerdo cuál de ellas—« ¡Oh! ¡Felices tiempos aquellos en que éramos desgraciados!».

Richelieu fue arrestado el mismo día en que llevara a Bathilda al Palacio Real, tal como le había prevenido la señorita de Valois. Pero su cautiverio significó para él un nuevo triunfo. Corrió el rumor de que el apuesto prisionero había sido autorizado a pasear por la terraza de la Bastilla; la calle de Saint-Antoine se vio atestada de elegantes carrozas y se convirtió en el paseo de moda. El regente decía que tenía en sus manos pruebas para hacerle cortar la cabeza a Richelieu cuatro veces, pero no se atrevió a perder su popularidad entre el bello sexo, cosa que fatalmente hubiera ocurrido de haber prolongado demasiado tiempo el encierro de su prisionero. Tres meses después, Richelieu era puesto en libertad, más fascinante y a la moda que nunca. La pena fue que al salir de la Bastilla encontrase el armario de las confituras cerrado a cal y canto y a la pobre señorita de Valois convertida en duquesa de Módena.

En su momento dijimos que el abate Brigaud había sido arrestado en Orléans. Tuvo que pasar algún tiempo en la cárcel de aquella ciudad, para desesperación de madame Denis, de las señoritas Émilie y Athenais, y de Boniface. Pero cierta mañana feliz, en el momento en que la familia se disponía a desayunar, volvió a comparecer el buen abate, tan calmoso y sereno como de costumbre. Sus amigos le hicieron muchas carantoñas y le pidieron que contase sus aventuras al detalle, pero Brigaud, fiel a su habitual prudencia, indicó a sus oyentes que si querían saber, consultaran los autos del proceso y que, por favor, nunca más volvieran a mencionar un asunto que tantos sinsabores le había causado. El abate Brigaud dictaba su voluntad en aquella casa, de forma totalmente autocrática, de modo que su deseo fue religiosamente respetado. En el número 5 de la calle de Temps-Perdu corrieron un definitivo velo sobre aquellos desagradables recuerdos.

Pompadour, Valef, Laval y Malezieux fueron también libertados en su momento, y como si nada hubiera pasado, los cuatro volvieron a hacerle la corte a madame del Maine. En cuanto al cardenal de Polignac, ni siquiera lo arrestaron: lo confinaron simplemente en su abadía de Anchin.

Legrand-Chancel, el maligno autor de las Filípicas, fue un día llamado al Palacio Real, donde le recibió el regente.

—Señor mío: ¿es que pensáis realmente de mí todo lo que decís? —preguntó el príncipe.

—Sí, monseñor.

—¡Esta es vuestra salvación! Porque si hubieseis escrito tamañas infamias con la intención de calumniarme, ¡os aseguro que ahora mismo hubiera ordenado que os ahorcasen!

El regente se conformó con enviarle a la isla de Santa Margarita, donde el venenoso poeta no permaneció más que tres o cuatro meses. Los enemigos del regente hicieron correr el rumor de que el príncipe había hecho envenenar a su prisionero, y para desmentir aquella nueva calumnia el duque no tuvo más remedio que abrir al pretendido cadáver las puertas de su prisión, de la que Legrand-Chancel salió más ahíto de odio y de hiel que nunca.

Aquella prueba de definitiva clemencia fue considerada por Dubois tan fuera de lugar que le hizo al regente una terrible escena. A las recriminaciones del arzobispo, el príncipe se limitó a contestar tarareando el estribillo de una canción que Saint-Simon había escrito:

¿Qué queréis? Soy bondadoso, Soy bondadoso...

Aquella salida motivó en Dubois tal ataque de rabia, que para hacer nuevamente las paces, el regente no tuvo más remedio que nombrarle cardenal. La elevación del ex abate al cardenalato llenó de orgullo a la Fillon: hizo saber que en adelante los clientes de su mancebía habrían de presentar pruebas de una nobleza anterior a 1399.

Pero la catastrófica conspiración motivó que tan acreditada casa perdiera a una de sus más ilustres pupilas. Tres días después de la muerte del capitán Roquefinnette, la Normanda ingresaba en las Arrepentidas.

CPSIA information can be obtained at www.ICGtesting.com
Printed in the USA
LVOW04s1217231015

459482LV00034B/2032/P